W0466200

COLLECTION FOLIO

Olivier Chantraine

Un élément perturbateur

Gallimard

© Éditions Gallimard, 2017.

Olivier Chantraine est spécialiste de l'information et de la communication. *Un élément perturbateur* est son premier roman.

À Aline
et aussi Cassandre, Thomas, Antoine,
Alexandre, Clément.

Ça peut me prendre à tout instant. Une heure ou deux. Parfois quelques minutes. Les premières manifestations sont apparues il y a trois semaines et depuis c'est comme ça. Je ne sens rien venir. Je me lève chaque matin et à n'importe quel moment de la journée, le mal peut venir me frapper. Je me retrouve subitement incapable d'articuler le moindre mot. Même si habituellement rien ne me dérange vraiment, je dois dire que cela n'est pas sans me créer un certain embarras.

Hier Robert m'a invité à les rejoindre en réunion. Je ne sais pas s'il a lu la panique dans mes yeux; j'ai juste eu le temps de foncer aux toilettes. J'y suis resté deux heures trente, soit le temps moyen de ce genre de rassemblements. Vers midi quarante-cinq, ne percevant plus le moindre souffle en provenance de la salle, je suis sorti. Ils avaient dû partir déjeuner. Leur chaude odeur collective inondait encore l'endroit. J'ai laissé un mot sur mon bureau en disant que j'avais une gastro, j'ai écrit *j'ai une gastro* et je suis retourné chez moi. Quand ma sœur Anièce est rentrée et m'a demandé ce que je fichais là, j'ai réalisé que je venais de retrouver la faculté de parler. Je lui ai répondu que je ne me sentais pas bien. Le mal s'en était allé aussi soudainement qu'il s'était emparé de moi. J'arrivais à m'exprimer normalement, tandis que quelques heures plus tôt j'étais incapable de prononcer une phrase, otage d'une paralysie verbale absolue.

Je m'appelle Serge et je vis avec ma sœur. Je ne saurai jamais pourquoi mes parents ont eu l'idée saugrenue de m'appeler Serge mais disons que c'est fait et qu'ils sont morts. Qu'est-ce qui a bien pu se passer dans leur tête au moment de remplir les papiers d'état civil ? Est-ce qu'ils ont eu un fou rire complice ? Est-ce qu'ils pensaient à autre chose ? Je vis donc chez Anièce. Quand j'ai eu besoin de payer mes études à Londres, j'ai dû lui revendre mes parts de l'appartement dont nous avions hérité des années plus tôt, à la mort brutale de nos parents. Depuis je suis revenu à Paris et j'y vis toujours. Avec elle. J'ai beaucoup réfléchi à l'incongruité de ce choix, mais quel que soit le bout par lequel je prends le problème, ma conclusion est toujours la même : les petits désagréments que m'occasionne le fait de vivre avec ma sœur ne sont rien au regard des avantages incontestables de la situation. Mon frère, de son côté, possède en théorie un tiers de l'appartement. Mais cela ne l'intéresse pas. Il n'en a pas besoin.

Je me suis toujours dit que j'accomplirais quelque chose de grand avant mes quarante ans, mais j'en ai quarante-trois maintenant. Et rien n'est venu. Je commence seulement à me dire qu'aucun miracle ne survient sans un minimum de discipline. Je ne possède pratiquement aucun bien matériel, et ne suis intimement lié à aucune autre personne que ma sœur. Je n'ai aucun ami proche, un choix. À vrai dire, tout ce dont je dispose m'a été offert. Un physique plutôt agréable, un long mètre quatre-vingt-cinq agrémenté d'une étonnante chevelure en tout point digne d'un Afro-Américain, touffue, épaisse, et seulement garnie de quelques maigres cheveux blancs. Je ne pense pas avoir pris trop de poids depuis mes jeunes années, peut-être dix kilos, ce qui paraît acceptable en vingt ans. Je suis rarement malade et d'une certaine manière, cela me désespère légèrement, tant les pharmacies exercent sur moi une attirance invraisemblable. Je sens bien en mon for intérieur que quelque chose cloche, mais je n'ai qu'une confiance limitée dans les médecins, la meilleure preuve étant qu'aucun d'entre eux n'est jamais parvenu à déceler précisément de quelle maladie je pourrais bien souffrir. Parfois j'entre dans une pharmacie avec l'espoir sourd d'y trouver une clef. Ces havres de paix délicieusement aseptisés me procurent la sensation d'être en lieu sûr, plus que n'importe où ailleurs. À condition d'être capable d'écouter un minimum son corps, n'importe quelle personne a priori bien portante est à même de ressortir de là rassurée, un léger sourire aux lèvres, une babiole nichée au creux d'un sachet en papier orné du fascinant logo de serpent buvant dans une coupe.

Je travaille pour l'influente autant que secrète Offshore Investment Company. Un petit monde de quinze personnes échappant à toute logique, au cœur du VIIIe arrondissement. À tout contrôle aussi. Ici les associés se creusent les méninges pendant des heures pour créer les meilleurs montages financiers permettant à leurs clients d'investir et de ressortir de boîtes dans lesquelles ils ne mettront jamais les pieds, sans que l'argent ne transite jamais par la France. C'est mon frère qui m'a obtenu ce boulot. *Sur ordre du gouvernement*, comme en plaisantent régulièrement les gars du bureau. Mon frère, François, est ministre des Finances. Je ne réponds jamais à leurs provocations pour ne pas créer d'ennuis à François qui ne me le pardonnerait pas. Moi je suis analyste. J'analyse et je présente ensuite mes recommandations. C'est évidemment pour la partie présentation que cette paralysie verbale est le plus pénalisante. Jusqu'ici ça va, mais je ne pourrai pas faire le coup des toilettes chaque fois. Il ne faudrait pas que cela s'accentue trop et je me sens vaguement inquiet.

À la pharmacie la plus proche du bureau, je m'arrête pour acheter de l'Immunoboost trois mois. La pharmacienne prétend que ses effets sont incroyables sur la flore intestinale, surtout quand on sait, comme me l'a également confirmé la préparatrice, que la flore est le véritable cœur de la machine. Je sors en pensant à ces millions de bactéries fourmillant dans mon intestin. Secrètement je nourris l'espoir que le flot de pensées qui me traverse constamment me mènera un jour à une découverte majeure, une illumination soudaine sur le sens de la vie, ou quelque chose d'approchant. Arrivé au bureau, je monte directement m'installer devant mon ordinateur, pose les mains sur le clavier et laisse glisser à intervalles réguliers mes doigts sur les touches sans jamais imprimer de pression suffisante pour marquer l'écran. Mes collègues observent probablement mon petit manège avec un certain élan de commisération mais il est somme toute difficile de me reprocher quoi que ce soit de concret. Et qui me dit que pendant leurs interminables réunions, ils ne sont pas eux-mêmes en train de rêver à leur prochain séjour all inclusive en hôtel club dégriffé au fin fond d'une Grèce à l'agonie. J'ai certes constaté avec regret que Robert, notre chef de bande, se prive de moins en moins de m'humilier devant les autres, particulièrement lors de ses retours de déjeuners d'affaires passablement alcoolisés. Mais que puis-je y faire. Il sait, et la plupart de mes collègues savent comment et par qui j'ai obtenu ce poste. Alors je ne dis rien. À quoi bon, si tout se paie, il doit bien y avoir aussi un coût à l'inaction. Et si pour l'instant je ne fais globalement rien, je le fais au milieu des autres. Persuadé qu'un jour quelque chose finira bien par sortir de tout ça.

Laura est assise à deux mètres quatre-vingts de moi. Nous sommes quatre dans un mini open space de vingt mètres carrés. Je suis pourtant le seul à disposer d'un bureau guère plus grand que celui d'un écolier, collé à une armoire grise ayant appartenu à l'ancienne secrétaire. Laura éclipse tout sur son passage. Le jour de son arrivée, je me suis d'abord demandé pourquoi la boîte se payait une égérie. Avant de comprendre que sa beauté n'avait d'égale que son incroyable capacité de travail. Particulièrement grande, elle s'obstine à porter des talons de douze centimètres, ce qui lui donne un ascendant certain sur la majorité de ses adversaires en interne. Elle arrive généralement au bureau vers sept heures du matin. Pour ma part, j'ai progressivement repoussé mon heure de démarrage jusqu'à neuf heures quarante-cinq. J'enroule ma parka Patagonia dans mon sac à dos avant d'entrer, et me saisis d'une chemise cartonnée qui me permet de débouler directement dans les couloirs sans qu'on sache précisément d'où je viens. Ensuite je pose la chemise sur mon bureau et file à la machine à café, généralement en compagnie de Laura, accréditant la thèse de la première pause d'une journée commencée bien plus tôt. Laura est la seule ici à me témoigner un début d'affection, peut-être parce qu'elle n'a pas de chien ni d'enfant à charge.

La réunion hebdomadaire du vendredi me donnerait presque envie de passer la journée chez un orthodontiste. Chaque associé d'abord, puis les employés comme moi, doit présenter au board composé du fameux Robert, président et indiscutable pierre angulaire de cette entreprise, ainsi qu'à son homme de main Monsieur Krug, ses avancées concrètes de la semaine. Si mes lundis et mardis sont majoritairement consacrés à réfléchir de longues heures à des choses aussi captivantes que la présence de fourmis sur le sol de l'espace détente en plein mois de février, ou à regarder fixement ma prise de batterie d'ordinateur en me demandant si le développement fulgurant du concept de *plug and play* il y a quelques années n'est pas le fruit d'une volonté totalitaire des dominants de dicter notre conduite à coups d'injonctions minimalistes, le mercredi marque invariablement un tournant dans la montée de mes crises d'angoisse liées à l'approche du jour fatidique. Tous les mercredis je dors mal. Le jeudi, mieux, en me disant que de toute façon, il est trop tard pour faire quoi que ce soit.

Ça va tu seras prêt, me glisse Laura tandis que je lui jette un dernier regard angoissé depuis mon poste de travail.

Oui ça ira, je réponds sans y croire.

Allez on y va, dit-elle en se levant énergiquement de sa chaise.

Je la suis silencieusement dans le couloir. J'avale discrètement sur le chemin un petit sachet de vitamine C enrichie au guarana dans sa nouvelle forme orodispersible que m'a vivement conseillée la pharmacienne. Je prends place à la table ovale de la salle de réunion, une lubie de Robert, particulièrement perplexe. Aucun événement marquant lié d'une manière ou d'une autre à mon travail dont je pourrai faire état ne me vient à l'esprit. Pourtant à cet instant je me sens capable de parler. Je veux dire techniquement. Invariablement mon regard se pose sur le visage de Laura. Concentrée. Professionnelle. Toute à son rôle. Dans ces moments-là, elle me ferait presque peur. J'ai vite compris que sa capacité à manager implacablement sa carrière n'avait rien à envier aux plus aguerris des requins mâles. Il m'arrive de me contenter d'observer ses lèvres bouger sans qu'aucun son intelligible ne parvienne jusqu'à mes oreilles. À l'issue de trois longues heures de présentations, je sors de ma léthargie en entendant Robert prononcer mon prénom.

Serge, nous avons encore débordé sur le temps de réunion, et n'aurons malheureusement pas la chance de vous entendre aujourd'hui. À moins que vous souhaitiez nous soumettre un point d'importance notable.

Je lui réponds par un sourire gêné.

Alors fin de la réunion, tous à vos postes de travail, conclut bruyamment Robert. Comme disent les Américains : *business can't wait*.

Ces derniers mots prononcés dans un anglais approximatif mâtiné d'un horrible accent vosgien.

Pendant le meeting, je les ai plus ou moins entendus parler d'un voyage au Japon pour convaincre un très gros client. J'espère que je n'en serai pas. Les meilleures semaines sont celles où les pontes du bureau sont en déplacement. Comme si enfin le bâtiment se délestait de leur passion du travail, de leurs blagues vulgaires et de leur obsession pour l'argent. Je me souviens combien j'aimais la dernière semaine d'école avant les vacances d'été. Laura n'a généralement pas non plus droit à ce type de déplacement mais pour d'autres raisons. Une femme. Moins de quarante-cinq ans. Mais je crains que cela ne dure pas quand je vois à quel point Robert et Krug ne peuvent plus se passer d'elle pour boucler un dossier. Ces deux suppôts des outrances capitalistes se retrouvent déjà régulièrement contraints de s'incliner devant son talent, qui surpasse allègrement leurs capacités intellectuelles cumulées. À la fin de la réunion, Robert et Krug interpellent Laura et lui proposent de rester quelques minutes de plus. Je me demande ce qu'ils lui veulent. Je retourne sagement à mon poste de travail. Dix minutes plus tard, je l'entends revenir pratiquement en courant vers notre open space.

Serge tu vas pas en revenir.

Revenir de quoi Laura ? je dis en la regardant frétiller face à mon bureau comme une enfant surexcitée devant son cadeau de Noël.

Le Japon, Serge, le Japon.

Eh bien ?

Devine qui il y aura ?

Je ne sais pas moi, Teddy Riner ?

Mais non patate, un il y aura moi, je suis du voyage.

Super, très content pour toi, je dis laconiquement.

Et deux...

..

Deux... *guess what*, ton frère sera avec nous.

Mon frère, mais qu'est-ce qu'il vient faire là ?

Je ne sais pas trop, mais Robert a dit qu'il serait là, en visite semi-officielle, ne me demande pas ce qu'il entend exactement par *semi-officielle* mais en tout cas il vient avec nous.

Mais c'est une affaire privée, en quoi ça le regarde ?

Tu connais ses liens avec Robert, Serge, sans doute qu'il vient lui donner un petit coup de pouce pour que le deal se fasse.

Bon, soit.

Non mais quelle opportunité, quelle opportunité Serge, tu te rends compte ?

Pas bien, dis-je en pensant au cauchemar que représenterait pour moi le fait de me retrouver coincé plus de dix heures dans un avion en compagnie de François.

Je déteste que l'on me parle de mon frère. « Et comment il est dans l'intimité ? Se montrait-il déjà brillant au collège ? Non mais sérieux comment il est en vrai, avec ce niveau écrasant de responsabilités, il arrive à se détendre un peu le week-end ? » Ce genre de choses. Dans la vie courante je m'en sors en disant qu'il y a plus de neuf mille « Horowitz » répertoriés dans le monde – en réalité je n'en sais rien – et qu'il s'agit d'un homonyme. Comme Chirac dans le film *Camping*. Généralement cela suffit pour qu'on me laisse tranquille avec ça. Mais évidemment au bureau, et particulièrement avec Laura, c'est impossible. Elle n'arrête pas de me questionner à ce sujet. Sur mon frère, sur les types qui bossent pour lui, leur rythme de travail, tout ça. Je ne comprends pas ce qui la fascine dans ces cercles de pouvoir. Peut-être qu'elle rêve d'intégrer un cabinet ministériel. C'est sûr qu'avec un petit macaron bleu blanc rouge collé sur le pare-brise, cela doit être plus facile de se garer dans Paris. Au-delà de ça... Pour ce qui me concerne, je préférerais largement être jardinier ou valet de chambre à l'Élysée plutôt que de grenouiller au milieu de ce panier de crabes survoltés. Aujourd'hui tout le bureau est au courant que Robert et mon frère ont fait Polytechnique puis l'ENA ensemble, qu'ils sont unis comme la faucille et le marteau, si je puis dire, et il m'est donc extrêmement difficile de nier mes liens familiaux avec François auprès de mes collègues lorsque le sujet est mis sur la table.

Serge, accorde-moi cette faveur, insiste Laura, tu veux qu'on dîne ensemble un de ces soirs ? Il faut absolument que tu me briefes, il est hors de question que je laisse passer cette chance. J'ai besoin que tu me donnes les clefs pour faire bonne impression auprès de ton frère et de ses équipes, c'est important je t'en supplie.

Enfin Laura tu te rends compte ? je me défends. On ne s'est jamais vus en dehors du boulot, mis à part nos pauses déjeuner, et là tu me proposes de dîner ensemble, juste pour parler de mon frère ? Non mais tu es sérieuse Laura ?

Je t'en supplie Serge, fais ça pour moi, m'implore-t-elle d'une petite voix ensorcelante.

Je sais qu'accepter serait une forme de défaite absolue, et en même temps je ne sais pas si beaucoup de types seraient capables de snober longtemps une fille aussi belle. Je décide de gagner du temps.

On en reparle Laura, on en reparle, je te promets. Là il faut que je rédige un rapport urgent.

Ce serait sympa en plus non ? Dîner ensemble, au-delà de ton frère, ça peut être sympa non ?

Le tout agrémenté d'un sourire à moitié lubrique. Le coup de grâce.

*

Après quelques jours, les choses semblent se tasser un peu. Je me contente de lâcher quelques bribes d'infos à Laura devant la machine à café sur ce que mon frère a pu me faire partager de son quotidien entouré de ses sbires. Je ne vois pas trop en quoi cela peut lui être utile mais je vois bien qu'elle est avide de n'importe quel détail pouvant nourrir son ambition. Elle boit mes paroles. C'est assez troublant. Même si cela me donne un peu l'impression d'être la doublure dos de Kevin Spacey. Enfin disons que tout allait bien jusqu'à ce que je la voie débouler vers moi alors que j'étais occupé à ranger des dossiers dans la salle d'archives.

Tu es des nôtres Serge.

Des nôtres ? Je ne comprends pas très bien ce qu'elle veut dire.

La mission au Japon.

Non... Laura c'est pas possible.

Je t'assure, Robert vient de me dire que le président de la République envoyait ton frère de toute urgence au Qatar en soutien du ministre des Affaires étrangères pour leur proposer un amendement relatif à des mesures d'exonérations fiscales sur leurs investissements immobiliers en France.

Tiens donc, je soupire, rien n'est trop beau...

Et du coup c'est toi qui le remplaces, une idée de Krug. Robert a un peu tiqué au début mais s'est finalement rangé à l'avis de son âme damnée. C'est pas cool ça Serge ? Bon évidemment j'aurais bien aimé... mais ça va être disons... différent ? En tout cas je suis hyper contente qu'on soit de ce voyage tous les deux, franchement ce sera plus fun, tu m'imagines seule avec Robert et Krug ? L'angoisse.

Mais enfin non, ce n'est pas possible, je réponds. À quoi je vais leur servir ?

Ils ont besoin de ton nom.

Je ne comprends pas, je dis.

Le nom de ton frère, Serge. À défaut d'un François Horowitz, ils auront un *Serge* Horowitz, dit-elle en riant.

J'ai cru que j'allais tomber de ma chaise.

Tu sais au Japon tout est très... politique, ajoute Laura.

Ah oui ?

J'étais sans doute censé comprendre exactement ce que signifiait son petit sourire quand elle a prononcé le mot *politique*, mais j'avais beau chercher, je ne trouvais pas.

*

Il est à peine midi vingt-cinq et Anièce a déjà fini de débarrasser. Nous nous faisons face à chaque extrémité de la petite table pliable en formica de la cuisine. Quand on vit avec sa sœur, les week-ends sont parfois longs. Anièce lit. J'ai observé que quatre-vingts pour cent des livres qu'elle s'enfile se déroulent à New York, la moitié d'entre eux environ contenant le nom Manhattan soit dans le titre, soit sur la quatrième de couverture. Parfois je me dis qu'elle tirerait autant de leçons de vie à lire des notices de médicament. À travers les vitres de l'appartement, la neige tombe à gros flocons. Les regarder s'effondrer les uns à côté des autres me rend triste. D'aussi loin que je me souvienne, j'ai toujours dû mener une terrible lutte intestine contre la mélancolie. Il neige un samedi bien entendu. Cette ville ne tolérerait pas la moindre perte de productivité de ses cadres supérieurs pour raisons météo en semaine. Rien n'est laissé au hasard. Lundi tout devrait être rentré dans l'ordre, les intempéries du week-end offrant de surcroît un sujet d'accroche facile entre collègues dans les ascenseurs.

Après quelque hésitation, je renonce à demander à Aniècе pourquoi elle continue de porter ses Moonboots à l'intérieur de l'appartement. Ses pieds doivent littéralement suffoquer. Des Moonboots au pied d'une robe longue. Je l'observe attentivement et m'arrête un instant sur son petit gilet gris et ses énormes lunettes de vue, tellement larges qu'elles dépassent de chaque côté de son visage fin. Des lunettes danoises. Les mêmes que le dalaï-lama m'a-t-elle dit.

Qu'est-ce qu'il y a Serge, pourquoi tu me regardes comme ça?

Pour rien Aniècе, je te regarde, c'est tout.

Ah, dit-elle d'un air dubitatif en se recoiffant légèrement.

Nos deux tasses à café sont vides. Je fais tourner la mienne entre mes mains. Je brûle d'envie d'en prendre un deuxième mais j'ai remarqué que le tiroir à marc de la machine est plein, ce qui signifie l'impossibilité de la faire fonctionner à nouveau sans s'occuper au préalable de le retirer puis le laver. Soit pas mal de raisons de renoncer. Avec un peu de chance Aniècе voudra s'en resservir un la première.

Soudain Aniècе revient sur cette histoire de paralysie verbale qui me terrasse de plus en plus régulièrement. Puis s'estompe de manière aussi imprévisible.

Écoute Serge, va voir le docteur Muller.

Muller, mais il a au moins soixante-dix ans.

N'empêche qu'il travaille toujours, je suis allée le voir la semaine dernière.

Ah bon?

Oui, ça ne te regarde pas Serge, vas-y je te dis, je te fais le numéro si tu veux.

Je ne suis même pas sûr qu'il ait ses diplômes.

Arrête Serge, tu m'ennuies avec tes idioties.

Allô, oui c'est Serge Horowitz, dis-je en appelant le vieux médecin.

Le cabinet du docteur Muller est au quatrième étage, auquel on accède grâce à un ascenseur minuscule avec une petite grille en fer à refermer soi-même. Le papier peint de la salle d'attente se décolle par endroits. Je suis seul. Je suis persuadé qu'il n'est abonné à aucune revue médicale. Il ne se tient sûrement pas au courant des dernières avancées de la médecine. Si ça se trouve il n'a même jamais mis les pieds dans une pharmacie.

Monsieur Serge...

Horowitz.

Alors qu'est-ce qui vous amène mon bon monsieur.

J'essaie de lui décrire factuellement le mal dont je souffre, mais au bout de quelques secondes à peine il m'interrompt et me parle pendant un quart d'heure de lui, de la façon dont il a provoqué l'accouchement de Caroline de Monaco en lui donnant malencontreusement un coup de coude dans le ventre lors de la soirée de gala d'un congrès de médecins à Monte-Carlo.

Le lendemain elle mettait au monde son premier enfant, conclut-il. Un peu grâce à moi, ajoute-t-il encore en riant tout seul.

Profitant d'une brèche pour m'immiscer dans ce monologue, je parviens finalement à exposer mon problème en détail, avant qu'il ne reprenne la parole pour cette fois me révéler d'un air suspicieux que j'ai un homonyme chauffeur routier alcoolique à tendance dépressive, ce qui d'une certaine manière ne me surprend pas.

Il n'y a rien, vraiment rien que je puisse trouver en pharmacie qui me soulagerait ? j'insiste, tandis qu'il me rend ma carte Vitale.

Vous avez souvent croisé des psys en pharmacie ?

Non, évidemment.

Bon donc arrêtez de vous alarmer monsieur Horowitz, ça n'arrive pas à tout le monde mais vous vous en sortirez très bien comme ça, il n'y a pas de raison, dit Muller sèchement, probablement touché dans son orgueil par son incapacité à poser le bon diagnostic.

Je dois aller au Japon pour mon boulot, ça risque d'être un problème si ça m'arrive à nouveau là-bas...

En même temps vous ne parlez pas leur langue, ni eux la vôtre, ça facilitera les choses.

Et si ça perdure ?

Installez-vous au Japon, et n'apprenez surtout pas le japonais, ce sera une bonne barrière à vos troubles, dit-il avec autant de sérieux que s'il me dictait une ordonnance.

…

Je plaisante monsieur Horowitz je plaisante. Je vous donne mon numéro de portable au cas où. Vous pouvez m'appeler à n'importe quelle heure. Je ne dors plus la nuit depuis longtemps. Dire que je refusais les gardes pendant mon internat.

Je vous dois combien docteur Muller, dis-je, pour mettre fin à ce sketch.

⋆

De retour à l'appartement, les pieds frigorifiés et humides, je me fends d'un compte rendu objectif de la consultation à Anièce.

Serge, Serge, dans quoi tu es encore allé embarquer le docteur Muller. Tu es sûr que tu lui as décrit tes symptômes sobrement, en allant droit au but ?

Par chance, le bourdonnement de mon portable positionné comme toujours en mode vibreur interrompt notre conversation. Je n'ai jamais trouvé une seule sonnerie qui me convienne. Je ne connais que trop bien le numéro qui s'affiche.

Tu ne réponds pas Serge ? demande Aniège.

Si Aniège, je réponds.

Allô.

Ne quittez pas monsieur, je vous passe monsieur le ministre.

Blanc habituel à l'autre bout de la ligne.

Serge, s'impatiente mon frère, François à l'appareil.

François... Évidemment c'est plus simple à porter que Serge. Il a toujours adoré s'introduire en n'annonçant que son prénom. Comme si son identité complète était une évidence pour le reste du monde. Je lui ai sorti un jour la statistique du nombre de François nés la même année que lui mais cela n'avait eu aucun effet. Et puis il doit trouver que cela fait proche des gens. Quelle modernité. Quelle magnifique façon de réinventer la politique.

Serge, tu réponds, oui ? s'énerve-t-il.

On n'est pas sur écoute ?

Arrête tes conneries Serge, je suis ministre de l'Économie et des Finances, le gouvernement, c'est moi.

Waouh, sans déconner, je fais.

Alors comme ça tu me remplaces sur le voyage au Japon ? annonce-t-il.

Apparemment.

J'ai eu Robert, prend-il soin d'ajouter malicieusement, franchement je ne suis pas sûr que ce soit une bonne idée, et lui non plus d'ailleurs, mais bon, après tout, à défaut d'avoir l'original...

À l'énoncé du prénom de Robert, le mal me frappe à nouveau. En une fraction de seconde je me retrouve incapable d'émettre le moindre son. Je me dis que je dois ressembler à une truite arc-en-ciel suffoquant hors de l'eau. Je cherche frénétiquement à sortir un mot, au pire un faible gémissement, mais rien ne vient.

Aniècce me tourne le dos, elle est en train de rincer le tiroir à marc de la machine à café dans l'évier.

L'absence de réponse de ma part n'a heureusement aucun effet sur mon frère, habitué aux monologues.

Serge tu te tiens à carreau, on est bien d'accord. Tu n'oublies pas que tu portes mon nom et que je représente la France. On est bien d'accord Serge, hein?

Mais que veux-tu que je fasse mon pauvre, me dis-je intérieurement, toujours prisonnier de cette soudaine aphasie.

Serge, tu déconnes pas hein? Tu es analyste. Rien de plus. On t'interroge, tu présentes ton analyse et c'est tout. J'en ai également parlé à Krug, il m'a assuré que tout irait bien. Ne me déçois pas Serge, va pas me foutre dans la merde, c'est déjà assez compliqué comme ça pour moi ici avec cette putain de récession économique.

Comme je n'arrive pas à parler je raccroche.

Tu veux un deuxième café Serge? me demande Aniècce.

Volontiers, murmuré-je d'une voix faible.

*

Je regarde défiler par la fenêtre le paysage qui, en s'éloignant de la capitale, se macule de plus en plus de friches industrielles et panneaux publicitaires décatis. L'écoute du dernier single de Ghost Culture dans mon casque convient parfaitement à la désolation de ce décor. Si tout va bien je serai à l'aéroport dans vingt minutes, Robert et Krug seront sûrement déjà là, et je sais pertinemment que je vais devoir couper mon iPod. Il sera six heures vingt et ils seront déjà à fond, *Les Échos* sous le bras, à ergoter sur les derniers chiffres du Nikkei. J'ai pour ma part une petite liste dans la poche. S'ils m'en laissent le temps, j'ai bien l'intention de rapporter un kimono, un sabre et du thé pour Anièce. Il faudra que je voie à l'aéroport pour le sabre, j'ai quand même un doute.

Robert et Krug n'interrompent pas leur conversation lorsque j'arrive à leur hauteur. Je patiente en regardant en l'air. Robert porte son accoutrement habituel : un costume sur mesure à grosses rayures Savile Row sur une chemise violette. Ses cheveux gris clairsemés savamment peignés vers l'arrière. Sa chemise peine à contenir quarante ans de bons repas et d'alcools divers ingurgités à n'importe quelle heure de la journée dans les plus luxueux établissements que comptent les capitales européennes. Aussi son ventre déborde-t-il sans aucune gêne au-dessus de sa ceinture. Bref, toute une vie bien réussie.

Mais d'où venez-vous comme ça? me demande subitement Robert.

C'est-à-dire? je dis.

Vous n'avez pas réservé une voiture, ou au pire un taxi?

Heu non Robert, je ne savais pas si je pouvais...

C'est bien Serge, au moins avec vous on fait des économies sur les notes de frais, dit-il en ponctuant sa phrase d'un épais rire bruyant.

Vous avez votre passeport ?

Krug se sent toujours obligé de renchérir sur les propos de Robert, sans le même talent bien sûr ; même si, dans le cas de Robert, il ne serait pas exagéré de parler de génie malfaisant.

Bien sûr Monsieur Krug, j'ai aussi le dossier, si vous le souhaitez on pourra...

On verra on verra, coupe Robert avant de chuchoter je ne sais quoi à Krug.

Aucune nouvelle de Laura.

Robert consulte frénétiquement sa montre, puis me fixe d'un air suspicieux, comme si je pouvais y être pour quelque chose.

Serge vous avez le portable de Laura ?

J'essaie mais ça ne répond pas. J'essaie trois fois parce que j'adore le son de sa voix sur son répondeur. Chaleureuse mais légèrement distante, professionnelle. Laura. Je me rends compte qu'à six heures vingt, mon frère m'a fait envoyer un sms sur lequel il est écrit *Bon voyage cher frère*, suivi d'un smiley. Étrange et inhabituel.

Je l'aperçois enfin s'approcher à grandes enjambées. Entre ses sacs et ses bras qui brassent l'air pour mieux imprimer la cadence, elle prend l'équivalent de la place de trois personnes dans le hall de l'aéroport. Ponctuellement, elle passe sa main dans ses cheveux et les secoue. Elle n'a pas eu le temps de les sécher. J'espère que je serai assis à côté d'elle dans l'avion.

Ah mais c'est pas possible, vous le croyez, vous, que la circulation puisse être aussi dense à six heures et demie du matin ? Non mais sérieusement, ajoute-t-elle d'un air complice, suivi d'un sourire ravageur.

Évidemment Robert tombe dans le panneau, oublie sa montre et la rassure immédiatement en lui disant que nous étions en avance. Krug acquiesce silencieusement à ses côtés, légèrement en retrait. Il porte une petite sacoche en cuir dans laquelle sa femme a certainement glissé avant le départ son passeport et des petites pastilles à la menthe fraîche. Dérisoires armes pour lutter contre un fléau de très grande ampleur chez Krug. Un mal récurrent qu'aucune plante mentholée ne semble capable d'endiguer. L'haleine fétide que lui renvoie son estomac est sans doute à la mesure du stress intérieur qui l'habite. Et son système digestif une victime toute trouvée. Il pourrait quand même songer à se faire soigner, à tout le moins se rendre dans une pharmacie prendre un conseil. Krug doit être d'origine allemande. Je me dis que c'est la seule explication rationnelle à la présence de sa sacoche.

Bon on y va, tonne Robert, se dirigeant d'un pas décidé vers la file « business » de British Airways. Laura me gratifie d'un clin d'œil tandis que nous nous pressons à leur suite. Je tends mon billet mais le même type qui vient de souhaiter chaleureusement un excellent voyage à Robert et Krug me repousse vertement en m'indiquant la file « éco ». Laura subit le même affront deux secondes plus tard. Sur le coup nous restons interdits. Krug se retourne à moitié, tout engoncé dans son petit costume gris, et nous adresse un vague signe.

Ah non mais je rêve, je rêve, râle Laura.

Ouais c'est dingue on est comme des intouchables.

Laura me regarde avec circonspection puis enchaîne en disant que dans ces conditions elle ne prendra pas le vol.

Je te suis, dis-je.

En même temps je sais pertinemment que Laura ne le fera pas. Qu'elle n'ira pas jusqu'à prendre ce risque. Qu'elle ne commettra pas cette erreur.

Franchement c'est minable, dit-elle en tendant son billet à la dame de la classe éco. Ça pour nous faire bosser jour et nuit il n'y a pas de limites, par contre pour ce qui est de nous laisser voyager en business…

Je ne savais pas qu'elle bossait aussi la nuit. C'est effrayant. Je me demande si elle travaille dans son lit.

Je me sens envahi d'un immense sentiment de déclassement, lui dis-je tout de go d'un air passablement affecté, tandis que nous progressons dans le sas d'embarquement.

Serge, tu ne crois pas que tu exagères un peu quand même ?

C'est ce qui est compliqué avec Laura, il est toujours extrêmement difficile de savoir exactement à quoi s'en tenir.

Juste avant d'embarquer, elle s'empare de l'intégralité des titres de presse disponibles. J'ai emporté *Le Capital* de Karl Marx. Je me suis dit qu'avec mille vingt-quatre pages cela me ferait au moins l'aller et le retour.

Nos sièges sont juste derrière les ailes, au niveau des réacteurs. J'ai hérité du milieu. Laura est côté couloir. La dame à ma droite est assez corpulente et âgée. Du matériel de tricot dépasse de son sac à main posé à ses pieds. Part-elle au Japon apprendre de nouvelles techniques de broderie ?

Il nous a fallu attendre cinquante-six minutes avant de nous faire servir un café instantané tiède et un croissant en plastique. Le rideau séparant les gens de notre classe de ceux logés en business, au loin, est resté entrouvert pendant un moment. Laura n'a cessé d'observer ce qui se passait de l'autre côté, l'œil noir, sans piper mot. Puis une hôtesse a sèchement fermé les deux pans avec un regard accusateur, comme si c'était notre faute. Je me suis demandé si elle craignait que nos yeux n'abîment la consistance de leur foie gras ou ne réchauffent leur coupe de champagne. Je lis machinalement les consignes de sécurité devant moi. Comment parviennent-ils à résumer aussi sommairement des instructions relatives à des engins à ce point complexes ? Comme si le but était de ne nous laisser aucune chance. Je ne crois pas que les notices en business fassent des doubles pages pour autant. Par contre ils ont sûrement chacun leur parachute sous le siège. Peu de gens savent que ce n'est pas systématique en classe éco.

Bon Serge, on ne parle pas boulot dans l'avion hein? me suggère Laura en me donnant un petit coup de coude amical.

Je lui réponds que de toute façon le niveau de confort de nos sièges ne nous laisse même pas assez d'espace pour ouvrir un dossier sans empiéter sur les places d'à côté.

T'as bien raison, acquiesce-t-elle tandis que je sors le livre de mon sac.

Laura éclate de rire en le voyant. Elle s'étouffe presque. Heureusement que l'on ne nous a pas servi à manger.

Non, sérieux, tu lis du Karl Marx? Serge, Robert est au courant?

C'est plutôt instructif, je lui réponds très sérieusement. Il est temps de réfléchir à d'autres alternatives tu ne crois pas? Tu te rends compte de ce qui se passe. On atteint quand même le niveau de spoliation des richesses le plus élevé de l'histoire moderne. Et bientôt nous en serons réduits à mendier de la nourriture aux Chinois qui sont en train de mettre la main sur toutes les bonnes terres arables à travers le monde.

Tu en as parlé à ton frère? plaisante Laura.

J'attends d'avoir fini *Le Capital*. Je fourbis mes armes Laura, je me prépare. Je crois qu'après je vais me faire la biographie de Kadhafi et un stage de survie en milieu hostile.

T'es pas tout à fait normal Serge, dit-elle en posant sa tête contre mon épaule.

J'arrête de respirer.

Elle rouvre un œil et me demande si cela ne me dérange pas. Je parviens à bredouiller que non. Incapable de lire une seule ligne, je repose mon gros bouquin sur mes genoux. La vieille assise à côté de moi me lance un regard réprobateur. Si elle tente quoi que ce soit, je lui enfonce son aiguille à tricoter dans l'oreille. Laura dort maintenant. Je garde les yeux ouverts pour m'assurer que je ne rêve pas. La vie n'offre pas que des déceptions. Une dizaine de minutes plus tard, je vois l'une des hôtesses de la classe business franchir le rideau de la honte et remonter d'un pas décidé dans notre direction. Arrivée à notre niveau elle tapote délicatement sur l'épaule de Laura pour la réveiller. Je me sens prêt à bondir. Laura se redresse sur son siège de quarante petits centimètres de large.

Notre classe business n'est pas complète aujourd'hui, aussi, à la demande de vos deux collègues, j'ai le plaisir de vous inviter à les rejoindre en classe affaires pour la suite de ce vol. J'aurai le plaisir de vous servir quelques rafraîchissements ainsi que le dîner de votre choix, madame.

Je me rassure en me disant qu'elle ne peut décemment pas me faire ça. Que tout ne peut pas s'envoler en une seconde. Qu'elle va forcément choisir mon épaule bienveillante.

Pourtant Laura se lève prestement et part à la suite de l'hôtesse sans même un regard vers moi. En s'éloignant, je la vois réajuster son chemisier dans son pantalon de tailleur et donner un peu de volume à ses cheveux dont l'odeur imprègne encore mon épaule. Une minute s'écoule avant qu'une hôtesse ne propose la place de Laura à un Hollandais de deux mètres sous prétexte de profiter de la place « couloir » pour étendre plus facilement ses jambes. Je me résous à reprendre mon livre. La vieille à ma droite me défie d'un regard narquois auquel je ne réponds pas. Il reste environ onze heures de vol.

Je réussis à somnoler par moments. Mais je me fais régulièrement piquer le bras par l'aiguille à tricoter de ma voisine. Impossible de dire si elle le fait exprès. Toujours est-il qu'elle ne juge pas bon de s'excuser. Aucune nouvelle de la classe business. Comme mon écran ne marche pas, je regarde de travers un film coréen sur l'écran de la vieille dame, mais cela s'avère relativement difficile à suivre sans le son et aussi à cause des reflets. Je finis par prendre les docs que je m'étais imprimés sur Internet à propos de l'aphasie, *parfois appelée mutisme dans le langage populaire*, mais la multitude de pensées parasites ayant envahi mon esprit forme une espèce de barrière à la compréhension du sens des mots. Rien que de penser que je présente un dossier à cette réunion sans aucun médicament à portée de main me terrorise. La phrase du docteur Muller me revient sans cesse à l'esprit, « vous ne parlez pas leur langue, ni eux la vôtre, ça facilitera les choses ». À la réflexion je ne vois pas clairement en quoi cela pourrait faciliter quoi que ce soit.

Je parviens à m'enfiler en douce une petite mignonnette de whiskey qui, dépassant à peine du rebord du chariot de l'hôtesse, semblait me tendre les bras. Cela suffit largement à me faire flotter dans une légère brume. Je n'ai jamais tenu l'alcool. Je me souviens que dans mon job précédent, un institut de statistiques, à chaque pot de départ auquel j'assistais, un verre de whiskey premier prix avalé avant le début des discours suffisait à me couper partiellement du monde, me permettant de tenir une heure ou deux sans heurts au milieu des autres avant de m'éclipser. À une certaine époque il y avait entre deux et trois pots de départ par semaine. J'aurais pu devenir alcoolique. Un tel rythme de licenciements. Je me suis souvent demandé si le marché des cravates moches et des petits livres de citations zen ne s'en est pas trouvé temporairement dopé. J'avais remarqué qu'en à peine trois semaines nous peinions à nous remémorer le prénom de nos collègues évaporés. Et devions presque systématiquement avoir recours à une petite bizarrerie saillante de leur personnalité ou de leur physique pour les faire revivre. Cela pouvait aller de celle qui laissait toujours de grosses traces de rouge à lèvres sur son gobelet à café aux rumeurs de prétendues coucheries lors des séminaires. Certains tentaient de repasser nous dire un petit bonjour dans les semaines suivant leur départ. Après d'âpres négociations avec la sécurité, on les laissait finalement passer, bien qu'ils aient rendu leur badge. Invariablement, les bonnes volontés des exclus se fracassaient sur le même constat, terriblement cruel : s'immiscer dans un lieu où ils n'avaient désormais plus leur place, parmi des gens occupés les reconnaissant à peine, se révélait être une expérience très inconfortable, brutale même. Je me souviens d'une assistante qui était revenue nous voir pieds nus et vêtue d'un sari. Elle projetait d'ouvrir un centre de yoga et de méditation à Dharamsala. Ils s'étaient allègrement foutus d'elle. Moi je trouvais son projet plutôt sympa. Au mieux, ces visites finissaient par une fragile promesse de s'accepter comme amis sur Facebook pour *garder le contact*. Génial. Cela se résumait généralement à cela. Quelques commentaires narquois sur les pauvres infortunés à la fin de leur courte visite et puis chacun finissait par se taire, s'abandonnant à des prières silencieuses vouées à s'éviter d'être le prochain sur la liste. Pour ma part je n'ai pas sacrifié à ce petit rituel de l'adieu aux braves lorsque mon tour est venu. À quoi bon, ils arrêtaient de me payer le vendredi soir à dix-sept heures, qu'y avait-il d'autre à faire que de ranger son bureau et partir ?

Juste avant l'atterrissage, Laura revient à sa place. Le Hollandais géant qui lui avait succédé maugrée quelque chose dans sa langue gutturale mais regagne tout de même sa place initiale. Fatiguée mais galvanisée par ses discussions avec Robert qui, après son quatrième verre, a probablement dû lui faire miroiter une évolution de carrière spectaculaire. Je n'ai aucune envie de l'entendre. Même si je suis à l'instant présent parfaitement capable de parler, je préfère garder pour moi ce que je pense de son attitude. On ne change pas les gens. C'est quand on a compris cela que vivre auprès de quelqu'un plus d'un mois d'affilée devient envisageable. La Laura *very corporate* ne me fascine pas. Je ferme les yeux en essayant de deviner à combien de mètres nous sommes du sol et de calculer de tête le nombre de secondes précises qui nous séparent de l'atterrissage. J'entends les roues heurter le sol moins de trois secondes après mon top. Pas si mal. Si ça se trouve le pilote a coupé les gaz un poil trop brusquement juste avant l'impact.

Le personnel de bord maintient un sas de sécurité entre la sortie de la classe business et celle des classes arrières. Il ne manquerait plus que nous soyons honteusement mélangés à la sortie pour les formalités de douane. Quand ils ouvrent le rideau, l'espace dédié aux privilégiés est vide. Le sol est jonché de masques de sommeil et de magazines de montres de luxe. Ces gens ont vraiment des lectures passionnantes. À notre sortie de l'aéroport de Narita, nous sommes accueillis par un minibus Nissan. Laura et moi sommes assis à la dernière rangée, juste derrière Robert et Krug. Robert tourne sa tête vers la vitre lorsque Krug lui parle pour éviter de se retrouver dans le champ de son souffle nauséabond. J'aurais peut-être dû assurer le coup avec une seconde mignonnette. Il est quatorze heures. Je regarde le Japon défiler à ma fenêtre. Le coude de Laura effleure ostensiblement le mien mais j'essaie de penser à autre chose.

Ça va tu le sens bien ? me murmure-t-elle à l'oreille.

Nul doute qu'elle ne fait pas référence à son coude, mais au dossier de demain.

Je lui réponds que je suis fatigué. Je vois bien qu'elle a envie de se rattraper. Je sais pertinemment que je finirai par céder. Résister au charme d'une femme comme Laura relève pratiquement de l'impossible. Autant demander à une fourmi de rester impassible devant une miette de pain tombée sur le sol à côté d'elle. Mais je dois tenir le plus longtemps possible. En fermant les yeux me revient l'image de ma sœur dans le salon avec ses Moonboots.

En descendant, juste en face du tourniquet d'entrée de l'hôtel, Robert me regarde avec circonspection.

Ça va aller Serge ?

Oui Robert pourquoi ? je dis.

Hein ça va aller Serge, briefing à dix-neuf heures au bar de l'hôtel avant le dîner.

Je sens que ça me reprend. Je ne sais pas si mes lèvres bougent. Mais aucun mot ne sort. Dans le doute je mets ma main devant la bouche et fais semblant de bâiller. Merde. Faut que j'appelle Muller. Il aura bien un truc à me conseiller. Je ne sais pas quelle heure il est chez nous. Je vais d'abord appeler Aniècе.

La chambre de Laura et la mienne, au deuxième étage, sont contiguës. Krug a hérité d'une chambre au neuvième. Robert dispose d'une suite au quatorzième, juste sous le restaurant panoramique. Si ça se trouve la secrétaire de Robert a poussé le vice jusqu'à indexer les étages à nos échelles de salaires. S'agissant de Robert on doit être en dessous de la vérité.

La chambre est telle que je l'attendais. Rien de spécialement japonais. Après des années d'efforts intenses pour imposer leur vision d'une société mondialisée, il semblerait que les pontes du grand capital touchent enfin au but : gommer méticuleusement toute aspérité culturelle dans chaque parcelle du monde afin de pouvoir rationaliser leurs moyens de production et vendre le même produit indifféremment à Oulan-Bator et à Kuala Lumpur. Quel progrès pour l'humanité.

Seule nouvelle réjouissante, le bloc de papier et son petit crayon de bois mis à disposition sont d'une qualité incroyable, à la fois fins et délicieusement soyeux. J'ouvre mécaniquement les rideaux de la chambre qui font face au mur de l'hôtel d'à côté, à environ deux mètres cinquante de distance. Je les referme. Je m'allonge sur le lit dans l'idée de m'octroyer une petite sieste quand résonne subitement la sonnerie du téléphone.

Allô ?

Monsieur Horowitz, je vous passe monsieur le ministre de l'Économie et des Finances.

Serge c'est moi ! dit mon frère d'une voix enjouée. Alors ça a été, ce vol ?

Long.

Tu en as profité pour étudier le dossier ?

Pas vraiment.

Serge tu ne vas pas me décevoir hein, tu ne crois quand même pas que je t'envoie au Japon pour manger des sushis non ?

Je croyais que j'y allais pour la boîte.

Bien sûr Serge bien sûr, c'est évident, mais n'oublie pas, tu me représentes sur ce coup-là, c'est un peu l'avenir économique de notre pays que tu portes.

François, c'est bon arrête.

Quoi arrête, quoi arrête. Putain Serge tu ne vas pas me faire foirer ce truc, hein ?

Mais enfin François, je réponds, c'est quoi exactement cette histoire, quel rapport avec toi ? Si j'ai bien compris il s'agit juste de présenter une opportunité de rachat de boîte en France à un consortium japonais, une PME en plus, cinq cents millions d'euros, c'est quand même pas comme si je leur vendais trente sous-marins nucléaires.

Non bien sûr Serge, bien sûr.

…

Je te laisse… je compte sur toi Serge.

…

Et tâche de ne pas tout gâcher, reprend-il, j'ai pas besoin de ça. Pas en ce moment. Ce con de ministre du Travail présente les chiffres du chômage demain, ça s'aggrave et bien sûr ça va être pour ma gueule. À un peu plus d'un an des élections. Quelle merde. Le compte à rebours a commencé Serge. Va falloir aligner des succès pour qu'on soit réélus. Va falloir montrer qu'on maîtrise, vendre du rêve, redonner de l'espoir, peut-être même plus, peut-être même qu'il va falloir plus que ça.

Le peuple vaincra, dis-je d'un ton péremptoire, mettant fin à son monologue.

C'est ça c'est ça...

Bip bip bip.

Je ne comprends pas bien ce qui se passe autour de ce dossier. Mais quoi qu'il en soit, je sais bien que je vais devoir l'étudier à fond ce soir avant le meeting de demain. Il faut que j'appelle Anièce. Parfois ce monde me fait peur.

*

Je n'ai pas réussi à parler longtemps à Aniècе. Elle était en train de s'endormir. Notre frère l'a appelée aussi juste après notre conversation et lui a paru nerveux. Je ne sais pas ce qu'il trafique encore, m'a confié Aniècе.

Elle et moi avons toujours constitué un bloc de stoïcisme face à la réussite de notre frère François. Enfants, nous le regardions foncer vers le succès comme une météorite. Une trajectoire implacable. D'une certaine manière, notre banalité apparente l'a sans doute aidé, en le confortant dans sa singularité. Il a déclaré dans une interview un jour qu'il avait depuis toujours su qu'il *avait un destin*. Je le crois sincère. Pas mentalement très stable mais sincère. On dit que les bœufs qui montent dans le camion pour aller à l'abattoir pressentent ce qui les attend. Cela fait maintenant très longtemps que j'ai décidé de ne plus être complice de ces crimes et ne mange ni viande ni poisson. Anièce raffole des entrecôtes. Il y a quelque chose d'animal dans sa façon de les manger. Cela m'amuse de la regarder se jeter sur sa pièce de barbaque tandis que je mélange consciencieusement mes lentilles corail dans mon bol en bambou face à elle.

Après un petit somme, bercé par le ronronnement discret de la climatisation, j'ouvre calmement mon dossier « aphasie ». Vient du grec *aphasia*, sans parole. Les articles parlent de symptômes allant de la perte quasi totale de la faculté de s'exprimer à des formes telles qu'une incertitude légère dans le choix des mots. Je me dis que teinter sa vie d'une *incertitude légère* ne doit pas être dénué de charme. Il est possible que je sois resté des années à ce stade de développement de la maladie avant que celle-ci n'atteigne un niveau beaucoup plus profond. La vie en général m'a toujours un peu inquiété. Dans de rares cas, un choc émotionnel profond et violent peut aller jusqu'à créer des lésions dans l'hémisphère gauche. Fait incroyable, contrairement aux Occidentaux, c'est à l'inverse l'hémisphère droit qui héberge les facultés liées au langage chez les Chinois et les Japonais du fait des représentations graphiques type idéogrammes sur lesquelles s'appuie leur langue. Ce qui signifie que si je ne m'exprimais plus qu'en japonais, le problème disparaîtrait instantanément. Ils disent qu'en cas de grave lésion, la maladie peut évoluer jusqu'au mutisme total et entraîner une profonde dépression. Je ne pense pas avoir suffisamment de choses à dire pour qu'être privé de moyen d'expression me désespère à ce point. Visiblement, je dois me trouver à un stade mi-avancé, marqué par des phases de démission, telles qu'ils les nomment, caractérisées par des phrases inachevées, une quantité de mots réduite et une forte inclination à ne répondre que par oui et par non. La page Wikipédia contenait peu de paragraphes relatifs au traitement de la maladie. Un autre site parlait d'un truc consistant à répéter les mots de son interlocuteur, à défaut de parvenir à formuler soi-même des phrases. Rien de très rassurant avant la réunion de demain.

Pour me changer les idées, je me décide enfin à ouvrir le gros dossier « Matsuroto – Japon ». La première chemise contient une centaine de pages. Il y en a aussi une deuxième d'une dizaine de feuillets à peine. Je m'attaque au plus gros morceau, alangui sur le lit king size.

Le téléphone de la chambre me réveille brutalement. Les feuilles du dossier sont éparpillées sur le lit. Je me rends compte que ma tête a creusé un cratère dans la feuille de compte de résultat prévisionnel sur laquelle elle reposait. Des fiches ont chuté sur l'épaisse moquette aux pieds du lit.

Tu dormais ? demande Laura.

Je ne parviens pas tout de suite à articuler une réponse. Laura a l'air en pleine forme. C'est incroyable.

Tu n'as pas oublié le briefing au moins ?

Heu non non...

On y va ensemble ? propose-t-elle.

Je note qu'elle ne s'est pas changée depuis notre arrivée tout à l'heure. Sa beauté naturelle doit être un véritable calvaire pour toutes les autres filles. Nous partageons l'ascenseur avec un vieux couple de Japonais. Ils inclinent simultanément leurs visages vers le bas pour nous saluer lorsque nous entrons. Instinctivement, j'essaie de reproduire la perfection de leur mouvement de tête. Laura refrène tant bien que mal un éclat de rire. Les deux Japonais nous observent du coin de l'œil. Lors de mes rares déplacements avec Laura, j'apprécie toujours l'idée que nous passions pour un couple. J'en retire une forme de fierté, et que cela soit intentionnel ou pas, rien dans les attitudes de Laura ne vient généralement démentir cette possibilité. Bien sûr, le petit écart de taille entre elle et moi, alimenté artificiellement par la hauteur de talon de ses Louboutin, peut semer le doute. Mais je pourrais très bien être un homme riche après tout.

Tu as regardé la carte du room service, me dit-elle soudain en sortant de l'ascenseur, tu comptes manger des algues ?

Je n'y ai pas encore pensé, suis-je obligé d'avouer. Laura n'ignore rien de la spécificité de mes habitudes alimentaires.

Bon si on peut après le briefing, on essaie d'aller manger quelque part sans les vieux chnoques ? me murmure-t-elle à l'oreille tandis que nous approchons de Robert et Krug échoués sur le comptoir face à leurs verres de cognac.

Elle m'aurait proposé d'aller pique-niquer dans la station spatiale internationale que j'aurais répondu oui de la même façon.

Tenez Serge goûtez ça c'est incroyable, je n'ai jamais rien mangé de tel de toute ma vie, rugit victorieusement Robert à mon intention en désignant une petite coupelle blanche sur le comptoir, tandis que le serveur me sert un Nikka From The Barrel dans une économie de gestes toute japonaise.

Oui ce sont des pois wasabi Robert, je réponds.

Ah bon vous connaissez ça, incroyable.

N'est-ce pas, Robert, dis-je.

J'espère qu'ils ne vont pas nous servir des insectes au repas, surenchérit Krug.

Je crois que c'est assez rare au japon, Monsieur Krug, c'est plus en Chine.

Ça reste l'Asie non ? s'enflamme Krug en appuyant sa réflexion d'un gros rire gras, tout en cherchant l'approbation de Robert du regard.

Je comprends qu'ils n'en sont pas à leur premier cognac mais clairement, Krug ne tient pas aussi bien l'alcool que Robert. Lui est affairé à faire signe au personnel du bar de lui en envoyer un autre.

Pronto, dit-il fièrement au jeune serveur qui lui pose un autre cognac sur le comptoir.

Parfois j'aimerais bien savoir ce qui lui passe par la tête.

Quitte à perturber plus encore les maigres repères géographiques de Krug, Laura commande une tequila.

Il paraît qu'ils en font de l'excellente ici, lui confie l'expert Krug en desserrant légèrement son nœud de cravate.

Je sens qu'il désespère jusqu'à Robert lui-même. Mais ce dernier a la sagesse de savoir à quel point Krug lui est utile pour accomplir les basses tâches qu'il ne pourrait assumer seul sans risquer de ternir sa réputation.

Allons nous asseoir, dit Robert en désignant un petit ensemble de coussins épais entourant une table basse. Le ton de sa voix change brusquement. Le briefing démarre.

Je sais que vous vous interrogez sur les raisons qui nous poussent à nous déplacer en force pour un dossier d'un demi-milliard seulement. Je ne peux pas vous détailler toutes les répercussions que ce dossier aura plus tard, mais je vous demande de le considérer comme étant des plus stratégiques pour le cabinet. Peu importe que vous ne sachiez pas pourquoi. Vous me traitez ça comme une priorité *number one*, c'est clair ? Serge, Laura, vous connaissez le dossier à fond ? s'inquiète-t-il.

Bien entendu Robert, répond instantanément Laura.

Serge ?

Oui oui, j'ai commencé à le relire dans ma chambre.

Commencé, rugit-il, commencé. Non mais vous vous foutez de nous, qu'est-ce que vous avez foutu dans l'avion ? Vous croyez qu'on vous paie ce genre de vol pour mater des films en VO ? Non mais je rêve, Serge je suis à deux doigts d'appeler votre frère, vous le savez.

J'entends ses mots pleuvoir sur moi comme un orage d'été. La maladie m'empêche de faire valoir des arguments pour me défendre. J'ai l'impression de percevoir mentalement les lésions endommageant mon cerveau droit même si je doute que ce soit réellement possible.

Laura vole à mon secours.

Robert, j'ai brièvement discuté du dossier avec Serge dans l'avion avant de vous rejoindre. Il le connaît parfaitement, il s'en sortira.

Ça arrache vraiment la gueule ces cacahuètes vertes, se plaint Robert en finissant son verre comme s'il était déjà passé à autre chose.

Bon demain Serge, vous avez une demi-heure pour présenter l'analyse d'opportunité, ensuite Laura présentera le business plan à cinq ans ; Krug et moi on finira sur le montage financier. On va bouffer ? lance-t-il.

Laura me jette un bref regard désolé avant de répondre à Robert que c'est avec plaisir. Krug croit bon d'ajouter que ce sera beaucoup plus pratique de manger sur place plutôt que de se risquer à l'extérieur de l'hôtel. Je serais curieux de savoir combien de temps il survivrait si on le lâchait seul dans la forêt amazonienne, même avec sa petite sacoche en cuir.

*

Normalement, lorsqu'un genou divague accidentellement de quelques centimètres vers sa droite et se retrouve légèrement contre un autre, il reprend aussi vite sa position initiale. Pas celui de Laura depuis tout à l'heure. Ce point de contact est la seule chose qui m'obsède depuis de longues minutes maintenant. J'aime la regarder lorsqu'elle parle, j'aime entendre sa voix. Et sentir sa jambe effleurer la mienne. Rien d'autre n'existe. Surtout pas les conversations accablantes de Robert et Krug, qui s'interdisent dans un effort louable d'évoquer le boulot à table. Comme dans quatre-vingt-quinze pour cent des *repas d'équipe*, un vide intellectuel intersidéral saisit très rapidement les participants. Il est extrêmement compliqué d'exprimer un semblant d'avis sur le monde quand on n'ouvre jamais un journal de sa vie, que sa télévision est bloquée dès le matin sur une chaîne d'information continue, que le dernier livre qu'on a lu était une biographie de Bernard Hinault publiée en 1987, dévorée lors de vacances inoubliables en République dominicaine, et que, quand votre femme vous emmène de force sans les enfants au cinéma dans une tentative désespérée de raviver la flamme de votre couple, vous passez finalement une bonne partie du film à répondre sur votre smartphone aux mails de vos interlocuteurs américains chez qui il n'est que quatorze heures.

Lorsque Robert, après s'être fortement étonné de la révélation par Krug de l'homosexualité de Martina Navratilova, me demande si j'ai un compte Facebook, je reste sans voix. Je ne parviens pas à formuler la moindre réponse à sa question. Je voudrais au moins arriver à répéter le mot Facebook, comme le suggéraient mes articles sur la maladie. Impossible. Je remarque que le genou de Laura ne repose plus contre le mien. Je regarde Robert.

Je vous trouve perplexe Serge, dit Robert.

...

Vous avez déjà la tête au dossier de demain c'est ça ?

...

Je sens beaucoup de sérénité en vous Serge, c'est nouveau, c'est bien, hein Monsieur Krug ?

Ah mais absolument Robert, absolument.

D'ailleurs, ajoute Laura en se levant de table, si cela ne vous gêne pas, je proposerais bien à Serge de passer une dernière fois le dossier en revue avant de dormir et se préparer pour demain, OK Serge ?

OK, dis-je péniblement, en me levant également.

Robert et Krug restent à table. Il est vraisemblable qu'ils se finissent silencieusement, côte à côte, avec le renfort de quelques verres de cognac, avant d'aller s'affaler sur leurs lits respectifs sans même trouver la force d'ôter leurs costumes froissés.

Mortel ce dîner non ? s'esclaffe Laura en me

saisissant le bras dès que la porte de l'ascenseur se referme.

Disons que si je devais faire une croisière de trois semaines sur un petit voilier, ce ne sont pas forcément Krug et Robert que je choisirais.

Ne serait-ce qu'à cause de l'haleine de Krug, dit Laura.

Qui serait capable à elle seule de faire fuir le poisson.

Nous rions en sortant au niveau de notre modeste deuxième étage.

Bon Laura bonne nuit, dis-je.

Mais, et le dossier? rétorque-t-elle immédiatement.

Attends tu étais sérieuse? Je n'y crois pas.

Serge, bien sûr que j'étais sérieuse, qu'est-ce que tu crois, ce dossier représente une incroyable opportunité. Un, faire parler de moi au sein des équipes du ministère de ton frère, puisque apparemment ils s'intéressent à cette affaire, et deux réussir mon premier deal en Asie. Non mais tu croyais quoi? Tu sais que si ça se trouve le bureau de New York suit tout cela avec attention, crois-moi je n'ai pas l'intention de laisser passer cette chance, tu dormiras un autre jour Serge.

La Laura *corporate* que j'exècre, me dis-je.

Tu veux qu'on bosse dans ta chambre ou la mienne?

Plutôt la tienne si ça ne te dérange pas, dit Laura en souriant, j'ai étalé toutes mes petites culottes et mes soutiens-gorge sur le lit pour choisir ceux que je mettrai demain.

On va faire comme si je n'avais rien entendu, OK Laura ? dis-je en ouvrant ma porte.

Découvrant les feuilles du dossier éparpillées entre le lit et la moquette, Laura me demande ce qui s'est passé. Je lui réponds que j'ai créé un courant d'air en ouvrant la fenêtre. Heureusement elles sont numérotées et nous nous retrouvons assez vite à quatre pattes à les ramasser et les remettre dans l'ordre.

Ça te dérange si je m'installe sur le lit ? dit Laura en s'allongeant sur le dos, le dossier en main.

Je fais pivoter la chaise du petit bureau pour lui faire face.

Pourquoi tu n'as pas répondu à Robert tout à l'heure sur Facebook, tu avais peur qu'il t'envoie une invit ? me taquine-t-elle.

Non je ne sais pas, je suppose que j'étais en train de penser à autre chose...

Tu avais l'air comme tétanisé, ajoute-t-elle cette fois beaucoup plus sérieusement.

Non... ou peut-être à l'idée de le voir publier une photo de vacances de lui en maillot de bain sur mon mur.

Quelle horreur, s'offusque-t-elle.

Tu crois que ses moule-bite aussi sont rayés comme ses costumes de mafieux ?

Aucun doute là-dessus, dit Laura en riant.

Au bout d'une heure je trouve ce dossier de plus en plus bizarre. Je ne comprends pas l'empressement de ce consortium pharmaceutique japonais à aller acheter cette petite marque française de boissons énergétiques. Il doit y avoir un truc mais je n'arrive pas à le saisir. Toutes les perspectives sont mauvaises. Le business plan de Laura est génial, comme d'habitude, mais j'ai de gros doutes sur la capacité des Japonais à l'exécuter correctement, surtout avec la bande de truffes de Français à la tête de la boîte aujourd'hui. Je fais part de mon scepticisme à Laura. Elle me répond d'un air las que j'ai tendance à oublier que nous sommes payés pour que les affaires se fassent, coûte que coûte, et que le schéma d'optimisation fiscale imparable proposé par notre bonne Offshore Investment Company se chargera d'alléger le coût de l'acquisition in fine. Peu après, Laura s'endort profondément. Habité par ses interminables jambes, le lit semble subitement s'être raccourci. Pour ne pas qu'elle ait froid je dépose sur elle les immenses serviettes de la salle de bains. Son chemisier bleu clair est légèrement entrouvert et j'entraperçois sa poitrine à travers une parcelle de soutien-gorge en dentelle qui me fait regretter de ne pas avoir insisté pour faire la réunion dans sa chambre. Son visage est empreint d'une grande sérénité. Elle semble sûre d'elle. J'adorerais voir à quoi elle ressemblait enfant. Avant que l'ambition et les surcharges de travail ne viennent façonner ses traits autrement.

Ma phase d'observation intense prend fin à l'instant où le téléphone se met à sonner. Je me précipite pour saisir le combiné avant que cela ne réveille Laura.

Allô ?

Serge c'est toi? c'est Aniėce.

Aniėce mais tu ne dors pas?

Il est sept heures du matin ici, mais toi Serge, tu ne dors pas?

Non.

Pourquoi tu murmures? dit soudainement Aniėce d'un air soupçonneux.

Laura est dans ma chambre, elle dort sur mon lit.

Quoi, non mais quoi?

Aniėce hurle dans le combiné. Je suis obligé de mettre ma main dessus pour étouffer le son.

Je murmure que je lui expliquerai et que je dois dormir maintenant.

Je raccroche au moment où elle me demande si je me fous de sa gueule.

C'était ton frère? m'interroge Laura qui se redresse sur le lit.

Il t'obsède à ce point Laura? je rétorque.

Non, je ne suis pas *obsédée*, je m'intéresse, c'est tout, répond-elle, légèrement vexée.

...

Écoute prends-le comme tu veux Serge, mais ce n'est quand même pas tous les jours qu'on peut approcher de près l'entourage immédiat d'un ministre de l'Économie et des Finances, ce n'est quand même pas si courant.

Et...

Et voilà, rien de plus, je dis juste ça.

Tu rêves de travailler dans un cabinet ministériel, avoue, Laura, avoue que tu en rêves.

Non Serge, je t'assure, rien à voir, peut-être un peu de curiosité, c'est normal après tout.

...

Bon, après, s'il te venait à l'idée, un jour, de parler de moi à ton frère, et prenons ce postulat inouï, en des termes élogieux, eh bien disons que ça ne me laisserait pas insensible, tu vois ? Disons que je t'en serais reconnaissante, très reconnaissante, et que... et que crois-moi je saurais te remercier, je saurais te remercier d'une manière que tu ne serais pas près d'oublier Serge.

Je préfère ne même pas y penser ; le cadeau empoisonné... Je pense qu'après six mois auprès de lui tu m'en voudrais à mort. Tu me fustigerais pour t'avoir propulsée dans ce nid de vipères.

N'en parlons plus Serge, ça ne sert à rien de toute façon. Bon et ce coup de fil c'était qui, tu as quelqu'un c'est ça ?

Non, c'était ma sœur, elle est hyper chiante mais je vis chez elle.

Laura sourit en se levant, m'embrasse furtivement sur la joue et repart dormir dans sa chambre.

La vie ressemble parfois à un puzzle de mille pièces dont il manquerait des morceaux, sans qu'on sache exactement lesquels.

*

Docteur Muller ? je demande.

Le timbre de voix de Muller indique qu'il a peu dormi. Il est huit heures pile là-bas.

Oui.

Serge Horowitz.

Monsieur Horowitz, qu'est-ce qui se passe, et comment avez-vous eu mon portable ?

Vous me l'aviez transmis... ma sœur l'avait aussi.

Ah, Aniècce..., dit-il.

Je suis au Japon.

Grand bien vous fasse, monsieur Horowitz.

Docteur, les choses ne s'améliorent pas, je ne comprends pas ce qui se passe, ce soir encore j'ai été pris de cette espèce de... de... d'aphasie, au bar, avec mes collègues.

Ah je vois que vous vous êtes renseigné.

Oui, mais je n'ai pas le temps d'apprendre le japonais pour que mon langage découle d'idéogrammes côté cerveau droit.

Rome ne s'est pas faite en un jour, monsieur Horowitz.

J'ai une réunion demain.

Eh bien ? demande-t-il.

Qu'est-ce que je fais, qu'est-ce que je fais si ça me reprend ?

Respirez, monsieur Horowitz, respirez, accrochez-vous à un mot, un oui, un non, des choses simples ; il n'y a aucune raison que cela perdure, vous n'avez pas subi de choc particulier, tout va bien globalement. Ou je me trompe ?

Je ne sais pas docteur, je ne suis plus si sûr que ça aille si bien. Ça commence à me travailler. Il n'y a aucune pharmacie près de l'hôtel où je puisse aller chercher quelque chose.

Je devine derrière Muller des bruits qui me semblent imperceptiblement familiers, une machine à café, possiblement une station de radio en fond. En tendant l'oreille, j'entends quelqu'un chuchoter à ses côtés. Il n'est peut-être pas encore à son cabinet.

Après quelques secondes de réflexion il reprend :

Ne vous écoutez pas trop, monsieur Horowitz, dans le domaine vous êtes probablement votre pire ennemi.

Je ne comprends pas bien.

Serge, il faut que vous preniez les choses en main, c'est dans votre tête, vous n'êtes fondamentalement pas malade, encore une fois arrêtez de vous écouter, agissez.

Bon il faut que je dorme, je vous rappellerai docteur.

Bonne nuit Serge.

Cela fait deux fois qu'il m'appelle Serge. Je ne sais pas d'où lui vient cette familiarité soudaine. Ce type est bizarre. Il faudra que j'en parle à Anièce. Et peut-être que je trouve un spécialiste à mon retour. Ça doit exister.

Je m'allonge sur le lit sans ouvrir les draps en essayant de me positionner exactement à l'endroit où se trouvait Laura tout à l'heure. Je sens l'odeur de ses cheveux sur l'oreiller. Il faut que je pense à autre chose. J'ai besoin de dormir et il est hors de question que cette fille se mette à me hanter jour et nuit. Hors de question.

★

Je me réveille très tôt le lendemain. Je me glisse comme un fantôme dans les couloirs de l'hôtel jusqu'à la salle du petit déjeuner. D'après mes calculs, je devrais être remonté dans ma chambre avant qu'aucun d'entre eux ne descende à son tour. Laura sera à la bourre de toute façon. Et m'infliger Robert et Krug à ce moment de la journée est inimaginable. Je suis seul dans la salle. Une serveuse qui paraît avoir quinze ans me sourit et me dirige vers une petite table. J'ai presque envie de pleurer en découvrant la banalité du petit déjeuner continental. Par la fenêtre, la matinée est grise. Je regagne dare-dare ma chambre et reste un moment immobile assis sur le lit, le dossier posé à côté de moi. Parfois je me demande ce que je fais là. Je me répète des phrases dans la tête pour m'entraîner à parler, afin d'éviter une catastrophe tout à l'heure. Maintenant c'est l'heure. L'ascenseur se referme sur moi, prêt à descendre. Puis les portes se rouvrent à la dernière seconde. Laura. Ses cheveux sont encore mouillés. Je maintiens l'ascenseur ouvert en appuyant sur la touche.

Ça va Serge ? Je t'ai attendu au petit déjeuner, qu'est-ce que tu foutais ? je me suis retrouvée en face de Krug.

Alors il mange vraiment du hareng le matin, c'est ça l'explication ?

Même pas, dit-elle en éclatant de rire.

Tu m'as manqué ce matin, dit-elle soudain, j'aurais adoré que tu sois la première personne que je croise en me réveillant...

Elle dit ça comme ça. Simplement. Je me revois assis comme un idiot sur mon lit pendant une demi-heure. L'ascenseur marque une pause.

Laura me regarde puis prend mon visage entre ses mains et contre toute attente m'embrasse fougueusement. Sa langue est brûlante et tournoie autour de la mienne. Elle vient probablement de boire un thé en vitesse. J'essaie de caresser ses seins à travers son petit haut blanc mais elle se saisit de mes mains et les fait glisser vers sa taille. Je tente alors une diversion du côté de ses fesses. Là aussi elle les retire, et desserre brusquement son étreinte à la seconde même où les portes de l'ascenseur s'ouvrent.

Ah vous voilà, beugle Robert en regardant sa montre à un mètre de nous.

Prêts à tout déchirer, lui lance Laura dans un sourire en me gratifiant d'un clin d'œil.

J'avais entendu parler des tremblements de terre au Japon mais je ne pensais pas en vivre un ce matin. Je ne sais pas si c'est le sol qui tremble ou si ce sont mes jambes.

Bon vous venez Serge ? s'impatiente Robert, le chauffeur nous attend.

Ça devait être plutôt mes jambes.

Krug est déjà à l'intérieur du van. Le numéro du ministère s'affiche sur mon portable mais je ne réponds pas à mon frère. Je suis déjà dans mon match, la partie de ma vie, je me suis merveilleusement autoconditionné. Je suis un requin-bouledogue qui aperçoit la jambe d'un surfer à trois mètres de lui. Un killer. Je n'entends plus rien. Je pense à ma première phrase d'introduction. Je vois Robert parler secrètement à quelqu'un au téléphone en mettant sa main devant la bouche tout en me regardant. Ce ne peut être que mon frère. Avant de raccrocher je l'entends juste dire « Serge est prêt, ça va aller, tout est sous contrôle monsieur le... ». François a dû raccrocher. Robert se retourne dans le van et me regarde. Je lève le pouce dans sa direction et souris faiblement. Je vais parler. Ce syndrome de paralysie verbale ne peut être sérieux, je vais parler. Il n'y a pas de raison. Je ne sais pas pourquoi j'ai en tête l'image de ma sœur et du docteur Muller côte à côte, qui me regardent et me font signe de la main. Laura est assise à côté de moi. Son regard se perd à travers la fenêtre du véhicule. Les trottoirs sont incroyablement propres. Je m'appelle Serge et je vais y arriver. Je vais assurer. Je le sens. Cette fois c'est bon. Merde, je n'en reviens pas qu'elle m'ait embrassé.

★

La réunion a été un désastre. Après avoir miraculeusement bien commencé. La seule comparaison possible me semble être le raz de marée thaïlandais de Phuket. Ces touristes heureux qui prennent leur petit déjeuner sur la terrasse de l'hôtel. Les enfants qui jouent au ballon en plastique entre les palmiers. Les couples plus âgés qui installent déjà, malgré l'heure matinale, leurs serviettes sur les chaises longues autour de la piscine pour être certains d'avoir la meilleure place. Ce bonheur parfait. Et puis cette vague. Cette vague géante qui n'existait pas une demi-heure plus tôt et qui s'approche du rivage, sourde, de plus en plus grande et de plus en plus rapide. Cette vague qui submerge la côte, s'engouffre et ravage tout sur son passage, hommes, femmes, enfants, arbres, paillotes, chaises longues et serviettes de plage, bâtiments, pour ne laisser derrière elle qu'une infâme mer de boue et de débris et un immense sentiment de désolation. La vie ne s'embarrasse pas de justice. Chaque bonheur porte en lui sa fin prochaine. Rien dans les premières minutes du meeting ne laissait présager qu'il se déroule aussi mal. Pas à ce point-là. Tout avait d'ailleurs merveilleusement bien débuté avec le rituel d'échange de cartes de visite dans lequel j'étais parvenu à véritablement exceller. *Tenir sa carte à deux mains, la présenter à son interlocuteur après avoir légèrement incliné son buste en signe de déférence. Tendre sa carte. Examiner scrupuleusement celle de son interlocuteur avant de lui sourire légèrement et la ranger précautionneusement dans la poche de sa veste.* Le thé avait été merveilleusement servi. Krug s'était admirablement occupé de l'ordinateur de Robert en le connectant au vidéoprojecteur et avait placé devant lui les dossiers classés par couleur de chemise. Robert avait commencé son speech avec grandiloquence bien que sa braguette soit restée ouverte. Krug avait désespérément tenté de lui faire signe. Robert avait enfin fini par comprendre la situation mais n'avait pas refermé sa braguette pour autant.

Les murmures de la batterie de traducteurs, positionnés debout quelques centimètres derrière nos homologues afin de leur restituer en direct les propos tenus lors de la présentation, me fascinaient. Les visages de vieux sages des hommes d'affaires japonais qui nous faisaient face me subjuguaient tout autant. Je ne pouvais m'empêcher de les regarder en me disant qu'il y a seulement quelques générations, certains de leurs parents étaient vraisemblablement de terribles guerriers samouraïs. Leur visage impassible semblait raconter mille ans d'histoire. Qui sait s'ils ne pensaient pas en réalité à ce qu'ils allaient manger à midi? Ensuite cela avait été à mon tour et rien de ce que je craignais n'était survenu. Je leur avais présenté l'entreprise sous toutes ses coutures et franchement, cette entreprise familiale de boissons énergétiques ressemblait au groupe LVMH au moment où j'avais conclu ma première partie. Mes phrases s'enchaînaient comme dans une longue improvisation au piano de Brad Mehldau. Laura me regardait et avait l'air fière de moi. J'avais même vu Krug susurrer quelque chose à l'oreille de

Robert à la fin de ma première partie. Sûrement que tout le mérite lui en revenait grâce à son travail de l'ombre effectué auprès de moi. Un des Japonais avait légèrement souri. Ça avait ensuite été au tour de Laura de faire son show. En trente minutes chrono elle leur avait expliqué comment, en exécutant à la lettre le business plan qu'elle préconisait, le chiffre de la cible pouvait aisément passer de cinq cents millions à un milliard et demi en cinq ans avant de la revendre. Il suffisait de tripler les investissements marketing, passer à un sourcing d'ingrédients habilement réparti entre la Chine et la Pologne, et délocaliser quatre-vingts pour cent de la production tout en capitalisant, en termes d'image, sur la maigre partie emballage qui resterait symboliquement réalisée en France. Miser à fond sur l'export. Convertir les Japonais aux boissons aux plantes méditerranéennes. Génial. Elle ne m'avait pas regardé pendant sa présentation. Trop concentrée. Au bout d'un certain temps je n'étais plus parvenu à réellement l'écouter, me laissant juste bercer par la délicieuse musicalité de sa voix, agrémentant mon plaisir d'une contemplation fine de chaque partie de son visage et de l'allure renversante de son corps. Puis Robert et Krug avaient repris les rênes, Robert et son air éternellement satisfait de lui-même. Sa braguette toujours ouverte sans le moindre complexe. Krug jubilant les yeux brillants à ses côtés. Des dizaines de tableaux Excel. Robert pour les grandes masses, Krug pour le détail de chiffres. Le schéma fiscal était extrêmement complexe. La clef la plus simple consistait à proposer à l'administration fiscale une dépréciation drastique de l'entreprise un an à peine après l'avoir achetée, et se servir de cette moins-value pour contribuer à baisser l'imposition du groupe en remontant cette dépréciation au niveau de la holding. De la routine. Le stratagème conçu par Robert allait encore plus loin. L'achat devait se faire à partir d'une nouvelle société constituée pour l'occasion et basée au Luxembourg. Qui elle-même serait reliée à un consortium d'autres entités fantômes hébergées dans un certain nombre d'îles plus connues pour leur absence de contrôle étatique et pour leurs avantages fiscaux que pour leurs plages de sable fin. Dont une mystérieuse holding baptisée RFK, localisée dans un petit immeuble cossu des îles Caïmans. Le coup de génie écœurant de Robert. Les Japonais avaient l'air satisfaits d'acheter pour un virgule deux milliard une société française familiale de cinq cents millions d'euros de chiffre d'affaires. Cela me paraissait ahurissant. Robert et Krug étaient des voyous sans nom mais quand même, je ne les avais jamais vus survaloriser à ce point une entreprise. Il y avait quelque chose d'anormal, même à l'échelle de l'ignominie habituelle de leurs combines. J'étais mal à l'aise. Tout le monde souriait. Bon c'était fait. Mais tout ça restait bizarre. Robert venait de prononcer quelques mots de conclusion et se contentait d'offrir aux Japonais son horrible sourire carnassier. De la transpiration coulait sur le front de Krug qui venait de se rasseoir. Un des Japonais s'était levé. Avait murmuré quelques mots à l'oreille de son traducteur qui annonçait alors une question pour monsieur Serge Horowitz. Une question monstrueusement simple. Mais pourquoi fallait-il qu'il me la pose à moi. Est-ce que je pensais au plus profond de moi que c'était une bonne affaire et que les Japonais devaient engager leur groupe dans la réalisation de cette opération, à ces conditions ? Une question directe d'une brutalité inouïe pour des Japonais. Probablement à la mesure de leurs doutes.

Krug s'était levé d'un bond. Robert avait commencé à répondre. Le Japonais s'était aussitôt penché à nouveau à l'oreille de son traducteur qui avait fermement répété que la question s'adressait à monsieur Serge Horowitz.

Je crois que j'ai dû commencer par grimacer. J'ai lu la peur sur le visage de Laura. Je me suis levé et j'ai dit que l'étude détaillée que j'avais faite du dossier m'obligeait à dire que cette affaire ne valait certainement pas le prix élevé qu'ils s'apprêtaient à payer mais qu'après tout chacun faisait ce qu'il voulait de son argent. Ce n'était pas forcément ce que j'aurais voulu dire mais les faits étaient là. Robert est devenu rouge et s'est mis à me crier dessus sans que je n'entende rien. Un deuxième Japonais s'est levé et m'a demandé très poliment de détailler mes explications. Et là ça m'a repris au pire moment. Je les ai regardés, j'ai souffert, j'ai essayé divers mouvements de bouche, j'ai passé mes doigts sur mes lèvres pour vérifier qu'elles étaient bien toujours là, mais aucun mot n'est sorti. Pas un seul. Ça a duré plusieurs minutes. Aphasie totale. Robert a demandé à Laura de répondre à ma place mais elle a bien été obligée de dire que nous nous étions réparti les présentations et qu'elle ne s'était pas assez penchée sur mon travail pour pouvoir répondre à ma place. Robert a demandé où était mon dossier. Je n'ai pas non plus réussi à parler pour dire que j'avais oublié tous les documents sur mon lit à l'hôtel en partant. J'ai pensé au docteur Muller, voulu au moins tenter de répéter le dernier mot prononcé par Robert, mais même ça s'est révélé un obstacle trop difficile à franchir. Rien n'est venu. J'étais encore inapte à communiquer quand Robert nous a demandé à Laura, Krug et moi de sortir de la salle pour rester seul avec les Japonais. Au moment où je fermais la porte de la salle de réunion, je l'ai aperçu, son téléphone portable à la main, et entendu demander monsieur le ministre. Le tsunami du 26 décembre 2004 dans l'océan Indien a fait officiellement 227898 morts. Celui-ci allait au moins en faire un. En fait ce fut deux.

*

N'essaie même pas de m'adresser la parole Serge.

Laura est plus que furieuse. Planter ce dossier, c'est comme si je lui avais arraché une dent à vif ou tué son fils à la perceuse dans l'allée centrale d'un magasin de bricolage. Bon, en même temps, qu'ai-je réellement fait de mal? Bien sûr que cette affaire sent mauvais. Et puis-je être tenu responsable de ma maladie? Comme elle refuse de m'ouvrir la porte de sa chambre de retour à l'hôtel, j'ai glissé dessous deux feuillets relatifs à mon handicap. Pour qu'elle comprenne. Cinq appels de mon frère sur mon portable. Et deux d'Aniièce. Un de Muller. Pourquoi la meute des acharnés du travail vous poursuit-elle sans relâche dès que vous faites la moindre erreur? N'y a-t-il plus aucune place pour l'indulgence? Leur monde peut bien s'écrouler. Ces choses ne m'atteignent pas.

Plutôt que de rentrer dans ma chambre je me décide à sortir un peu. Il fait froid et il pleut. La ville n'est plus qu'une variation de gris. Je marche jusqu'au carrefour de Shibuya et observe un bon moment la foule massive se croiser sans jamais s'entrechoquer. Je m'achète un parapluie transparent et décide de marcher un peu, au hasard des rues. Les immeubles sont aussi étroits et hauts que les Japonais me semblent petits et trapus. Je sens que sous l'effet de l'humidité, mes cheveux gonflent. J'évite de regarder mon reflet dans les vitrines. Mes pas m'entraînent finalement dans les larges allées du parc de Meiji Jingu. Même la pluie tombe plus harmonieusement qu'ailleurs, au Japon. Je m'assois un instant sur un banc. Un proverbe tibétain dit que les nuages ne disparaissent pas mais se transforment en pluie. Imperceptiblement, je sens mon humeur glisser vers un accès de mélancolie, tandis que je replie délicatement mon parapluie à côté de moi. En quelques minutes, immobile sur mon banc, je ne suis plus qu'une maigre statue courbée sous une immense chute d'eau. Le ciel pleure sur mes joues, inonde mon visage de milliers de gouttelettes qui pénètrent chaque centimètre de mes vêtements, glacent mon corps puis s'échappent inexorablement le long de mes membres. Il doit faire dans les quatre degrés. Je sais qu'il va bien falloir que je rentre à un moment ou un autre mais rien ne me fait plus horreur. La perspective d'avoir à les affronter tous me déprime. Si j'étais plus habile, je grimperais dans un arbre et attendrais un peu. Les passants s'arrêtent et me regardent. Je leur souris et leur fais signe que tout va bien. Sous le poids de l'eau, le trajet du retour me prend le double de temps. Je me sens terriblement gêné de laisser de larges flaques derrière chacun de mes pas sur la moquette du hall de l'hôtel. Un employé m'apporte une épaisse serviette-éponge. Je me frictionne les cheveux puis couvre mes épaules. J'aperçois attablés dans le bar Laura, Krug et Robert. Tandis que je m'avance vers eux, Robert me regarde. Son visage ne trahit aucune expression. Je crois que je n'existe déjà plus pour lui. Laura a la tête plongée entre ses mains et un dossier ouvert devant elle. Aucun regard pour moi. Krug se lève et se dirige dans ma direction. Il m'arrête à cinq bons mètres de leur table.

Vous êtes content au moins Serge ?

...

Vous êtes contents de la merde dans laquelle vous venez de nous mettre ?

C'est difficile de vous répondre Monsieur Krug, je suis traversé par des sentiments très divers...

Et d'où vous venez dans cet état-là ? Vous vous êtes fait agresser ? Vous ne ressemblez à rien.

Pendant qu'il me crie dessus, mes pieds barbotent dans la flaque qui s'est formée sur la moquette. Je me décale de quelques centimètres sur la gauche pour essayer d'apercevoir Laura derrière l'épaule de Krug. Le félon se déplace immédiatement pour me masquer la vue. Il me fait face. Krug a vraiment une vilaine peau. Excès de sébum.

Avant même qu'il ne vienne interrompre mes pensées je sens son haleine fétide.

Bon, bon je ne vous fais pas un dessin Serge, hein.

C'est-à-dire...

Robert et moi repartons à dix-sept heures. Premier vol. D'ici là on ne veut plus vous voir. Vous repartirez dans un vol low cost demain matin. Avec Laura.

J'entends Robert beugler le nom de Krug depuis sa table. Ce dernier tourne aussitôt les talons et s'empresse de regagner sa base. Laura ne me regarde toujours pas. Ils doivent être en réunion de crise. Comme souvent lorsque la vie ne m'offre pas de solution immédiate, je décide de prendre un bon bain. Je remonte dans ma chambre. Je crois que je me commanderai un room service ce soir.

Je reste un long moment allongé, nu, sur le lit. J'ai réglé l'air conditionné à vingt-quatre degrés. Et puis je décide d'accomplir l'un des modestes rêves qui ponctuent régulièrement ma vie. J'enfile le peignoir de l'hôtel ainsi que les petites sandales en coton également fournies, m'assois au bout du lit et avale d'un trait une mignonnette de whiskey. Dans un hôtel de luxe à Tokyo. J'entends mon portable vibrer mais ce n'est pas Laura. Je suis heureux et je souris. Béatement. Sans rien attendre d'autre de la vie. Les choses qui doivent se passer finiront bien par se passer. Je n'ai pas la moindre idée de ce qui m'attend. Cela me convient tout à fait. Je n'ai jamais nourri de grandes attentes envers quoi que ce soit. Et de ce fait la vie ne m'a jamais vraiment déçu. Si un sentiment m'est bien parfaitement étranger, c'est la frustration. Bon voilà, je n'ai jamais rien accompli de très marquant. Mais cela pourrait enfin finir par arriver un jour ou l'autre. Et je serais là. Je n'aurais jamais rien fait pour, mais je serais là. C'est avec un profond sentiment de satisfaction que je me coule dans l'eau brûlante de l'immense baignoire de la salle de bains.

Mentalement, je me projette dans la peau d'un soldat qui pénètre dans un sous-marin. Je ferme les yeux et j'ai l'impression de m'enfoncer dans les entrailles de l'océan. Quand le bain devient tiède je remets de l'eau chaude sans ouvrir les yeux. Je ne sais pas combien de temps je reste immergé. Mais lorsque je sors, le réveil indique dix-neuf heures. Cela doit donc faire dans les deux heures, si je me fie à mes doigts fripés. Mes mains ressemblent au visage d'un vieux shar-peï.

Laura ouvre, ouvre Laura, je supplie.

Je suis derrière sa porte et porte un lourd plateau rempli de sushis, sashimis, petits bols de riz rond, petits bols d'algues et, au cas où, d'un hamburger au bacon. J'ai entendu bouger à l'intérieur. Je sais qu'elle est là. Une femme de chambre passe derrière moi comme un fantôme et me sourit timidement d'un air gêné.

Merde Laura ouvre... Ce n'est que du business... Non ? Allez.

Va te faire foutre pauvre connard, me répond-elle enfin.

Laura j'ai de la nourriture... Je sais que tu dois avoir faim... Je t'en prie.

Non mais qu'est-ce que tu crois, dit-elle en ouvrant la porte, tu crois que je vais te laisser entrer comme ça après le coup que tu nous as fait ?

Nous...

Oui nous, connard, Robert, Krug, toi, moi merde. Oui nous, la boîte, le projet, ton frère, tu te souviens que t'as un frère ?

Évidemment, tu crois que je pourrais l'oublier aussi facilement.

Il m'a appelée vu que tu ne lui réponds pas, tu as honte c'est ça ?

Comment il a eu ton numéro ?

Mais enfin Serge dans quel monde tu vis, non mais qu'est-ce que tu imagines ? Il est ministre, tu penses que c'est dur pour lui d'obtenir mon numéro ? Crois-moi j'aurais préféré qu'il m'appelle pour autre chose.

Laura, Laura je ne comprends pas pourquoi tout le monde devient hystérique autour de ce dossier.

Tu me fais halluciner Serge, vraiment.

...

Franchement j'attendais mieux de ta part Serge. Tu sais à quel point cette affaire pouvait être importante pour ma carrière. Supervisée par ton frère et ses plus proches collaborateurs en plus...

Ah finalement on y revient, *les collaborateurs de mon frère*... En même temps ce n'est pas si grave, tu auras d'autres occasions, s'il n'y a que ça... Je pourrai essayer d'en toucher un mot à François si c'est vraiment ce qui te fait kiffer, même si franchement cette obsession confine à l'absurde, si tu veux mon avis.

Cette obsession, hurle-t-elle, cette obsession, non mais tu sais quoi de moi pour dire ça encore une fois Serge ? Tu sais d'où je viens, tu t'y es déjà intéressé ?

Arrête Laura c'est bon, je te l'ai dit, je pourrais...

Mais tu vas lui dire quoi à ton frère ? Tu crois qu'il t'écoutera encore après ça ? Non mais dans quel monde tu vis Serge ? Tu t'es déjà demandé pourquoi Robert avait accepté de te prendre au cabinet sur insistance de ton ministre de frère, tu t'es déjà posé la question ?

Attends c'est bon Laura, le travail n'est peut-être pas le premier de mes centres d'intérêt mais je ne suis pas un naze non plus, tu as déjà lu mes analyses prospectives sectorielles, hein tu les as déjà regardées de près ?

Et toi Serge, tu as déjà regardé de près le fait qu'un mois après ton entrée au cabinet, Jersey et les Bermudes ont inexplicablement été retirés de la liste noire des paradis fiscaux par le ministère ? Tu as déjà fait le lien avec les bureaux de l'Offshore Investment Company qui prospèrent dans ces deux îles ?

…

…

Bon, tu me laisses entrer ? Je vais finir par incommoder tout le monde en parlant si fort dans le couloir. J'ai commandé du room service.

T'es vraiment qu'un sale con, dit-elle en se dirigeant vers son lit. C'est là, en la suivant après avoir refermé la porte, que je m'aperçois qu'elle ne porte qu'une simple chemise et probablement une petite culotte dessous. Son pantalon est sagement plié sur la chaise du bureau. Ses jambes sont incroyablement longues et fines. Elle s'assoit en tailleur sur le lit. C'est un miracle que je n'aie pas encore renversé le plateau. Jamais aucune fille ne m'a à ce point-là coupé le souffle.

Pose-le sur le lit, dit-elle sèchement.

Je m'exécute.

Tu sors d'ici maintenant.

Je n'en reviens pas qu'elle me fasse ça. J'ai l'impression d'être un enfant de dix ans refoulé à l'entrée de Disneyland un beau jour d'été. Le téléphone de ma chambre sonne au moment où j'entre. J'hésite entre Aniècе et mon frère mais je décide de répondre quand même. C'est Laura.

Bon ça va, tu peux revenir... connard.

J'arrive.

De retour auprès d'elle, je m'assois sur la chaise du bureau. Laura n'a pas bougé. Elle ne m'adresse pas la parole. La télé est allumée sans le son. Je meurs d'envie d'essayer d'apercevoir sa petite culotte mais j'essaie de penser à autre chose pour résister. Une demi-heure de purgatoire. Soudain elle repousse légèrement le plateau de room service vers le bout du lit et me regarde. Je crois que j'ai encore plus froid que sous la pluie cet après-midi. Ses yeux sont deux blocs de glace arctique.

Serge franchement qu'est-ce qui t'a pris ?

Il est évident que sa tenue légère n'a rien à voir avec moi et que je ne risque pas d'aller plus loin ce soir.

Je ne sais pas Laura, mais ce deal est quand même un peu louche non ?

Non... non, pas beaucoup plus que d'habitude... Peut-être un peu oui, je te le concède.

Mais enfin Serge, quelque part on s'en fout. Ce n'est pas notre argent. Les Japonais font ce qu'ils veulent de leurs capitaux. Pourquoi aller chercher la petite bête? De toute façon j'en ai marre, il faut que ça bouge, je n'en peux plus, j'ai l'impression de stagner, il faut qu'une opportunité s'offre à moi en externe ou, si je reste, que je passe au moins directrice associée. Ça ne peut plus durer. Et donc merde Serge, ce deal c'était une première grosse affaire à l'international et ça tout le monde sait que c'est un tremplin. Sauf toi Serge, sauf toi apparemment, avec tes états d'âme à la con et ton éthique de daube.

Laura, tu ne m'enlèveras pas de l'idée que soit on nous cache les véritables dessous de cette affaire, soit il y a un côté parfaitement immoral à inciter ce consortium japonais à surpayer une acquisition. Il fallait bien que je le dise non?

Non Serge.

...

Je ne te comprends pas, soupire-t-elle, sincèrement parfois je me demande à quoi tu penses. Quand même, Serge, je veux bien que tu n'en aies rien à foutre, mais enfin, si tu te donnais un peu la peine... tu es plus malin que nous tous réunis, si seulement tu acceptais parfois de mettre un dixième de ton intelligence et de ta clairvoyance au service de la boîte qui te paie chaque mois...

Oui bon ça... et puis après tout Laura, pourquoi est-ce que c'est à moi qu'ils ont eu le malheur de poser la question, tu peux me le dire, j'ai demandé quelque chose, j'ai levé la main pour participer ?

...

Laura ne me répond pas mais saisit le téléphone et commande à la réception une bouteille de saké. Je me dis que tout n'est peut-être pas perdu. Elle désigne du regard les feuilles étalées sur le bureau.

Serge c'est quoi ce prétendu problème d'aphasie ? C'est tout ce que tu as trouvé pour te justifier ?

Non Laura c'est sérieux. Je ne sais pas ce qui se passe, ça peut me prendre n'importe quand, ça peut durer deux minutes ou deux heures ; je me retrouve incapable de parler, incapable de prononcer un seul mot. Je ne fais en aucun cas exprès. Je suis même allé chez le médecin si tu veux savoir.

Et alors ?

Et alors rien, à part de vagues conseils débiles, rien. Il n'a aucune idée des facteurs déclenchants de mes crises. Imagine que ce ne soit que le premier signe de quelque chose de beaucoup plus grave. Je ne te dis pas comme je suis impatient d'atterrir pour me précipiter dans une pharmacie. Quelqu'un doit bien avoir une réponse.

...

Et pourquoi ce n'est jamais arrivé avec moi, hein Serge, tu l'expliques comment ça ?

Je ne sais pas Laura, je ne sais pas, dis-je en soupirant.

Le room service arrive, je vais ouvrir la porte. Une bouteille et deux petits verres nous tendent les bras sur le plateau. Je m'en saisis et les dépose sur le lit après que la femme de chambre nous a débarrassés du premier plateau de nourriture. Laura sourit enfin.

Ne rêve pas Serge, t'as pas fini de payer pour ce que tu as fait.

Laura...

J'ai juste besoin de picoler avec quelqu'un. C'est toi comme ça pourrait être le garçon d'étage.

En même temps c'est moi. Laura a remis le son de la télé et me fait signe de m'installer à côté d'elle sur le lit. J'ai du mal à détacher mon regard de ses interminables jambes croisées. Nous sommes épaule contre épaule. En une heure à peine, de gorgée en gorgée, bues à même la bouteille, nous sommes totalement saouls. Laura a trouvé une chaîne de karaoké et mis le son à fond. Nous enchaînons « My Way » puis la chanson de la bande originale de *Top Gun*, puis des chansons populaires japonaises et enfin du Tina Turner. Nous chantons à tue-tête debout face à l'écran en nous tenant par l'épaule et en nous passant le micro, en l'occurrence la bouteille vide de saké. Sur « You Can Leave Your Hat On » de Joe Cocker, Laura se met à se frotter contre moi et mes mains glissent très vite sous sa chemise pour saisir son cul magnifiquement rebondi et la plaquer contre moi tout en dansant. À la fin de la chanson elle se penche sur moi et m'embrasse longuement dans l'oreille avant de me sucer le cou d'une manière que je n'avais plus connue depuis le collège. Au moment où mes mains passent de l'autre côté et saisissent ses petits seins sous son chemisier, elle me repousse violemment en arrière en me disant dégage sale con, j'ai besoin de dormir.

Cette fille est totalement irrésistible. Je pensais avoir du mal à trouver le sommeil une fois revenu dans ma chambre mais en fait j'ai passé la moitié de la nuit à vomir l'excellent saké dans les toilettes.

*

Vous avez demandé un wake up call à six heures zéro zéro, il est six heures zéro zéro. Je n'ai pas demandé de wake up call. Laura a dû le faire pour moi. Je tuerais pour du dentifrice tandis qu'un horrible goût dans ma bouche sèche me rappelle ce qu'a été mon activité principale cette nuit, penché sur la cuvette des WC. Pour couronner le tout, le téléphone sonne à nouveau.

Monsieur Horowitz, je vous passe monsieur le ministre.

Putain...

Qu'est-ce que tu dis Serge ? C'est moi !

Salut François.

Ça va Serge ?

Vas-y François balance ta sauce.

Balance ta sauce, balance ta sauce, hurle maintenant mon frère au téléphone, non mais tu te fous de ma gueule, tu te fous de ma gueule Serge ?

C'est quoi cette manie de tout me répéter deux fois, je ne suis pas con quand même... Et par pitié François arrête de parler aussi fort ça me donne mal à la tête.

Putain mais qu'est-ce qui t'a pris, qu'est-ce qui t'a pris Serge ?

...

Non mais tu te rends compte dans quelle mouise tu me fous, là, hein ?

Écoute François, on m'a posé une question j'ai répondu...

Ça c'était avant ou après que tu coupes le son Serge, que tu refuses de prononcer un seul mot après avoir dit que c'était cher payé pour une petite affaire de merde ?

Ce n'est pas exactement ce que j'ai dit...

Tu te prends pour Maître Yoda c'est ça, tu balances ta phrase à la con et tu dis plus rien ensuite ? Je suis effaré. Non mais Serge, Serge on ne te demandait pas grand-chose quand même, et même ça...

Mais attends François, pourquoi ce truc est si important pour toi, je ne comprends pas, explique-moi...

Tu n'as pas à le savoir, ça te va ? coupe-t-il.

Ah.

Enfin merde, tu sais ce que c'est qu'un patriote, tu sais ce que c'est d'être français, t'as déjà entendu parler de notre pays non, la Résistance, Napoléon, le devoir d'ingérence...

Quel rapport ? je demande.

Quoi quel rapport, eh bien... heu... l'industrie mon vieux, l'industrie, le rayonnement de l'industrie française à travers le monde, le commerce extérieur, l'établissement de relations commerciales avec le Japon, le rapprochement de nos deux pays enfin quoi je ne te fais pas un dessin.

Et alors le rapprochement de nos deux pays ça passe par les prendre pour des pigeons, ça implique de leur vendre un planeur en leur faisant croire que c'est un 747 c'est ça ? C'est comme ça que tu te rapproches de tes amis toi ? C'est comme ça qu'on fait en politique ?

T'as envie de perdre ton job Serge si je comprends bien, t'as envie de te retrouver à la rue ?

Il se fait menaçant d'un coup.

À la rue ? J'ai Anièce au moins, je proteste.

C'est ce que tu crois. Mais tu vois vraiment rien mon pauvre, tu crois que tu vas vivre toute ta vie chez Anièce ? Mais ouvre les yeux Serge, et attends un peu.

Quoi attends un peu ?

Rien.

Tu me dois tout Serge tu me dois tout et tu vas me rattraper cette merde que t'as foutue. Crois-moi cette affaire t'as intérêt à ce qu'elle se fasse et tu vas me rattraper ça.

...

J'en ai parlé avec Robert, tu verras ça avec lui.

Il raccroche brutalement.

me suis toujours demandé en vertu de quel mystérieux processus chimique deux membres d'une même famille mis l'un en face de l'autre en situation de discussion perdent instantanément tout esprit de raison pour se transformer en vulgaires caricatures d'eux-mêmes animées d'un goût absurde pour le ping-pong verbal.

Après ce coup de fil, j'ai toujours cet horrible goût de vomi dans la bouche. En pire encore.

Laura est assise sur un des confortables canapés de la réception, ses valises sagement alignées à ses pieds, aux ordres. Je sens intuitivement que la journée ne va pas être facile. Je m'approche d'elle comme le ferait n'importe quel collègue de travail.

Morning Laura, ça va, déjà prête ?

Elle ne me répond pas.

Tu veux prendre un petit café ou un thé avant de partir ?

Je ne veux rien prendre du tout, dit-elle, et surtout pas avec toi.

OK, on attend le taxi.

Soudain elle me lance un regard d'une noirceur effrayante, comme si elle était à deux doigts de lever la main sur moi.

Tu ne lis pas tes mails ? fait-elle.

Heu non, pas le matin en me levant en tout cas, quelques haïkus au mieux, si cela peut rendre le monde un peu plus acceptable.

Eh bien regarde, regarde.

Elle brandit brutalement devant moi son

iPhone sur lequel je distingue un objet de mail intitulé *Note transports.*

Qu'est-ce que ça dit, je fais, encore des coupes budgétaires sur nos frais de transport?

C'est ça, plus de taxi, transports en commun uniquement et location de bagnoles low cost à partir de ce matin. Non mais tu me vois dans une C1 sans déconner? Tu me vois là-dedans?

Je pense à ses jambes et je réponds que non, je ne la vois pas du tout là-dedans.

Putain merde, je lui dis, ils ne reculent devant rien ces cons, les mecs vont halluciner au bureau quand ils vont voir la note. Il ne manquerait plus qu'on nous oblige à faire du covoiturage.

Non Serge, fait-elle, je ne pense pas qu'ils vont halluciner.

C'est-à-dire?

Nous sommes les seuls destinataires de la note, tu comprends ça? Toi et moi. Toi et ta connerie de phrase aux Japonais sur le coût de leur projet d'acquisition. Tu perçois mieux maintenant dans quelle merde tu nous as fourrés, tous les deux.

Je sens bien que rester près d'elle une minute de plus serait aussi intelligent que de jouer avec un petit fil barbelé sous un grand pin au milieu d'une prairie en plein orage, alors je ne réponds pas et file dans la salle du petit déjeuner pour me procurer un café. Quand je reviens dans le hall elle n'y est plus. Je remonte dans la chambre prendre mes affaires. J'abandonne mon exemplaire du *Capital* de Karl Marx sur la table de nuit comme on sème une petite graine au milieu du désert. Laura est visiblement partie à l'aéroport sans moi. Bon, j'imagine que trouver la bonne navette vers l'aéroport est un jeu d'enfant pour elle mais là je suis seul, du coup je me rabats sur un taxi quitte à ne pas me faire rembourser les frais. Dans les embouteillages, une dizaine de minutes plus tard, j'aperçois son visage tristement appuyé contre la vitre du bus tandis que mon taxi le double. Je lui fais signe mais elle ne me voit pas.

L'aéroport paraît gigantesque. Mais peuplé d'hommes d'affaires aux vies minuscules. Comme je dois avoir un peu d'avance sur Laura, j'en profite pour essayer de me trouver un kimono et un sabre. Je tente d'expliquer pendant de longues minutes à une vendeuse dans une boutique de souvenirs que je ne veux ni de sa boîte à bento ni de ses baguettes mais un sabre. Elle ne parle quasiment pas un mot d'anglais. J'aime ce peuple. Les habitants d'une île susceptible de disparaître à tout moment sous la pression du Big One ont sûrement autre chose à faire que d'apprendre une langue étrangère. Je repars finalement avec un iPod pour Anièce... et une boîte à bento. Assis sur un petit banc dans le hall 1, je regarde les pubs pour parfums qui défilent sur l'écran géant installé au milieu de la boutique de duty free en face de moi quand un son familier parvient de manière régulière à mes oreilles. Mister Horowitz... Merde, l'embarquement.

34C. L'arrière de l'avion, juste derrière les réacteurs. En me frayant un passage dans le couloir étroit pour gagner ma place, je passe devant Laura, installée au 28A. Elle pianote frénétiquement sur son iPhone tête baissée. Je m'arrête à son niveau et essaie de parler mais rien ne vient. Laura ne bronche pas, alors je poursuis silencieusement mon chemin jusqu'à ma place. Le vol retour me paraît plus long que l'aller.

Ça va, tu as réussi à dormir un peu? je demande à Laura tandis que nous attendons au contrôle douanier.

Pas trop.

Tu rentres comment là?

On vient me chercher, répond-elle sèchement.

Puis elle s'avance vers le douanier dans sa petite cage de plexiglas, son passeport à la main. Si j'étais le mec, je profiterais de mon job pour la dévisager le plus longtemps possible d'un air suspicieux. À mon tour.

Monsieur... Horowitz... c'est ça?

Le type me regarde et c'est le blocage complet. Encore... Il va vraiment falloir que je trouve une parade. Ça devient impossible. Et je n'ai que Muller. Ce type ne m'inspire pas. Je ne sais pas pourquoi Anièce insiste tant pour m'envoyer chez lui. Si ça se trouve il n'a pas signé son serment d'Hippocrate le jour de la remise des diplômes.

Comme je ne réponds pas, le douanier veut s'assurer que je n'ai rien à déclarer. Laura est sur le point de sortir. Elle se retourne et jette un regard dans ma direction, me voit coincé face au gars mais elle se contente de secouer la tête d'un air dépité et poursuit son chemin. Qui peut bien venir la chercher ? Peut-être son ex avec son fils. Elle m'en a parlé un midi au resto. Son fils de quatre ans dont elle a demandé que la garde soit intégralement confiée à son père. C'est mieux pour lui, m'a-t-elle assuré. Aucune photo du gosse sur son bureau. Je l'ai vu une fois au bureau un vendredi après-midi où son père avait été obligé de le lui amener. Cet enfant a une drôle de tête. On a du mal à croire qu'il partage un patrimoine génétique avec sa mère. Bon, il n'a que quatre ans, cela lui laisse encore quelques années pour s'arranger. Est-ce qu'un enfant devient moins beau quand sa mère ne le regarde pas ? Plausible. Ce n'est vraiment pas le genre de Laura de bâcler quoi que ce soit. En même temps son père est moustachu. Moustachu...

Monsieur Horowitz, rien à déclarer ? répète le douanier, un peu énervé.

Je fais non de la tête. Il me rend mon passeport et je sors à mon tour. Le trajet du retour est un peu long parce que je confonds la navette Air France avec un bus proposant un *sight seeing tour* dans Paris. Le toit du bus était fermé à cause de la pluie. C'est pour ça que le ticket me paraissait cher. Je profite d'un arrêt de trois minutes destiné à photographier la tour Eiffel pour m'enfuir, m'engouffrer dans un métro et finir à pied. Avant de monter chez Aniècе je m'arrête à la pharmacie. Que c'est bon de revenir chez soi. Je constate avec une légère déception qu'ils n'ont rentré que très peu de nouveaux produits en mon absence. Je ressors quand même avec des pastilles pour la gorge, des comprimés homéopathiques contre le jet lag et des vitamines enrichies en probiotiques. Plus un mélange d'huiles essentielles pour les articulations au cas où je me remettrais au sport. J'ai hâte de retrouver mon shampoing, mes cheveux ne ressemblent à rien.

*

Aniècе n'est pas là. Probablement à son cours de yoga. Je suis immédiatement saisi en entrant par une odeur inhabituelle. Techniquement rien ne semble avoir changé mais il y a une odeur. Masculine. Des restes d'after-shave bon marché. Impossible d'associer un nom de personne à cette odeur mais je sais que j'y ai déjà été confronté. Je pose mon sac et me précipite vers la machine à café. Une seule tasse dans l'évier. Bizarrement je ne me sens plus chez moi. Chaque chose semble pourtant à sa place, le petit portemanteau du vestibule, le tapis d'Orient sous nos deux confortables fauteuils club, la table basse du salon, le petit guéridon pour reposer journaux et tasse à café à gauche de l'accoudoir, les deux tableaux lointainement inspirés de Turner péniblement accrochés sur les murs. Pourtant c'est comme si quelqu'un avait pris possession du lieu. Je repense à mon frère et sa phrase lourde de sens à propos de la pérennité de ma cohabitation avec Aniièce. À vrai dire, je ne me suis jamais vraiment posé la question. L'appartement était là. J'avais besoin d'un logement. Je ne voyais pas le rapport entre le fait d'avoir vendu mes parts à Aniièce et celui de continuer à y habiter. Aniièce est ce qu'elle est mais vivre avec elle n'est pas désagréable. Contrairement à une vraie vie de couple, vivre avec sa sœur libère de l'obligation pesante de devoir tenir un minimum de conversation avec l'autre. Bien sûr il a fallu trouver des solutions pour les quelques filles avec qui je suis sorti par le passé. J'ai longtemps eu une préférence pour les stagiaires, assez nombreuses dans mon job précédent. L'avantage d'un écart d'âge de dix, quinze ans est que les filles ne se projettent pas à long terme avec vous. Bon mais maintenant c'est fini. Et puis l'Offshore Investment Company prend très peu de stagiaires. Robert est trop parano pour laisser quelqu'un fouiller dans nos affaires. Le principe même des fonds d'investissement et conseils en fusions-acquisitions est que si la profession est un ramassis d'avides crapules et les dossiers plus sombres qu'un tableau de Pierre Soulages, toute l'apparence extérieure du métier doit briller de mille feux. Bureaux, voitures, costumes, choix de restaurants. Personne ne doit savoir ce qui se trame en coulisses.

Je reçois un appel de Laura.

Serge c'est moi.

Laura, je réponds timidement, comme un enfant qui essaie de se faire pardonner après avoir fait une grosse bêtise.

Écoute Serge, je suis désolée, j'ai peut-être été un peu dure avec toi.

Non t'inquiète Laura, c'est normal, tu sais je me rends bien compte que j'ai merdé grave à la réunion.

Oui ça on peut dire que tu ne fais pas les choses à moitié. Mais bon il y a ton problème de santé en même temps, et ça tu n'y es pour rien, tu aurais sans doute pu essayer de te rattraper si tu n'avais pas perdu la faculté de parler.

Pour être honnête je ne sais pas Laura, suis-je obligé d'avouer.

Alors voilà, ne te réjouis pas trop vite Serge, mais sois patient et peut-être, je dis bien peut-être, qu'un jour, avant que ton énorme tignasse ne vire totalement au blanc, je te pardonnerai.

Merci Laura, dis-je, ému.

Sinon tu es bien rentré ?

Oui je suis chez ma sœur, et toi ?

Je suis chez moi... seule, répond-elle malicieusement.

...

Serge tu es toujours là ?

Bien sûr.

Bon il faut que je te laisse, je dois ranger mon appartement, mes parents arrivent demain, c'est le Salon de l'agriculture.

Je ne vois pas le rapport, je dis.

Je t'en prie Serge ne me pose pas de questions sur eux, ils viennent une fois par an, deux jours, j'en suis déjà malade d'avance.

Promis.

Je t'embrasse fort Serge... très fort, ajoute-t-elle doucement en insistant bien sur chaque mot.

Moi aussi Laura, je lui réponds en m'étranglant presque sous le choc.

L'idée d'une vie de couple m'effraie. Quelque chose, au plus profond de moi, me dit que cela doit être vraiment très difficile à réussir totalement. Extrêmement ardu. Presque impossible. J'adorerais gravir l'Everest mais franchement, les mois de préparation et le barda dont il faut s'affubler pour l'ascension sont franchement rebutants. Si ça devenait plus sérieux avec Laura, je crois qu'il faudrait que je lui propose qu'on garde chacun notre logement. Quitte à continuer à vivre avec ma sœur. Je ne me suis jamais posé la question d'une éventuelle vie sexuelle chez Anièce. En même temps c'est ma sœur, je ne suis pas censé parler de ce genre de choses avec elle.

Anièce n'est toujours pas là. Je décide de prendre une douche. Si je m'étais douté que quoi que ce soit puisse changer en mon absence, j'aurais fait un trait sur le niveau du gel lavant afin de pouvoir observer toute variation suspecte. Évidemment, je ne détecte aucune autre brosse à dents que celle de ma sœur sur le lavabo. J'enfile un survêtement léger et me fais une petite tartine de fromage frais. Je guette un éventuel sms de Laura sur mon portable. Cette odeur insidieuse qui m'incommode. J'ouvre en grand les fenêtres du salon en dépit du froid et pars m'allonger sur le lit dans ma chambre. Les mains derrière la tête, confortablement adossé à un gros coussin, je passe un moment à scruter mon vieux poster de Diego Maradona collé au plafond sans trouver chez ce génie une quelconque réponse à ce mystère. Je ne me sens pas tranquille. Je ne vais quand même pas appeler mon ministre de frère pour lui demander s'il sait où se trouve Anièce. Je repense à notre dernière conversation depuis le Japon. Les hommes politiques sont tous de profonds pervers. Lui l'était déjà enfant. Trop intelligent et si peu humain.

Je suis réveillé de ma sieste par le claquement de la porte d'entrée. J'entends des pas puis un sac de courses qu'on laisse choir par terre. La tête d'Anièce apparaît à l'embrasure de la porte.

Ça va frérot? Bien rentré, tu dormais?

Je dois répondre à quelle question en premier Anièce?

Je la regarde intensément mais ne décèle aucun changement dans son apparence. Derrière ses immenses lunettes danoises, rien ne semble avoir changé. Je suis heureux de la voir. Les vertus de l'éloignement temporaire ne sont plus à prouver en matière de vie à deux.

Je ne sais pas, c'était comment le Japon?

Très propre, tu n'imagines même pas. Je t'ai ramené un iPod. Et une boîte à bento.

C'est gentil Serge, il ne fallait pas.

Tu nous fais un café ?

Je la suis dans la cuisine et m'assois à ma place.

Et le boulot Serge, ça s'est fait cette affaire ? me demande Aniècee sans se retourner tandis qu'elle prépare le café.

François t'a appelée c'est ça ?

Aniècee se retourne, croise les bras et sourit.

Bien sûr qu'il m'a appelée... T'as tout fait foirer si j'ai bien compris ?

C'est une manière de le dire, oui... Enfin tu sais, je n'ai jamais demandé à y aller moi à ce meeting, franchement je me serais bien passé de ce voyage, tu sais bien combien je déteste partir de chez moi.

Chez moi Serge, chez moi, permets-moi de te le rappeler.

Oh ça va mais qu'est-ce que vous avez tous avec ça ?

Qui tous ?

Non rien, donc oui j'ai soi-disant bien merdé. Ce qui n'enlève rien au fait qu'il y a un truc pas clair là-dedans, je sais pas encore quoi, mais il y a quelque chose, indubitablement.

Tu te doutes bien que si François est à fond sur ce sujet, c'est forcément qu'il y a une raison obscure non ?

Effectivement Aniècee.

...

Aniècе...

Quoi ?

Il y avait une drôle d'odeur quand je suis rentré dans l'appart. Une drôle d'odeur qui me rappelle quelque chose, ou quelqu'un, mais je suis incapable de dire quoi ou qui.

...

Tu as ramené des gens ici en mon absence ?

Serge c'est mon appart et je fais ce que je veux OK ? Et non je n'ai ramené personne. En même temps si j'avais envie de faire venir une troupe de cirque chez moi je le ferais, et je n'aurais pas à te demander quoi que ce soit, tu comprends Serge ?

Oui oui je vois, inutile de monter sur tes grands chevaux.

Aniècе nettoie de la vaisselle dans l'évier. J'en profite pour me lever et ouvrir silencieusement la porte de sa chambre. Parfaitement rangée. Un livre sur sa table de chevet. Une de ses grandes robes posée sur une chaise. Le lit est défait. Je ne sais pas si elle a l'habitude de le faire le matin avant de partir au travail. Impossible d'en conclure quoi que ce soit. Je me penche pour renifler ses draps au cas où je tomberais sur cette odeur bizarre. Ça m'est égal qu'elle voie quelqu'un. C'est juste que je trouverais normal qu'elle me mette au courant. Je vis ici quand même.

Non mais qu'est-ce que tu fais Serge ? Mais sors de là, qu'est-ce que tu fais à renifler mes draps ? Va-t'en.

Je sors tête basse et fonce vers ma chambre.

Non mais t'es un malade tu te crois où ?

Je ferme la porte de ma chambre comme un enfant honteux. C'est une sensation très désagréable. Je sonde le regard de Diego Maradona mais je sens qu'il ne m'apportera pas de réponse aujourd'hui.

*

Je passe l'essentiel de la journée du lendemain dans ma chambre. Je trie ma boîte à pharmacie. Après de longues années marquées du sceau de l'insatisfaction et ponctuées d'un certain nombre de revirements, je crois que j'ai vraiment fini par trouver l'organisation idéale. Trois grandes boîtes zippées dotées de petits compartiments intérieurs m'autorisant une véritable segmentation par symptôme. Le compartiment douleurs gastriques, à côté de celui des inflammations de l'intestin d'origine bactérienne. Une savante combinaison de paracétamol et d'aspirine, dont la complémentarité continue de m'éblouir, une boîte entière consacrée à l'homéopathie et aux médecines douces, même si je nourris encore quelques doutes à l'égard de cette forme de médecine. Une partie beaucoup plus technique type douleurs auriculaires, solutions aqueuses en cas de subite conjonctivite. Pas mal d'antihistaminiques, au cas où. Beaucoup de périmés qu'il faut que je rapporte à la pharmacie. Je suis incapable d'évaluer l'état de mon aphasie. Aniècе m'adresse à peine la parole. Je me demande combien de temps il lui faudra pour me pardonner mon intrusion olfactive dans sa chambre. Je relis des nouvelles d'Ernest Hemingway mais le cœur n'y est pas. Extrêmement tracassé par mon handicap verbal, je me décide à retourner chez le docteur Muller. Bizarrement Aniècе n'a pas réagi quand je lui en ai parlé. C'est étrange. Et si ce mutisme n'était que le premier symptôme de quelque chose de beaucoup plus grave ? Je n'arrive pas à m'enlever cette idée de la tête, en dépit de tous les produits délivrés sans ordonnance que je m'administre préventivement. Pas de nouvelles de Laura aujourd'hui. En même temps rien ne la force à m'appeler.

Pourquoi me dévisagez-vous comme ça Horowitz ?

Pour rien docteur.

Bon, qu'est-ce qui vous amène encore, vous avez l'air... je ne sais pas... suspicieux.

Non.

Je vous écoute, c'est toujours ce souci de... comment ça s'appelle déjà ?

Docteur j'aimerais que l'on règle cette question d'aphasie au plus vite, il doit bien exister des remèdes non ?

Oui c'est ça l'aphasie... Je crains que ce ne soit un peu plus compliqué que cela Horowitz.

C'est-à-dire ? je demande.

Ça vous a repris comment la dernière fois

Serge, permettez que je vous appelle Serge finalement ?

Si ça vous fait plaisir, ce n'est pas la première fois.

Alors, comment ?

Encore par surprise.

Par surprise...

Oui docteur, ça va ça vient, ça ne prévient pas. Comme je vous l'ai dit lorsque je vous ai appelé du Japon, la minute d'avant je parle normalement, et la seconde d'après plus rien, le blanc, je suis incapable de prononcer un mot. Le blanc complet.

Est-ce qu'il n'y a pas un déclencheur, vous y avez réfléchi ?

Je n'en sais rien.

Vous ai-je déjà demandé si vous aviez eu par le passé une paralysie des lèvres Serge ?

Je crois bien que non ; je ne savais même pas que cela pouvait exister, je réponds en pensant soudainement à Laura, ce qui me provoque une légère érection.

Bon bon bon...

...

Avez-vous eu un choc émotionnel peu avant que les premiers symptômes ne surgissent Serge ?

Pas que je sache.

Et si on remonte plus loin ?

Ma naissance je suppose... les poèmes du moine Ryôkan... un riff de Keith Richards.

Sérieusement Serge.

J'ai tendance à pas mal me protéger des émotions.

Je vois, un choc physique? Un choc à la tête?

Non plus.

Bon.

Alors docteur?

Je ne sais pas c'est complexe Serge, il faudrait quand même que je vous envoie chez un neurologue, et qu'on programme une IRM de votre cerveau. C'est étrange...

Étrange? je m'inquiète.

Bon tenez-moi au courant, conclut le docteur Muller, dites-leur bien de me mettre en copie des comptes rendus.

Docteur vous êtes marié, vous vivez en couple?

Je le sens tressaillir.

Enfin monsieur Horowitz, pourquoi cette question très... heu... personnelle.

Simple curiosité docteur, n'en parlons plus.

Nous nous regardons quelques secondes avant de nous saluer. Je ne sens rien de spécial en m'approchant du vieux médecin pour lui serrer la main. Les docteurs détestent le contact avec les mains de leurs patients. Comme si leurs yeux avaient la faculté de voir les milliers de bactéries nichant secrètement au creux de nos paumes. Je ressors, perplexe. Étonnant qu'il n'ait pas tenté de me refourguer un de ses récits surréalistes aujourd'hui. Je ne l'ai pas senti très à l'aise. Peut-être simplement navré de sa propre incapacité à trouver une parade efficace à cette aphasie qui me terrasse. Mais au moins un peu plus concerné. Cette idée d'IRM c'est bien. D'un certain côté ça avance. Même si j'ai des doutes sur l'innocuité de ce genre d'examens à base de radiations.

Anièce faisait des essayages de vêtements quand je suis rentré. Je ne l'ai jamais vue faire cela par le passé.

Tu ne me demandes rien ? je lui dis.

Quoi Serge ?

Chez Muller.

Ah oui... qu'est-ce qu'il en a dit ?

En résumé, rien. Je dois aller passer des tests.

C'est bien.

C'est bien, tu trouves ça bien Anièce ?

Que veux-tu que je te dise Serge, ce n'est probablement rien, tu es encore à la recherche de la Big Maladie de ta vie.

N'importe quoi Anièce.

C'est ça Serge.

Je te signale que c'est tout sauf simple à gérer ce truc. Et pas sans impact. Merde quoi.

Je hausse la voix parce qu'elle est repartie dans sa chambre poursuivre ses essayages dans l'intimité.

Je me réveille tôt le lendemain. Mon petit déjeuner n'est pas prêt, Anièce vient à peine de se lever. Je crois qu'il faut vider le tiroir à marc de la machine à café. Je retourne donc dans mon lit une dizaine de minutes scruter attentivement mon poster de Diego Maradona. Si je devais choisir ma réincarnation, j'hésiterais franchement entre Diego, David Bowie et Henry David

Thoreau. J'entends la machine à café. Encore deux minutes et je me lève. Aniècе est à table. Elle ne dit rien. Je saisis ma tasse favorite et actionne la machine. Je m'installe devant mes trois mouillettes préparées par Aniècе, comme chaque matin. Qui a cette chance franchement, qui a la chance d'avoir une sœur qui lui prépare ses mouillettes chaque matin depuis trente et un ans. Nos parents sont morts et le lendemain, sur la table du petit déjeuner, trois mouillettes étaient alignées à côté de mon bol. Nous étions seuls, Aniècе, François et moi, et personne ne parlait jusqu'à ce que mon frère aîné rompe le silence en disant « on ne va quand même pas se laisser abattre non ? ». Je me souviens qu'Aniècе et moi nous sommes regardés tandis que François mordait dans sa tartine, passablement fier de son effet. Depuis les mouillettes sont restées. En dehors de la période durant laquelle je vivais seul à Londres pour mes études, et que je ne petit-déjeunais plus le matin, du coup.

Aniècе, y a-t-il quelque chose dont tu voudrais me parler ? je lui demande soudain.

Ben non Serge, pourquoi ?

Tu es sûre ?

Oui, absolument, il n'y a rien de particulier dont je veuille te parler.

OK...

Pourquoi ? je devrais avoir quelque chose de sensationnel à te révéler ?

Je ne sais pas, peut-être que tu peux me le dire.

Serge, il est six heures vingt du matin, si je voulais regarder un épisode de Columbo j'allumerais la télé tu vois.

...

Alors arrête.

...

Arrête de t'inquiéter en permanence Serge.

*

J'ai profité de m'être levé tôt pour bouquiner un bon moment dans mon fauteuil club. Aniece est partie à sa bibliothèque. Je lui ai demandé un jour si elle se cachait au travail pour lire ses romans de gare à succès. Elle m'a répondu non pourquoi, et qu'elle n'était pas gardienne du temple, mais juste là pour noter sur ses petites fiches papier qui empruntait quel livre, à quelle date, et qui ramenait quoi.

En arrivant au bureau vers neuf heures trente, j'ai l'impression de m'être trompé de jour et que nous sommes dimanche. La faute à ce décalage horaire. Le couloir est vide, il n'y a pas un chat dans les locaux. J'imagine quand même que quelqu'un m'aurait prévenu si la boîte avait déménagé. Je m'arrête brièvement aux toilettes pour une petite inspection au cas où j'aurais à m'y réfugier pour échapper à une pénible explication de texte sur l'épisode du Japon. Je ne croise personne en sortant. Je m'installe à mon poste de travail quand un filet de voix et quelques frémissements me parviennent en provenance de la salle de réunion. Je m'y rends à pas de loup. Salle comble. Robert s'arrête de parler et tout le monde se retourne vers moi quand je tente de pénétrer discrètement dans la salle.

C'est très sympathique de nous faire l'honneur de votre présence monsieur Horowitz, dit Robert.

Je baisse la tête.

Ils ont tous l'air consternés. Laura est la seule à ne pas s'être retournée vers moi. Je me dis que c'est un signe positif.

Krug sort furtivement de la salle tandis que Robert reprend son discours. « Bref vous connaissez comme moi le contexte économique général, et cette crise financière que nous ressentons tous durement, jusque dans notre chair. Personne n'a le droit de rester impassible devant des faits d'une telle gravité. Il y va de ma responsabilité. Mon devoir est de protéger l'intégrité de cette grande institution qu'est l'Offshore Investment Company. J'ai donc décidé de prendre les mesures appropriées. Lorsque vous regagnerez vos postes à la fin de cette réunion, Monsieur Krug aura déposé une petite enveloppe blanche sur le bureau de chacun. L'enveloppe contiendra soit votre convocation à un entretien préalable à un licenciement, soit vos nouveaux objectifs annuels, revus à la hausse. Considérez cela comme une chance. C'est soit un nouveau départ vers de grandes aventures professionnelles, certes en dehors de ce cabinet, soit un magnifique challenge à relever en termes de chiffres. C'est un tournant. Pour chacun d'entre nous. Mais cela ne s'arrête pas là. Pour ceux qui resteront avec nous, j'ai l'honneur de vous présenter monsieur Stephan Thomasson, qui rejoint notre entreprise à compter de ce jour en tant que directeur des opérations. Il opérera sous ma responsabilité directe. Stephan, de père suédois et de mère allemande, a mené jusqu'à aujourd'hui une brillante carrière dans les plus grandes institutions que compte ce monde, analyste au FMI, directeur des technologies de l'information chez Clearstream au Luxembourg, et ces deux dernières années à la tête d'un cabinet d'avocats spécialisé dans la domiciliation d'entreprises aux îles Caïmans. Je suis certain qu'il apportera à notre prestigieux établissement un nouveau souffle, et vous transmettra à tous sa science de l'ingénierie financière ainsi que sa connaissance des meilleurs réseaux d'optimisation fiscale, pour le plus grand bonheur de nos clients et le bien de notre économie. Je vous demande donc de réserver le meilleur accueil et d'accueillir d'une salve d'applaudissement... MONSIEUR STEPHAN THOMASSON ! »

Les employés réagissent mollement à cette injonction. Probablement plus soucieux du contenu de l'enveloppe qui les attend sur leur bureau. Thomasson jaillit alors du fond de la salle d'un pas décidé, une petite pochette plastifiée sous le bras, suivi de près par Krug. Lorsqu'ils arrivent à la hauteur de Robert qui affiche à cet instant le plus satisfait de ses sourires, Krug s'efface discrètement pour aller se rasseoir au premier rang tandis que Robert tient maintenant le Suédois par l'épaule. Laura, elle aussi assise aux premières loges, mais côté gauche, se retourne enfin vers moi et me lance un regard complice teinté d'incrédulité. Je lui fais un petit signe de la main et lui adresse un clin d'œil. Décontenancée par tant de légèreté, elle rit silencieusement avant de faire à nouveau face à Robert et son dernier jouet. Les prétendus risques de crise économique évoqués par la direction, autant que l'ombre menaçante des enveloppes surprises, ont cessé d'exister pour moi à la seconde même où elle m'a souri. J'ai hâte de boire un café avec elle.

Le Suédois prononce un bref discours que j'écoute d'une oreille distraite. Je retiens surtout qu'il a fait semblant de s'excuser pour son français, certes parfait, mais teinté d'une pointe d'accent allemand. La voix de Robert me tire de ma léthargie quand je l'entends conclure la réunion par un tonitruant « allez maintenant tous au travail, à vos bureaux, vos enveloppes vous attendent, et merci encore à tous ceux qui auront la douleur de nous quitter, l'avenir n'attend pas ».

Certains sortent de la salle en courant pour se précipiter à leur bureau. D'autres actualisent aussitôt leur profil LinkedIn sur leur smartphone. Quelques-uns tentent de rester dignes. Assis sur ma chaise, au dernier rang, j'attends qu'ils sortent tous. Robert, Krug et le Suédois tiennent un petit conciliabule face à la salle maintenant presque vide. Ils jubilent et s'autocongratulent. En tendant l'oreille j'entends Robert rassurer Krug en lui disant que s'il a toujours été son bras droit, il se dotait avec Stephan d'un bras gauche, fort et puissant. Je n'avais jamais remarqué que Robert était manchot.

Laura vient vers moi d'un pas décidé. J'ai envie de l'embrasser. Elle me tient le bras tandis que nous sortons à notre tour de la salle.

Non mais tu as vu ce sketch, c'est pas un peu dingue ? dit-elle.

Oui, ça dépasse pas mal de choses vécues jusqu'ici, Robert est vraiment un gros malade, dis-je.

Et c'est qui ce mec là, cet Inglasson ?

Thomasson.

C'est ça, tu l'as regardé, il ne ressemble à rien, s'offusque Laura.

Un père suédois et une mère allemande, ça promet...

Bon, on va prendre un café au distributeur Serge ?

Avec plaisir.

Enfin sauf si tu veux aller voir ton enveloppe avant ? je propose.

T'inquiète, rien ne change pour nous, Robert m'a prévenue avant la réunion.

Les pauvres quand même, dis-je.

Tu veux dire ceux qui partent ?

Évidemment oui.

Serge, c'est qu'une bande de crevards, sinon ils les auraient gardés, dit-elle en riant.

Oui... mais tout de même, c'est un peu dur. À ton avis combien d'entre eux ouvriront une épicerie fine dans le Lubéron avec leur chèque de départ ?

Trop, beaucoup trop, pouffe Laura en remuant le sucre dans son gobelet. Serge, t'as des trucs urgents aujourd'hui ?

Heu, non... enfin pas vraiment.

Bon, je vais te confier une mission, active tes logiciels d'intelligence économique, je veux des infos sur ce Blogsson. Un, on apprend tout sur lui, deux on le dégomme. Ce type est une menace, c'est quoi ce poste de directeur des opérations, tu peux me dire pourquoi Robert ne m'a pas choisie, hein tu peux me le dire ?

Je pense au Japon mais je ne réponds pas à Laura. Je ne vais pas me plaindre si elle est déjà passée à autre chose.

OK Laura je m'en occupe. Et c'est Thomasson je crois.

Ouais c'est ça, de toute façon ils ont tous des prénoms de table Ikea. Et n'hésite pas à creuser côté perso, est-ce qu'il est marié, qui sont ses amis, ce genre de choses...

Je le ferai, compte sur moi.

Bon, on se remet au boulot, dit-elle en me prenant discrètement la main et en m'embrassant subitement dans le cou, on aura sa peau Serge.

Cette fille me rend dingue.

De retour dans notre petit open space, certains de nos collègues sont déjà en train d'emballer leurs affaires dans des cartons. À l'américaine. Robert doit adorer cela. Je suis presque surpris qu'il n'ait pas loué une équipe vidéo pour immortaliser le moment et se le repasser chez lui le samedi soir. Ceux qui partent ont l'air triste. Je les regarde mais je ne trouve rien à leur dire. Laura a déjà ouvert et classé le contenu de son enveloppe dans une pochette marquée *Business Plan 2016*. Bizarrement il n'y a rien sur mon bureau. Une petite pile de dossiers à analyser mais pas d'enveloppe. Je m'en ouvre à Laura.

Laura, c'est bizarre je trouve rien, c'est toi qui me l'as prise ?

Quoi ?

Ben l'enveloppe, j'ai pas d'enveloppe.

Serge...

Quoi, qu'est-ce qu'il y a ?

Serge enfin comment peux-tu encore t'étonner, tu croyais quoi ?

Je ne sais pas, c'est bizarre, normalement je devrais au moins avoir l'enveloppe avec mes nouveaux objectifs, là je n'ai rien, tu comprends quelque chose à ça toi ?

Serge, sans déconner, t'as envoyé un CV pour rentrer ici ? Eh bien pas de CV pas d'enveloppe Serge, dit-elle en riant. Tu as oublié que ton frère était ministre de l'Économie et des Finances de ce pays ?

Partiellement, je réponds.

*

Le lendemain, Laura et moi sommes les seuls rescapés de notre open space. Je me souviens à peine du prénom des deux qui sont partis. Elle ne parle pas beaucoup ce matin, elle travaille studieusement. De mon côté je continue discrètement d'étudier ce fameux dossier japonais de rachat. Par prudence, j'ai écrit le nom d'une autre entreprise sur ma chemise cartonnée. J'ai beau retourner tous les chiffres de marge et de résultat net dans tous les sens, je ne comprends pas pourquoi ils survalorisent à ce point-là l'entreprise. Les études de marché ont manifestement été bidonnées par la société d'étude. Ça à la limite j'ai l'habitude. Ces boîtes sont payées pour faire dire aux consommateurs ce que les entreprises qui leur commandent les études ont envie d'entendre. Mais les projections de chiffre ne tiennent pas debout. Il y a des intérêts particuliers qui manifestement m'échappent.

Prenant mon courage à deux mains, je referme le dossier et décide subitement d'aller trouver Krug pour voir si je peux du coup réinvestir le bureau d'un des deux types, largement plus grands que le mien. Il n'y est pas. Je m'avance tout de même. Un léger relent d'œuf pourri flotte dans l'air. Pas la moindre trace de médicament contre les troubles digestifs ou les reflux gastriques sur son bureau. J'espère pour lui qu'il en a dans son tiroir. Ou dans la poche de sa veste. Regardant par curiosité son écran d'ordinateur laissé allumé, j'y découvre un énorme titre *Tinder : any swipe can change your life* en surimpression d'une photo d'un couple souriant niaisement devant la pyramide du Louvre. Krug rentre à ce moment-là. L'odeur qui traînait négligemment dans l'air se trouve aussitôt multipliée par dix. Comme si toutes les molécules nauséabondes convergeaient subitement vers sa bouche pour jaillir en bande resserrée à chacune de ses expirations.

Vous téléchargez un nouveau logiciel de présentation ? je lui demande aimablement.

Qu'est-ce que vous foutez dans mon bureau, me dit-il d'un ton suspicieux.

C'était ouvert Monsieur Krug, je venais vous voir.

Je vous IN-TER-DIS d'entrer dans mon bureau quand je n'y suis pas, c'est clair ?

Très clair Monsieur Krug... je ne savais pas que vous travailliez pour la CIA, je marmonne.

Quoi ?

Rien.

Bon, qu'est-ce que vous voulez, j'ai du travail, notamment à cause de vos chinoiseries.

Le Japon, je dis.

Ça fait une différence ? s'énerve Krug.

Je reste sans voix. J'hésite à lui répondre que le 6 août 1945 à huit heures quinze ça faisait une petite différence d'être à Pékin plutôt qu'à Hiroshima. Mais je ne dis rien. Je sais que pour les types comme lui, l'argent n'a pas de frontières.

Je suis avant tout venu pour ma requête de changement de bureau. Krug me fixe en inclinant légèrement la tête, avec son regard très caractéristique, dans lequel se mêlent imperceptiblement la crainte d'avoir à communiquer avec un être humain et la menace sourde de vous frapper dans le dos à la première occasion. Krug est le prototype de l'homme de main maniant avec délectation le petit pouvoir que son statut lui accorde.

Bon alors Serge ?

Voilà... vu que les deux autres gars du bureau ont pris, je cite Robert, « un grand départ vers de nouvelles aventures professionnelles... ».

Tom et Antoine.

C'est ça Monsieur Krug..., je lui dis, heureux de l'entendre mentionner le prénom de ces deux types sans que j'aie à me les remémorer moi-même. Oui donc Monsieur Krug, étant donné que Laura et moi ne sommes plus que deux dans notre petit open space, je me demandais si vous ne verriez pas d'inconvénient à ce que je reprenne le bureau...

Je vous arrête, une stagiaire arrive en fin de semaine, coupe Krug.

Et alors, je me défends, elle pourrait prendre ma table, c'est déjà pas mal pour une stagiaire.

Vous ne changez pas de place, vous arrêtez d'entrer dans ce bureau si Monsieur Krug n'est pas là, vous stoppez vos conneries et vous vous remettez au travail, entends-je Robert dire dans mon dos, qui visiblement écoutait la conversation depuis le début.

Krug baisse la tête et profite de la confusion pour éteindre frénétiquement toutes les fenêtres ouvertes de son écran. Puis il rajoute deux trois mots dans le sens de Robert. Je ne l'écoute pas. J'observe sa bouche pendant qu'il parle. L'intérieur de sa bouche. Je ne vois rien d'anormal. Ses dents ne sont pas celles d'un présentateur télé mais elles sont propres. Je ne vois aucun abcès. Je ne comprends pas comment une telle odeur peut en sortir dès qu'il respire. Ni comment fait Robert pour lui faire face et échanger des heures chaque jour avec lui sans suffoquer.

Finalement je ressors, défait. J'entends Robert demander insidieusement à Krug sur quel dossier il était avant mon intrusion.

Alors ? fait Laura en relevant la tête de ses dossiers quand elle me voit revenir.

Il y a une stagiaire qui arrive en fin de semaine, elle prend un des deux bureaux libres.

Ben et l'autre ?

Je n'ai pas pensé à lui poser la question.

Et tu t'es laissé faire ? relève-t-elle.

...

Tu devrais appeler ton frère et coller un contrôle fiscal à Krug et à chaque membre de sa famille.

Très drôle...

*

J'avais réalisé dès ma plus tendre enfance que rien n'était gratuit avec mon frère. Si je lui demandais de l'aide pour réparer une pédale de vélo, je devais savoir que le prix à payer serait forcément élevé par la suite. Un jour, une semaine plus tard, il prendrait son petit air supérieur pour me rappeler ce qu'il avait fait pour moi et me forcer par exemple à ranger sa chambre à sa place, sans quoi il redémonterait ma pédale pendant la nuit. La longue liste des choses pratiques que j'étais incapable de réaliser moi-même me plaçait régulièrement dans une position délicate. Anièce ne pouvait pas tout, me contraignant à me tourner régulièrement vers mon frère. On finit parfois par s'accommoder de la douleur. Bien sûr je tirais une certaine fierté intérieure à ne presque rien faire et ne pas laisser les contraintes de la vie quotidienne empiéter sur mes longues heures de réflexions existentielles, mais c'était là un choix difficile à tenir dans le temps. J'aurais adoré avoir un chien, mais au moment de franchir le pas, le niveau de responsabilité et le nombre de contraintes subséquentes me paraissaient insurmontables.

Ce soir-là je rentre à pied. Laura est partie plus tôt parce que son ancien mari ou je ne sais qui l'a appelée pour lui rappeler qu'elle avait promis à son fils il y a deux mois de le prendre un mercredi soir pour l'emmener au cinéma. Il y a un drôle de type devant l'immeuble. Quand je m'approche il rentre subitement sa main droite à l'intérieur de sa veste comme s'il voulait y prendre quelque chose. Je trouve ça louche. À trente mètres de l'entrée je bifurque donc vers la gauche et pars me réfugier d'un pas rapide dans une pharmacie. Je me retourne furtivement mais le gars n'a pas bougé. Par contre il a tourné la tête et m'a clairement suivi du regard. Sa main ressort lentement de sa veste et vient à nouveau reposer le long de sa jambe. J'entre. Les préparatrices en blouse blanche occupées à déverser le contenu de leurs petits cartons sur les étagères me saluent tour à tour tandis que j'avance prudemment vers le rayon vitamines au fond du magasin face aux caisses. Je leur réponds d'un petit sourire complice. À quoi bon aller chercher l'accueil discret du personnel d'étage d'un palace quand on jouit d'une telle reconnaissance dans sa pharmacie de quartier. Le rempotage des rayons est d'une importance capitale. Pour faire envie, il faut que chaque centimètre carré soit parfaitement achalandé. C'est une règle. On n'est pas dans un bazar ici. L'endroit est censé être un refuge dans lequel chaque chose est à sa place et où chaque client reçoit l'attention qu'il mérite.

Vous regardez les nouvelles vitamines Bio 500 à l'acérola ?

C'est la pharmacienne, reconnaissable à son petit badge doré accroché près du cœur, contrairement aux préparatrices dont la blouse reste désespérément vide de tout ornement distinctif. En me voyant arriver, elle a surgi immédiatement de son comptoir pour se tenir maintenant juste à côté de moi. Presque en amie. Nous contemplons silencieusement l'imposant rayon vitamines qui nous fait face. Un peu comme si nous restions interdits devant un monochrome de Malevitch.

Oh juste comme ça, je réponds finalement, je ne suis pas vraiment décidé encore.

Vous cherchez quelque chose contre le stress oxydatif ?

Vous croyez que je devrais ?

N'importe qui devrait se soucier de protéger ses cellules.

Là je vous rejoins.

Les lots de deux sont en promo. Ça vous fait deux mois. Quarante-quatre comprimés à croquer. Un par jour.

C'est bizarre qu'ils n'en mettent pas soixante, je lui dis.

Qu'est-ce que vous voulez monsieur Horowitz, les gens consultent en moyenne cent cinquante fois par jour leur smartphone mais oublient pratiquement un jour sur deux de prendre leurs médicaments. Les labos le savent. C'est pour ça qu'ils ont adapté leurs contenants. Vingt-deux comprimés par boîte. Si vous oubliez vos pilules un jour sur trois, ce qui est déjà pas mal, vous arrivez à vingt-deux.

Je comprends pourquoi elle est pharmacienne. C'est imparable.

Vous m'avez convaincu. Je vais commencer par une boîte.

Très bien monsieur Horowitz.

Lorsque je ressors avec mon petit sachet, le

type est toujours là. En même temps il faut bien que je rentre chez moi. J'avance vers la grande porte cochère avec la résolution d'un aveugle dans un champ de mines. Advienne que pourra. Quand j'arrive à sa hauteur, il hoche la tête en me regardant et murmure quelques mots dans un petit micro relié à une oreillette. Je pousse la porte. Un deuxième gars est posté devant l'ascenseur. En costume sombre lui aussi. C'est quasiment le même, mais moustachu. Nous nous dévisageons silencieusement tandis que j'attends l'ascenseur. Lorsque je pénètre à l'intérieur, je l'entends dire « c'est bon ». Je percute instantanément. Je ne prête même pas attention au troisième larron devant la porte d'entrée de l'appartement d'Anièce.

Ah te voilà.

Mon frère ouvre grand les bras mais ne les referme pas sur moi. Ça doit être un truc de politique.

Aniève est assise devant sa tasse de thé posée sur la table de la cuisine. Elle porte un jean. C'est hyper bizarre. Très inhabituel.

Nous sommes maintenant assis comme trois mafiosi sur la petite table de la cuisine. Aniève me regarde. Je vois qu'elle se marre d'avance derrière ses grosses lunettes. Moi, ce genre de réunion de famille me terrorise. Je demande à Aniève si elle ne me servirait pas un verre de whiskey. Mon frère se vante de ne plus boire une goutte d'alcool depuis son entrée au ministère. Il dit que c'est tendance pour un politique. Je réponds que c'est aussi très tendance chez les millions de Français que ses amis et lui laissent sur le carreau de se tourner vers l'alcool à brûler, moins cher.

S'attaquer au fléau de la précarité en France est beaucoup plus complexe que tu ne le crois Serge.

C'est ça François, tellement complexe que vous-mêmes n'y comprenez rien.

Ah oui et tu ferais quoi toi, gros malin, depuis l'appartement de ta sœur, hein tu t'y prendrais comment pour créer cinq millions d'emplois pérennes ?

Je ne vois pas le rapport avec l'appartement d'Anièce.

Peu importe pour le moment, revenons au sujet Serge, hein tu ferais quoi, toi le génie hypocondriaque incompris, pour remettre le pays sur de bons rails, puisque tu es si malin ?

Je n'arrive plus à parler, à nouveau empêché par cette maladie qui me saute à la gorge à la moindre occasion. Faute de mieux, je porte le verre de whiskey à mes lèvres en regardant mon frère. La haine et la colère irradient de son visage. S'il y a une chose que ses amis et lui ne supportent pas, c'est qu'on les renvoie à leur impuissance chronique à améliorer les choses. Qu'on oppose tranquillement la réalité de nos vies à la vision messianique qu'ils ont d'eux-mêmes. Mon mutisme le rend encore plus hystérique. Maintenant il vocifère. Des petits postillons sortent de sa bouche. D'autres restent bloqués au coin de ses lèvres. Ça m'a toujours beaucoup gêné. Chaque fois que je suis confronté à une personne dont la salive produit d'intempestives petites bulles pendant qu'elle parle, je suis obligé de faire d'énormes efforts pour prendre sur moi et m'empêcher de saisir une serviette afin de lui tamponner les lèvres, sans interrompre son discours bien sûr.

François poursuit.

Hein tu ferais quoi toi, le petit employé de bureau planqué derrière ses dossiers dans le boulot que lui a trouvé son frère ?

...

T'as des propositions à soumettre au pays ?

Arrêtez, tous les deux, coupe sèchement Anièce. C'est impossible de vous parler normalement une fois dans votre vie ? On dirait un combat de coqs minable.

Tu as raison, dit François, d'une voix pleine d'autorité méprisante.

Pour ma part, je sens que ça revient mais je ne trouve rien de particulier à dire. Les relations de famille nous abîment. Tous. Toute notre vie. C'est triste à dire mais c'est vrai. La famille plane comme un nuage noir au-dessus de nos têtes dont la menace permanente nous empêche d'être véritablement nous-mêmes. Comme un sortilège dont seule la mort de l'un des membres nous délivre. Et encore.

François repousse sa chaise en arrière et se lève. Anièce porte sa tasse à la bouche, debout, adossée à l'évier. Je reste sur ma chaise, surplombé par mon frère. Son visage s'illumine.

Bien, si j'ai pris le temps de passer vous voir ce soir au milieu d'un agenda comme vous vous en doutez surchargé...

Fallait pas te donner cette peine, je dis.

Serge tais-toi, coupe Anièce.

Monsieur le ministre de l'Économie et des Finances poursuit.

Si j'ai pris le temps de venir vous voir, c'est pour vous annoncer une grande nouvelle, pour moi, pour notre famille, pour le pays.

...

Je ne l'annoncerai officiellement que dans quelques semaines mais j'ai décidé de me présenter à la prochaine présidentielle, dans un peu plus d'un an.

Devant notre absence de réaction il poursuit.

Croyez-moi cette décision n'a pas été facile à prendre. Mais je sens comme un appel. Je ne peux me résoudre à laisser ce pays que je porte si fort dans mon cœur dans un tel état. Je dois redresser la France et lui rendre son éclat passé. Je prends cela comme un devoir.

...

Évidemment cela ne sera pas neutre sur nos vies. À tous les trois. Les journalistes sont des fouines ; je ne veux aucune vague. Aucune interview. Ils viendront vous trouver, croyez-moi. Ce sont des chiens. On devra être unis. Serge tu m'as bien compris. Pas de vague, PAS DE VAGUES. Rien.

Il se rassoit, comme habité par ce qu'il vient de dire. Leur pouvoir d'autopersuasion est tel qu'à un moment ils basculent et finissent par croire à ce qu'ils disent.

Aniècc se met à l'applaudir doucement, un sourire au coin des lèvres. Il se lève et va la serrer dans ses bras en disant juste « merci Aniècc », puis se retourne vers moi. Ils me regardent tous les deux. Aniècc semble me dire non des yeux.

Et ton président en exercice, il en pense quoi ? je demande.

Je sais ce que je lui dois mais excuse-moi Serge il est cramé, il est mort, il n'incarne plus rien. Personne ne lui a encore dit mais il n'a aucune chance de se représenter.

Et tu vas lui annoncer comment ?

Je n'aurai pas à le faire. J'ai le soutien du parti.

...

Ça ne t'inspire rien de plus ? s'étonne-t-il.

Ça coûte combien de mener une campagne comme ça ?

Beaucoup d'argent Serge, beaucoup.

...

Bien plus que ce que prévoient les textes, conclut-il gravement.

Je souris en finissant mon whiskey. François embrasse Aniècc et s'apprête à partir.

La semaine prochaine je remets la Légion d'honneur à Robert, tâchez d'être là, et parfaitement habillés. Toi aussi Aniècc, ne me faites pas honte.

Ce disant, il s'en va suivi de sa clique.

★

Le psychodrame de la présidentielle est déjà très loin de moi lorsque je me réveille. La seule chose qui m'obsède en ce matin froid s'appelle Laura. Je ne sais pas ce qui m'arrive. En ouvrant les yeux j'ai cru voir son visage à la place de celui de Diego Maradona sur mon poster. D'ailleurs ça faisait assez drôle de la voir moulée dans ce petit short de foot blanc et ce maillot bleu. Les jambes du Pibe de Oro doivent à peine mesurer la moitié de celles de Laura.

Il y a un mot d'Anièce sur la table à côté de mes mouillettes. *Je suis partie plus tôt, j'avais à faire. Bonne journée.* Je regarde l'heure. Il est six heures trente.

Je vais me chercher un yaourt dans le frigo. Lorsque je me rassois, je suis brutalement assailli de visions érotiques de Laura. À la place de la laitière versant son pot de lait dans sa petite jarre en céramique, je vois Laura, seins nus mais avec la petite coiffe blanche sur la tête, en train de réaliser le même geste, sauf qu'au lieu de se pencher sur son pot de lait, elle me regarde d'un air malicieux. J'ai honte. Je lâche ma petite cuillère et le son qu'elle fait en atteignant le sol me fait le même effet que le claquement de doigts d'un hypnotiseur et me ramène à la réalité. Je ne touche pas à mon yaourt pour autant. J'essaie de penser à autre chose sur le trajet vers le bureau, mais la seule intrusion du visage de Laura dans le moindre recoin de mon cerveau me provoque une érection. Parfois je me fais peur. Face à une femme, la majorité des hommes sont aussi vulnérables que des soldats de l'ONU engoncés dans leur gilet pare-balles face au lance-roquettes d'un combattant de l'État islamique posté à cinq mètres d'eux. En même temps la vie ne se résume-t-elle pas à la capacité de chacun à encaisser les désillusions qu'elle procure invariablement ? Mon érection a totalement disparu au moment où je pénètre dans les locaux de l'Offshore Investment Company, mon traditionnel dossier rempli de feuilles blanches sous le bras.

Je salue Laura qui me fait un drôle de signe de la tête. Je ne saisis pas tout de suite mais je comprends que la stagiaire est là, en train de s'installer au grand bureau de l'un des deux gars remerciés. La regarder ne m'intéresse pas. Je suis totalement absorbé par Laura que je trouve absolument resplendissante. Ce teint légèrement hâlé de lointaine Méditerranéenne, ces yeux noirs en amande d'une intensité quasi radioactive, ces pommettes qui ne se révèlent qu'à l'esquisse d'un sourire complice.

La stagiaire se lève et vient me saluer en me tendant le bras tout en restant à un bon mètre cinquante de moi. Je lève à peine les yeux sur elle.

Virginie.

Bonjour.

Sans porter plus d'intérêt à sa présence, je me plonge dans la lecture des mails reçus pendant la nuit.

Serge, tu veux prendre un café ?

C'est Laura, qui marque son territoire sans attendre.

Je prends ma pile de dossiers à photocopier, poursuit-elle, tu pourras me donner un coup de main après la pause café Serge ?

Avec plaisir, je réponds en souriant.

Je lui tends son gobelet chaud devant la machine. Elle le saisit en posant sa main sur la mienne. La chaleur du gobelet commence à me brûler les doigts mais la douleur n'est rien tant que Laura maintient ce contact physique entre nous.

Des news sur Gloralfson ? me demande-t-elle fiévreusement.

Tu veux dire Thomasson ? je réponds.

Hum.

Pas grand-chose, deux trois trucs, j'ai fait mes recherches.

On en parle ce soir au resto Serge, tu m'invites, vingt et une heure, je m'occupe de la réservation, japonais ça te va ?

Bien sûr.

Je me dis que son choix ne manque pas d'humour. Ou d'ironie. Peut-être n'est-elle simplement pas rancunière. Il pourrait tout autant s'agir d'une amnésie partielle, ou d'un piège pour me prendre la tête par surprise sur le sujet. Il faudra que je passe à la pharmacie prendre des médicaments contre les intoxications alimentaires. En prévention. À cause du poisson cru.

Le Suédois passe dans notre dos sans nous

saluer. Le genre de type que personne ne peut jamais se targuer de gauler à la machine à café, même en passant vingt-cinq ans de vie professionnelle dans son ombre. Ces mecs sont dans le contrôle permanent de leur image. Totalement *freaks* du contrôle. Ça ne m'étonne pas qu'ils finissent toujours par dégoupiller un jour ou l'autre. Ce n'est pas humain de se comporter de la sorte. De ne jamais rien lâcher de spontané. D'observer les autres, toujours. Juger. Ne jamais se mouiller. Les rares qui tiennent la distance et parviennent au Saint Graal des plus hautes fonctions sont tous de véritables sociopathes. C'est leur secret.

Nous venons de nous badger dans le petit local exigu de la photocopieuse. Laura m'a tendu le dossier, je lui donne les feuilles une à une pour qu'elle les place dans la machine. Cette photocopieuse dégage une chaleur infernale qui ne risque pas de calmer mon désir de faire l'amour avec elle sans attendre une seconde de plus. Miraculeusement, c'est exactement ce qui se passe, à son initiative. Elle me débarrasse du dossier, le pose sur le rebord de la machine, se saisit de mes deux mains et les fait glisser sous sa jupe. Dans un ultime réflexe je parviens à repousser de la jambe droite un lourd caisson à roulettes et à le coincer entre la porte et l'armoire pour condamner l'entrée. Cette fois il n'y a plus de limite. Laura enfonce sa langue dans ma bouche tout en serrant ma tête entre ses mains. De mon côté je fais valser ses collants à ses pieds et arrache d'un coup sec sa petite culotte comme on écarte un dernier obstacle d'un revers de main. J'avais besoin de sentir sa peau sous mes doigts. Tandis que je palpe copieusement ses adorables fesses rebondies, je la sens écarter imperceptiblement les jambes et les enrouler autour des miennes. Je lâche son cul pour l'arrière de sa nuque et la renverse contre le photocopieur puis hisse sa jambe gauche contre ma cuisse. Déjà ses mains se sont débarrassées de ma fermeture éclair pour se saisir de ma queue. Elle me guide instantanément vers son sexe et quand je la pénètre sans aucune difficulté, elle renverse sa tête en arrière. Je me sers de ses hanches que je tiens fermement pour aller et venir profondément en elle. Elle laisse parfois échapper de petits cris. Dirige nos ébats avec douceur. De temps en temps je soulève son petit haut pour palper ses seins. J'aime les tenir entièrement dans mes mains. Elle caresse mon visage tandis que désormais seul le souffle de nos respirations étouffées s'échappe de notre étreinte. Et m'embrasse à nouveau vigoureusement. J'enfonce ma bite aussi profondément que possible en elle. Profitant d'une hésitation de sa part, je la retourne soudainement, et toujours guidé par sa main, la pénètre à nouveau, cette fois de dos. Ses fesses s'enroulent autour de ma queue tout en imprimant un léger mouvement latéral qui décuple mes sensations. J'entends quelques bruits de pas derrière la porte au moment où je jouis en elle et qu'elle se redresse tandis que je la retiens en saisissant ses seins. Elle me sourit. Les pas ont poursuivi leur chemin. Je me retire prestement et nous nous rhabillons en vitesse. Libérant le petit caisson à roulettes, nous sortons du local de photocopie comme si de rien n'était. En prenant la direction des toilettes hommes je lui demande légèrement inquiet si c'est toujours bon pour ce soir.

Bien sûr qu'est-ce que ça change ? murmure-t-elle étonnée, j'ai trop hâte de savoir ce que tu as trouvé sur le Krisprolls.

Cette fille me sidère. Qu'est-ce que ça change, dit-elle. Je pensais que ce n'était pas *exactement* comme boire un café ensemble au distributeur mais peut-être que j'avais tort après tout. Du moment que rien ne puisse jamais effacer ce moment de ma mémoire. Je ne demande rien de plus.

Krug est en train de se laver les mains au moment où j'entre dans les toilettes. J'aurais préféré le trouver en train de se faire un bain de bouche.

Alors Serge, on se voit à la cérémonie de remise de Légion d'honneur de Robert c'est ça ?

Oui c'est ça, je réponds laconiquement, et vous venez accompagné de Madame je suppose ? dis-je, histoire de nourrir un minimum une forme de conversation de type amicale.

Non je viendrai seul, répond Krug, ma femme doit garder les enfants à la maison.

Ah vous avez des enfants ?

Deux.

…

Et vous Serge, vous venez accompagné de votre sœur, comme d'habitude?

C'est ça.

Laura m'embrasse sur la joue en me rejoignant au comptoir du restaurant face aux cuisiniers, ce qui est déjà ma deuxième contrariété de la soirée. Anièce n'était toujours pas à l'appartement quand je suis repassé me changer après le boulot. Et n'a bien sûr pas répondu à mes appels téléphoniques. Je lui ai mis un mot pour dire que je sortais. En même temps, je ne vis pas avec ma sœur depuis tant d'années pour communiquer par pizzini, tel Bernardo Provenzano planqué dans sa bergerie.

Un peu vexé par ce maigre bisou de bienvenue, je fais laconiquement mon compte rendu d'enquête sur Stephan Thomasson à Laura tout en sirotant une soupe miso. Une femme, deux enfants. Lui aussi. Je ne comprends pas ce qu'ils ont tous à fonctionner par paire. Tous blonds. Elle a été sa secrétaire de direction à une époque. Bon, rien que de très classique. Aucun relief, pas de condamnations. Pas un article de journal pour soulever la moindre polémique. Lorsqu'il a fomenté des plans de licenciements dans des jobs précédents il y avait toujours un DRH quelconque pour encaisser les coups en première ligne. Il porte souvent des chemises à petits carreaux roses sur les photos. Ou des vichys bleu pâle.

Il y a forcément quelque chose Serge, dit Laura en dégustant son dessert aux litchis. Personne n'est véritablement clean à ce niveau-là, il doit y avoir quelque chose, tu es sûr que tu as tout regardé Serge ?

Sûr, Laura.

Merde il faut qu'on trouve, je vais pas laisser cette petite armoire en kit s'interposer entre la direction et moi, je ne me suis pas tannée des heures et des soirées entières à bosser les dossiers de cette foutue boîte pour qu'un mec sorti d'on ne sait où vienne me couper de la relation hiérarchique directe que j'ai avec Robert, et m'éloigner encore plus de notre CEO indien.

Tu vises le poste de Robert ?

Non bien sûr... Robert c'est un naze, dit-elle, il n'opère qu'au niveau français ; non je veux que les Américains me remarquent pour au moins prendre la direction de l'Europe. Tu m'imagines demander des reportings sur le business de la filiale française à Robert depuis mon grand bureau, à Londres ou ailleurs ?

Je ne sais quoi répondre. À l'instant T je n'ai plus aucun désir pour elle. Il y a quelques heures encore elle m'enjoignait de lui faire l'amour dans la salle de photocopie et là, elle me parle de ses objectifs de carrière comme si rien d'autre n'existait. Avec la même froideur et la même absence de complexe que n'importe lequel des pires hommes qu'il m'ait été donné de croiser dans ma vie professionnelle. Je ne sais pas moi, est-ce qu'une femme normale ne m'aurait pas pris la main en un pareil moment? Est-ce qu'un regard complice aurait été de trop? Elle continue de m'entretenir du réseau qu'elle est patiemment en train de se constituer dans la boîte pour parvenir à ses fins mais je ne l'écoute que d'une oreille distraite. J'oscille entre stupéfaction et ruminations. En même temps cela tombe bien parce qu'elle est fatiguée, se lève d'un bond et hèle un taxi dans la rue devant l'entrée du restaurant pendant que je règle l'addition.

Elle me salue à peine en montant dans le taxi, le visage déjà plongé dans ses mails sur son smartphone.

Je préfère prendre le bus. Je me laisserais bien tenter par un petit médicament homéopathique pour être sûr de dormir paisiblement mais aucune pharmacie ouverte vingt-quatre heures sur vingt-quatre ne se trouve sur le trajet. En attendant à l'arrêt, j'essaie encore de joindre Anièce, sans succès. Je finis par lui envoyer un sms lui demandant si elle a déjà sa tenue pour la Légion d'honneur de Robert.

Elle répond juste oui.

Je lui demande quand même de me confirmer qu'elle vient bien.

Elle dit oui.

Puis renvoie un message en me disant qu'elle viendra accompagnée.

De moi? je tente de m'assurer dans le sms d'après.

Non.

Quelle soirée de merde, je me dis.

*

Je vois qu'Aniècе est là quand je rentre. Mais déjà couchée. Je me décide à relire *Les Vitamines du bonheur* de Raymond Carver pour essayer de me persuader que n'importe quelle vie recèle son potentiel d'héroïsme muet. Quel monde quand même. Quelle complexité inouïe pour les plus sensibles d'entre nous. J'avale six Euphytose en espérant que ces rumeurs d'effet placebo soient un complot monté par les laboratoires pharmaceutiques pour continuer de nous facturer leurs molécules chimiques à prix d'or.

Je dors très bien mais j'ai programmé mon réveil à cinq heures trente du matin pour être sûr de ne pas louper Aniècе. Alors je suis là, assis à la petite table carrée en formica de la cuisine. Comme un tétraplégique sans ses mouillettes. Ça fait une demi-heure que j'hésite à me faire un café quand Aniècе entre dans la cuisine au pas lent de ses pantoufles, emmitouflée dans une vieille robe de chambre à carreaux.

Tu es déjà levé Serge, qu'est-ce qui te prend ? dit-elle en allumant la machine à café.

J'ai l'impression que tu m'évites, je lui dis.

Ce serait difficile dans soixante-quinze mètres carrés, répond-elle laconiquement.

Elle dépose mes mouillettes sur le petit plateau devant moi. Je me lève pour aller me chercher du miel.

Aniece c'est quoi ce sms de merde comme quoi tu viens accompagnée, mais pas par moi à la cérémonie ?

Rien de spécial Serge, c'est pour que tu le saches c'est tout ; pour que tu puisses anticiper.

Et je peux savoir avec qui tu viens ?

Non.

Elle saisit alors sa tasse et ses pantoufles la traînent dans sa chambre.

Trois quarts d'heure plus tard je l'entends partir. Je n'ai pas bougé. Longtemps après son départ, je n'arrive toujours pas à me souvenir si je l'ai entendue prononcer les mots « peut-être » après m'avoir dit « à ce soir » en claquant la porte. Je sens que si j'essayais de me lever je serais pris de vertiges, ce qui fait que j'y renonce. Ma boîte à pharmacie dans la salle de bains me semble à cet instant aussi loin que le premier dispensaire de Gorom-Gorom depuis le désert du Sahel. Qu'ai-je fait pour ne pas mériter la moindre explication. Est-ce que c'est surnaturel d'attendre de sa sœur qu'elle vous rassure un minimum ? Au bout d'un moment je m'endors la tête posée contre mes bras sur la table. Dans un rêve je me vois plonger gaiement dans le fleuve Amazone. Au moment où je pénètre dans l'eau, j'aperçois la foule massée au-dessus de moi sur la berge rire aux éclats en me montrant du doigt. Je distingue le docteur Muller et mon frère parmi les spectateurs. Ils se poussent du coude en riant à gorge déployée. Manifestement je suis le seul à ne pas savoir que ce plan d'eau est infesté de caïmans noirs. Les gens rient de plus belle en désignant la dizaine de reptiles qui foncent dans ma direction. Je suis incapable de bouger. Je voudrais crier mais aucun son ne sort de ma bouche. Je croise les bras devant mon visage pour me protéger mais déjà je sens le premier d'entre eux me mordre le coude. Je me réveille en sursaut, une mouillette au miel accrochée à mon coude droit. Il est onze heures trente.

Vers seize heures, je me décide à aller au bureau. L'idée de perdre ma sœur me terrorise. Avec qui peut-elle bien aller à cette soirée ? Et pourquoi ne pas me le dire ? J'ose espérer qu'elle y réfléchirait à deux fois avant de s'acoquiner avec le premier venu, qu'elle se poserait la question de mon avenir avant de faire une chose pareille. Je déteste les cachotteries et les mystères, je trouve cela effrayant. J'avale vite fait quelques comprimés de fleurs de Bach achetés en chemin. Il y a longtemps que je ne me suis pas senti aussi angoissé. Je palpe une tension tout aussi forte dans les bureaux en arpentant le couloir qui me mène à mon poste de travail. Un indicible mélange de crainte et d'agitation. Du pain bénit pour les managers. J'en déduis que d'une manière ou d'une autre, Robert et son nouveau jouet suédois sont à la manœuvre. Laura affiche un léger sourire de soulagement en me voyant entrer. Pendant quelques secondes au moins, le monde redevient un peu plus vivable. Mais je ne suis pas sûr que cela suffise aujourd'hui. Parfois la vie s'acharne à assombrir l'humeur des innocents. La stagiaire est là aussi. Je ne me souviens déjà plus de son prénom. Tandis que je sors mes dossiers elle s'approche à pas feutrés de mon bureau, l'agrippe de ses bras et se penche vers moi pour me parler sur le ton de la confidence.

Serge, j'ai appris pour votre frère... Je ne savais pas.

Il est mort c'est ça ?

Mais non pas du tout, je veux dire, j'ignorais totalement qu'il était le...

Oui, je réponds d'une voix péremptoire, j'étais justement en ligne avec lui et je lui ai parlé de vous...

Ah bon ? s'exclame-t-elle, subitement excitée.

En la regardant écarquiller les yeux et se toucher les cheveux, je me dis que l'attraction qu'exercent encore les puissants sur les femmes au XXIe siècle en dit finalement long sur le peu de progrès accompli par l'humanité depuis qu'elle s'est mise à se redresser et marcher sur deux jambes. Les hommes sont peut-être plus malins qu'on ne le pense, concédant nombre de défaites insignifiantes pour garder inviolé ce qui fait le cœur de leur domination. Je crois que si un jour un mouvement mondial de femmes se lève pour mettre fin à cette tyrannie, je me ferai opérer pour changer de sexe et rejoindre leur mouvement.

Oui, nous parlions de vous... le ministère souhaiterait que vous vous rendiez à la Bibliothèque nationale pour analyser le développement économique de la zone caraïbe ces trente dernières années. Ils vous donnent trois jours.

Waouh, formidable, cette confiance m'honore, déclare-t-elle.

Un rapport d'une centaine de pages suffira.

La fille rassemble très vite ses affaires et quitte le bureau en trombe.

Laura est morte de rire.

Mais Serge c'est dégueulasse.

Écoute Laura j'en avais besoin, c'est toujours trois jours de gagnés non ?

Enfin quand même, dit-elle en s'esclaffant.

Après tout ce sera formateur, non ? Imagine que cela induise en elle une violente prise de conscience et la transforme en lanceuse d'alerte ; ou qu'elle parte rejoindre une ONG qui lutte contre les dérives de la finance, ce serait une belle victoire tu ne crois pas ?

Tu sais Serge, il y a longtemps que je ne me pose plus de questions sur le sujet. De toute façon si ce n'est pas nous qui organisons cette optimisation fiscale à l'échelle du globe, quinze sociétés le feront à notre place.

Je ne poursuis pas le débat parce que c'est toi, Laura, je dis.

Merci monsieur Horowitz, répond-elle en me souriant.

À ce moment je reconnais les pas de Robert dans le couloir et sens l'haleine de Krug toute proche.

Robert se met à beugler avant même de franchir la porte de notre bureau.

Serge, Laura, dans mon bureau, tout de suite. Je veux vous voir avec Stephan. Sujet : le Japon.

Un pas derrière Robert, je vois un sourire de satisfaction se dessiner sur le visage de Krug. Ce petit morpion doit être en train de jubiler.

Avec plaisir Robert, je prends le dossier et je vous rejoins, répond Laura.

Avant de tourner les talons, Robert s'étonne de ne pas voir Virginie.

C'est ça, Virginie, la stagiaire, son prénom c'est Virginie, je me répète silencieusement en espérant que cela m'aide à le mémoriser pour la prochaine fois.

Je lui réponds qu'elle ne se sentait pas bien et qu'elle est rentrée chez elle.

En s'éloignant dans le couloir, j'entends Robert dire à Krug que les jeunes d'aujourd'hui ne valent plus rien, qu'à son époque il aurait préféré vomir dans sa poubelle de bureau plutôt que de quitter son poste de travail s'il avait eu la chance d'obtenir un stage dans une boîte comme la nôtre, et ajouter que Krug ne devait pas oublier de la virer à son retour. Avant de conclure que de toute façon, congédier une stagiaire ne nous coûtait rien, que c'était au moins l'avantage.

Bien sûr en l'entendant, je me suis senti un peu coupable. J'espère quand même que Krug ne le fera pas.

Avant de quitter promptement notre open space sans même m'attendre, Laura me lance un regard noir. Le Japon. Il fallait bien que je m'attende à ce que ça revienne sur le tapis. Les victoires ne sont jamais que de courts répits entre deux défaites. Je me saisis moi aussi de mon dossier et m'élance dans le couloir à la suite de Laura.

Thomasson est déjà dans le bureau de Robert, une fesse négligemment posée sur le coin de son immense table en acajou. Robert est lui bien calé dans son fauteuil en cuir d'une profondeur abyssale, les mains en appui sur les accoudoirs, tel un vieux jaguar tapi dans sa tanière. Krug debout derrière, contre la fenêtre. Laura a pris place dans l'une des deux chaises faisant face à Robert. Elle a sorti sa calculatrice. Un réflexe. Je m'assois à mon tour, aussi précautionneusement que si j'avais marché sur une mine abandonnée par l'ennemi à Kobané. Je pense au docteur Muller et prie pour que le mal m'épargne. D'un geste magnanime de la main, Robert invite Thomasson à prendre la parole.

Cher tous, je viens de prendre connaissance ces deux derniers jours du dossier Japon. Et Monsieur Krug m'a raconté dans le détail le déroulé du meeting sur place. Incluant la phase de questions-réponses de fin de réunion, Serge, dit-il en me regardant méchamment.

À l'énoncé de cette dernière phrase, Robert me pointe silencieusement du doigt. Des dingues. On se croirait dans *Reservoir Dogs*.

Laura ne bronche pas.

Thomasson poursuit.

Bon ce qui compte maintenant c'est qu'on

aille de l'avant. J'ai eu les Japonais par Skype hier matin. Ils sont prêts à rouvrir le dossier. Serge vous avez interdiction de leur adresser la parole ou même de leur envoyer le moindre mail. Tout passe par moi. C'est aussi valable pour vous Laura. Va falloir mettre les bouchées doubles. Cette affaire doit se conclure favorablement, coûte que coûte. Et vite. Pas dans un an. Laura vous allez me sortir un long term business plan un peu plus ambitieux c'est clair ? Le prix de cession reste le même. Ce ne sera quand même pas la première fois qu'on survend une boîte non ? Je sais que vous pouvez le faire et on le fera. Tout se passera sous mon autorité. À partir de maintenant vous me reportez directement. Compris ? Serge, en dehors de vous taire, vous allez me sortir des analyses de marché un peu plus fournies. Pas le strict minimum dont vous nous gratifiez d'ordinaire, vous voyez ce que je veux dire. Laura, j'aimerais avoir un peu plus de contrôle et de visibilité sur votre travail, OK ? Ça fait partie de ce que Robert m'a demandé. Je connais vos qualités, personne n'en doute ici mais les électrons libres c'est fini. Les États-Unis aussi veulent un meilleur reporting.

Sur ces derniers mots, j'ai l'impression que Laura va s'étrangler. Je me dis que j'ai intérêt à bien figer dans mes souvenirs l'épisode de la photocopieuse.

C'est Robert qui conclut l'entretien.

Je peux compter sur vous Laura ? Si besoin Monsieur Krug fera la courroie de transmission entre vous et Stephan, dont l'emploi du temps est vous vous en doutez surchargé.

Vous pouvez compter sur moi Robert... Comme toujours, ajoute-t-elle dans un murmure teinté de colère.

Bien. Serge de votre côté tout est clair ? N'hésitez pas à le dire s'il y a quelque chose qui vous a échappé.

J'aimerais lui répondre mais je n'y parviens pas. Je dois dire que sur l'instant ça m'est bien égal. Ils n'ont qu'à aller se faire foutre ces mafieux. Oh oui je vais bosser le dossier à fond, mais pas forcément dans le sens où ils l'entendent. Il y a un énorme loup dans cette affaire, je le sens et je trouverai de quoi il s'agit.

Bon, fait Robert, retournez à vos postes. Pour ceux qui sont invités on se voit demain soir à ma remise de décoration.

Nous quittons son bureau comme deux élèves indisciplinés sortiraient de chez le proviseur. Laura me précède d'un mètre ou deux dans le couloir, laissant filer derrière elle sa colère comme une traînée de poudre.

Arrivés à notre bureau elle ferme la porte derrière moi. Je sens que je ne vais pas adorer les prochaines minutes.

Ah bravo Serge, bravo, tu dois être content de toi.

...

C'est bien je ne suis pas dans la merde maintenant, avec ta connerie du Japon.

...

Et ce Flopnasson, là, dit-elle rageusement, non mais pour qui il se prend ce connard, « électron libre, sous mon contrôle », il se croit où ce caribou. Il est hors de question que je travaille sous sa coupe, même pas en rêve, tu m'entends Serge ?

…

J'entends mais je n'arrive pas à parler. Aucun des petits conseils à appliquer en pareil cas trouvés sur les forums consacrés à l'aphasie ne fonctionne avec moi. Et si j'avais déjà atteint un stade irréversible ? La prochaine fois que le mal viendra me frapper, je perdrai peut-être à tout jamais la faculté de parler. Ce serait terriblement gênant.

Il faut que je trouve un moyen de dégager ce type, et tu vas m'aider Serge, c'est bien le minimum que tu puisses faire.

Je fais oui de la tête.

Putain quelle merde, se désespère Laura.

Je hoche à nouveau la tête en signe d'approbation en espérant que cela contribuera à la calmer. Et puis je rentre chez moi sans même savoir si ma sœur sera là.

Anièce est sortie mais je sens que je retrouve peu à peu l'usage de la parole. En tout cas si quelqu'un me parlait, je pense que je serais en mesure de lui répondre. Comme une seconde lueur d'espoir dans cette soirée, Laura m'appelle pour me dire qu'elle regrette de s'être énervée contre moi et qu'elle est sûre qu'on va réussir à se débarrasser du Suédois. Surfant sur ma chance soudaine je lui demande si elle accepterait de m'accompagner à la soirée de remise de Légion d'honneur de Robert par mon frère. Elle accepte volontiers après que je lui ai confirmé la présence effective de François et sans doute d'une partie de ses valets. Je me dis qu'entre ma sœur à grosses lunettes, fussent-elles les mêmes que celles du leader spirituel tibétain, et Laura, je n'ai pas perdu au change. Cette femme fera de moi une espèce de Daniel Craig touffu à cette soirée de prestige, ce dont beaucoup se consoleraient.

*

J'avais récupéré le smoking de mon père. Quand bien même tout nous opposait, en matière de mensurations, notre similitude tenait du clonage. Même taille, mêmes mains, même longueur de bras. La seule différence majeure résidait dans mon épaisse chevelure, aussi rebelle et fièrement dressée que la sienne était sage et soigneusement peignée avec une raie au milieu. Je n'ai jamais pensé à questionner Aniècé sur un éventuel séjour de mes parents dans les îles neuf mois avant ma naissance. En tout cas j'ai récupéré ce smoking, en parfait état, qui m'aura rendu bien des services. Je le ressors à chaque occasion un peu solennelle. Porter le costume d'un mort ne me fait rien. Il me va parfaitement. C'est déjà ça. Il y a longtemps, le matin de la petite garden-party donnée par

François pour fêter sa nomination au poste de ministre des Finances, Aniècе m'avait dit qu'elle avait l'impression de « revoir papa » lorsque je le portais. J'étais rentré me changer et avais finalement débarqué à la cérémonie en bermuda et chemise hawaïenne sur tongs pour la faire enrager. Comme ça elle ne risquait pas de me confondre avec le mort. Mon père...

Et cette remise de Légion d'honneur, franchement, quelle idée. Je connais mon frère. Le fait qu'il remette la suprême distinction, en grande pompe, aujourd'hui, à Robert, ne doit certainement rien au hasard. Aucun acte n'est jamais gratuit avec un homme politique. Certains suscitent une fascination démoniaque, parfois même post mortem, parce qu'à côté d'eux Machiavel ressemblerait à mère Teresa. Qu'admire-t-on au juste ? Faut-il s'ébahir devant ce qui nous rabaisse, l'intelligence est-elle faite pour faire le vide autour de soi ? Rien ne peut me mettre plus mal à l'aise que ce genre de soirée, à part sans doute une réunion de famille. Je ne sais même pas où est Aniècе. Je sais bien qu'elle s'y rend avec quelqu'un mais elle aurait au moins pu m'attendre. Je décide d'y aller en bus. Je descends volontairement un arrêt plus tôt, le long des quais, dans l'espoir de me détendre un peu en marchant. Pour une question de style je n'ai pas pris de manteau et j'ai vraiment froid.

J'attends. Évidemment Laura ne m'a donné aucun signe de vie. J'espère qu'elle viendra bien. Déjà que je suis en passe de me faire voler ma sœur, il ne manquerait plus que je sois obligé de me pointer lamentablement seul à cette soirée. Je ne ferai pas ce cadeau à François. Cela fait des années qu'il se comporte mal et je suis bien obligé de reconnaître que cela lui a plutôt réussi jusqu'à aujourd'hui. Ministre. Il y a bien un moment où ça s'arrêtera. Il faut voir leur regard désemparé le jour où ils finissent par tomber, empereurs déchus jetés à la rue, délestés de leurs voitures et de leurs gardes du corps. Certains en meurent. D'autres déclarent des maladies. Le mal ne les ronge pas, ils s'en nourrissent. Lorsque ce jour arrivera je serai là. J'ai toujours vu clair dans le jeu de mon frère. Je ne serai pas surpris parce que je n'ai jamais marché dans sa combine. Je le vois tel qu'il est, et il le sait. C'est ce qu'il ne supporte pas avec moi. Être son frère m'a immunisé à vie contre son charme vénéneux et ses vieux numéros de prestidigitateur. Je le vois aujourd'hui. Je le vois à cinq ans. Je le vois à treize ans me laisser les pages sport du journal et partir dans sa chambre avec celles consacrées à la politique intérieure. Je le vois à vingt ans à la mort de nos parents. Déstabilisé un petit quart d'heure puis résolu à ce que ce *fait extérieur* ne vienne pas enrayer sa marche en avant. Aniècе aussi sait tout ça. Mais elle ne dit rien. Je sais qu'elle n'est pas dupe pour autant. Ça me suffit. Ma sœur compte tellement pour moi. Je ne sais pas ce qui se passera si quelqu'un vient me l'enlever. Même si je souhaite bien du courage à celui qui s'y risquera. Aniècе peut se révéler carrément fantastique, mais pour ça il faut quand même déjà bien la connaître. Toujours personne. Je revérifie le carton d'invitation pour être sûr de ne pas m'être trompé d'heure. Je n'ose pas mettre les mains dans les poches de mon smoking de peur de lui faire des oreilles d'éléphant en les déformant. Si ça continue je vais perdre une phalange sans même avoir aperçu le sommet de la montagne. L'hôtel de Salm se dresse devant moi. Je me suis posté au coin de la rue, à une dizaine de mètres du petit arc de triomphe qui en forme l'entrée. Rien n'est trop beau pour les grands hommes. Je n'arrive toujours pas à m'imaginer que l'on puisse gratifier Robert d'une telle décoration. Qu'à la limite il soit fait citoyen d'honneur de la Barbade ou du grand-duché du Luxembourg je comprendrais, mais là... Des voitures avec chauffeur s'arrêtent régulièrement devant l'entrée et déchargent leurs grappes de convives. Costumes impeccables et robes du soir. Les épouses officielles sont beaucoup moins jeunes que les escorts des riches Russes dans les clubs de vacances. On les sort pour ce type d'occasions. Je reconnais quelques journalistes économiques influents parmi les invités. Un ou deux historiens pour la caution prestige. Un véhicule attire soudain mon attention. Le moteur produit un bruit tout à fait inhabituel et le conducteur visiblement peu habile conduit par à-coups. Une vieille Peugeot 304 décapotable blanche. De manière inattendue, elle s'immobilise devant l'entrée. Je me dis que le type doit chercher sa route pour un salon annuel de collectionneurs désargentés quand je m'aperçois que la femme qui sort du véhicule ressemble étrangement à ma sœur. Enfin une version approchante de ma sœur. Revêtue d'une longue robe en velours vert très sombre, un peu comme les moquettes d'escalier des vieux appartements haussmanniens. Des talons. Je plisse les yeux mais je ne la vois que de trois quarts. Sa robe est assez échancrée, disons jusqu'au milieu du dos. Ses cheveux sont des mêmes couleurs que ceux d'Anièce, bruns et gris par endroits. Elle finit par se retourner prestement comme dans une parodie de pub pour shampoings L'Oréal et là le doute n'est plus permis. C'est Anièce. Je la reconnais à ses lunettes. Elle est outrageusement maquillée. Je me plaque contre le mur. Je n'arrive pas à distinguer le conducteur qui discute visiblement avec un garde républicain. Puis il tend ses clefs au garde par la fenêtre et celui-ci lui ouvre la portière pour l'aider à descendre. Quiconque s'est déjà retrouvé solidement harnaché dans un ascenseur à sensations de fête foraine juste avant la chute sait exactement ce que je ressens à cet instant. D'ailleurs mes jambes ne me portent plus. Je me retrouve accroupi contre le mur. Je me frotte les yeux pour essayer de chasser cette image, mais en les rouvrant la réalité me fait face avec autant de force qu'un typhon dont l'épicentre ne serait qu'à quinze mètres de moi. Ces cheveux blancs mal peignés. Ce costume en lin totalement inapproprié en cette saison. Le docteur Muller contourne son véhicule et prend ma sœur par la taille. Ils échangent un sourire complice et pénètrent dans le palais sous l'arc de triomphe. Je crois bien qu'aucun couple n'a jamais été plus mal assorti depuis que les journaux people existent. Muller. Le docteur Muller. Passé l'incrédulité, tout me revient en tête. Cette odeur familière dans l'appartement de ma sœur au retour du Japon. Cette insistance qu'elle avait à ce que j'aille voir le docteur pour mon problème. Ce bruit de tasse et cette respiration familière entendue au téléphone lorsque j'avais appelé Muller de ma chambre d'hôtel. Toutes ces images s'entrechoquent dans mon esprit comme des particules élémentaires dans le grand collisionneur de hadrons de Genève. Cela dépasse l'entendement. Je me demande si je ne suis pas en train de vivre une *near death experience*.

Si tu as besoin tu sais qu'il y a sûrement des toilettes à l'intérieur du palais de la Légion d'honneur, dit soudain en riant Laura qui a surgi près de moi.

Je me relève. Son visage est d'une perfection absolue. Je fais le rapprochement avec cette fameuse lumière réconfortante que tous les rescapés de NDA décrivent comme la phase finale de leur expérience avant de revenir vers le monde des vivants.

...

Ça va Serge, tu es tout pâle, tu es malade ?

Ça va, ça va Laura, disons que si je ne tombe pas raide mort il va bien falloir que je fasse un pas en avant en direction de cette soirée.

Eh bien c'est agréable, on voit que ça te fait plaisir, dit-elle en portant sa main contre ma joue et en m'embrassant longuement.

Tu es superbe, susurre-t-elle en me prenant le bras pour avancer vers l'entrée.

Quand je te vois dans cette robe bleu nuit Laura, je me dis que si un jour j'accède à un poste comme celui de Robert, j'imposerai ce genre de tenue comme dress code obligatoire chaque jour de l'année.

Heureusement que ce ne sera jamais le cas, répond-elle en riant.

Je ne sais pas si elle parlait du dress code ou du fait que j'aie un jour un poste comme celui de Robert. Toujours est-il que sa beauté irradiante dans cette robe haute couture parsemée de petits nœuds noirs en velours et de broderies bleues se terminant par une traîne à dentelle noire rendait la perspective de cette soirée presque acceptable. Sauf à se dire que ma sœur s'y est rendue au bras du vieux docteur Muller. Pourquoi pas l'ancien pape Ratzinger tant qu'elle y est ?

Nous pénétrons rapidement dans le vestibule, dans lequel un bar éphémère et un buffet ont été installés, avant de faire notre entrée dans la rotonde. Mon frère n'est pas encore là. Robert devise avec deux types au fond de la salle. Un peu en retrait se tiennent Krug et Thomasson, comme deux coqs prêts à éructer leurs commentaires avisés au moindre signe de Robert.

Laura me pince le bras.

T'as vu avec qui est Robert, c'est dingue, je n'en reviens pas qu'il soit là, quelle chance non mais quelle opportunité, s'écrie-t-elle.

Qui, je demande, le petit Indien et le vieux beau ?

Le petit Indien, comme tu dis, c'est notre CEO Monde, basé à New York, tu vois Serge. J'y crois pas, non mais j'y crois pas.

Son excitation à objet professionnel résonne en moi comme une nouvelle défaite. Je crois que je ne m'y ferai jamais. J'ai l'impression que l'avatar corporate de Laura a remplacé celle qui m'embrassait il y a encore quelques minutes avant d'entrer. D'ailleurs elle me lâche instantanément le bras pour se diriger vers deux types du bureau stratégiquement positionnés à trois mètres à peine de Robert et de l'Indien, omettant ostensiblement de saluer Krug et Thomasson en passant devant eux.

Je contemple la salle et ses invités prestigieux. Mon frère n'est toujours pas arrivé. Sans doute une technique empruntée à Audrey Hepburn pour ménager son petit effet. Je sais qu'il ne viendra pas accompagné. Officiellement il vit seul. Ça fait plus tendance et libre vis-à-vis de l'opinion publique, m'a-t-il dit un jour, ça augmente mon potentiel de désirabilité. Mon observation périphérique s'arrête sur le regard inquisiteur d'Aniècce. Je vois bien qu'elle guette ma réaction. Qu'est-ce qu'elle croit. Abasourdi, je suis abasourdi. Je lâche son regard grossièrement amplifié par ses gigantesques verres de lunettes et file vers le bar m'enfiler un double Jack Daniel's sans glace. Je sens qu'il me faudra au moins ça pour tenir le coup.

Tu comptes te saouler pour oublier que ta sœur a le droit d'avoir enfin une vie normale? dit Aniècce dans mon dos en posant sa main sur mon épaule. Je me retourne. Je suis décomposé. Et totalement bloqué. Réduit à un statut de carpe. Je sens qu'aucun son ne peut jaillir de ma gorge. Ça risque de compliquer encore les choses avec Aniècce. Je la regarde et porte lentement le verre à mes lèvres pour me donner un semblant de consistance.

Hein, je n'ai pas le droit à un minimum de normalité dans cette famille, à quarante-neuf ans?

Je voudrais l'interroger sur ce que peut représenter pour elle la notion de normalité dans une famille, mais ce satané syndrome d'aphasie m'en empêche.

Tu me méprises c'est ça Serge, après tout ce que j'ai fait pour toi tu préfères m'opposer ton mépris? Tu te crois différent de François? Tu es juste une autre forme de la même aberration.

Je fixe mes yeux dans les siens. Je ne parviens pas à lui en vouloir. Le docteur Muller n'existe même plus. Je vois juste ma sœur. Je sens ses bras m'entourer à la mort de nos parents. Ses yeux bienveillants posés sur mes faiblesses depuis toutes ces années, et comme chaque fois que la vie dresse contre moi la complexité de ses modalités pratiques de fonctionnement. Je garde l'image d'Anièce m'invitant le plus naturellement du monde à entrer dans son appartement avec mes deux valises à mon retour d'Angleterre et me dire juste « tu peux prendre cette chambre », en me désignant l'endroit dans lequel je dors toujours vingt années plus tard. Je la revois déposer chaque matin mes trois petites mouillettes à côté de mon café. Je repense au bonheur de nos silences, assis chacun dans un fauteuil club du salon, un livre à la main, les week-ends de pluie. Je pleure déjà la perte potentielle de ce havre de paix débarrassé de toute convention sociale qu'est son appartement. Anièce me fait face et je sens des larmes remplir mes yeux. Je me sens infiniment reconnaissant et j'ai peur. L'idée de perdre ma sœur me terrorise. La colère semble progressivement quitter son regard. Je n'arrive toujours pas à parler alors je la serre dans mes bras et pose ma tête contre son épaule. Je sens ses mains rassurantes dans mon dos. Au bout d'un petit moment je parviens à lui dire « j'ai peur ».

Ne t'inquiète pas Serge, s'il te plaît ne t'inquiète pas, me murmure-t-elle à l'oreille.

Séquence d'émotion familiale n'est-ce pas, tonne le docteur Muller tout près de nous, comment ça va Serge ?

Docteur.

Quel magnifique endroit non? Un magnifique endroit pour une merveilleuse soirée, dit-il en reprenant possession de la main de ma sœur.

C'est pathétique. Il n'a aucune prestance. Il parle trop fort, comme tous les vieux. Il pourrait être son oncle. Ma sœur a beau être ce qu'elle est, discrète et peu disposée à céder quoi que ce soit aux canons modernes de la beauté et de l'élégance, Muller ne mérite en aucun cas un cadeau pareil. Je préfère m'éloigner sans répondre. Laura est maintenant seule, un verre à la main, et m'attend avec un grand sourire.

C'est ta sœur?

Tout juste.

Et son ami...

Ne me demande pas ce qu'elle fait avec lui Laura, c'est au-dessus de mes forces.

Elle a peut-être pris un viager sur ses biens, il doit être riche, même si bien sûr rien dans sa tenue ne le laisse supposer, avance ironiquement Laura.

Je ne crois même pas, cette love story est probablement la plus improbable qu'il m'ait été donné de voir depuis le mariage de Claudia Schiffer avec David Copperfield.

En même temps sans vouloir être désobligeante avec ta sœur Serge, on en est assez loin là physiquement.

Je te le concède, dis-je en riant.

Tu me présentes ton frère, Serge? Il vient d'arriver.

OK allons-y, comme ça le tableau sera complet.

Ah te voilà mon Serge, dit mon frère d'un ton faussement bienveillant tandis que Laura et moi nous joignons à son petit groupe d'initiés.

Tu ne nous présentes pas? dit-il en fixant Laura avec la même lueur dans les yeux qu'un labrador devant une tranche de jambon ibérique abandonnée à l'apéritif sur une table basse de salon.

Je n'ai pas le temps de répondre que Robert a déjà pris la parole.

Laura, Laura Stern, elle travaille au cabinet, l'un de nos plus brillants éléments, une excellente collaboratrice.

Je comprends que mon frère ait toujours voulu m'en cacher l'existence, répond-il en gratifiant Laura d'un baisemain du plus mauvais effet.

Monsieur le ministre.

Laura, poursuit mon frère, je ne vous présente donc pas notre ami Robert, voici notre distingué Howard W. Stakeman, ambassadeur des États-Unis en France, et je ne vous ferai pas l'affront de vous présenter Abhay Guptayen, prestigieux CEO de votre Offshore Investment Company.

Bonjour Laura, dit le CEO dans un français parfait, Robert m'a beaucoup parlé de vous.

C'est très aimable de sa part, répond Laura de sa voix délicieuse, assortie d'un sourire mystérieux parfaitement adapté à son objectif.

Serge, dit Robert en se tournant vers moi, nous parlions justement des rapports de force et en même temps des fantastiques opportunités de business avec la Chine, qu'en pense notre meilleur analyste maison ?

Je ne suis pas sûr d'être suffisamment qualifié pour répondre, je dis.

Mais si mais si, insiste Robert, ne vous faites pas prier, nous attendons tous votre point de vue avec grande impatience, ajoute-t-il en se retenant à peine de pouffer de rire après avoir distribué un clin d'œil à ses deux amis.

Eh bien, monsieur l'ambassadeur, dis-je, je crois qu'un jour il faudra que vous réalisiez que vous ne gagnerez jamais.

…

Vous ne gagnerez jamais avec les Chinois. Le moindre obscur cadre régional du Parti est plus malin que l'ensemble des membres du Congrès et de la CIA réunis. Et surtout les Chinois, contrairement à vous, assument pleinement de ne pas être une démocratie. Ce qui leur confère une force et une capacité à transformer les décisions en actions tout à fait incomparables. Entendons-nous, les États-Unis n'ont absolument rien à envier à la Chine en matière de corruption, et tout le monde sait désormais que le mot démocratie n'a été inventé que pour que vos concitoyens puissent consommer vos produits à outrance en toute tranquillité, avec l'illusion d'être libres ; mais vos homologues chinois sont bien au-dessus de ça. Eux n'ont jamais eu besoin d'inventer de prétendues armes chimiques pour envahir un pays et mettre la main sur ses ressources énergétiques naturelles. Non, le Tibet est bourré de minerais, on l'envahit. Des moines se rebellent, on rase les temples. Un dirigeant d'entreprise fait trop de bruit, les Chinois l'enferment en prison ; vous, vous lui offrez une retraite chapeau. Les Chinois savent compter sur votre silence. Pensez-vous une seule seconde que vous allez prendre le risque de ne pas leur vendre les trois cents millions de paires de Nike, fussent-elles majoritairement de taille trente-quatre, que vous avez enregistrées dans les business plans présentés à vos actionnaires. Ils savent bien que non. Ils savent bien que vous allez fermer les yeux. À la limite pour le Tibet vous applaudissez ; imaginez une seule seconde le désastre si cette religion prospérait. Imaginez l'impact sur la croissance d'une majorité de citoyens, j'entends, vos consommateurs, qui se mettraient à se détacher des valeurs matérielles. Vous voyez le tableau, l'impact sur les bonus de fin d'année. L'horreur absolue. Vraiment, mon analyse, c'est que la seule opportunité de business que vous ayez avec la Chine, c'est de leur vendre le plus vite possible le maximum d'actifs qu'il vous reste avant qu'ils ne décident qu'ils ne valent plus rien, prendre votre carte au Parti communiste chinois et remplacer Google par Alibaba comme moteur de recherche par défaut dans votre ordinateur. Je serais vous je n'attendrais pas. Ils possèdent déjà un tiers de la Réserve fédérale américaine, rendez-vous compte, c'est comme si vous leur ouvriez la porte de chez vous un jour sur trois en les laissant se glisser dans votre lit avec votre femme. Par pitié, montrez-vous coopératifs, soyez des serviteurs fidèles.

Non mais comment osez-vous asséner des choses pareilles, s'offusque l'ambassadeur américain en faisant un pas en arrière et me désignant du doigt.

Monsieur l'ambassadeur, c'est un terrible malentendu, je... mon frère a certainement trop bu... je vous présente toutes nos excuses.

Robert devient tout rouge et fulmine en me mitraillant du regard. Je sens que quelqu'un me tire légèrement par le coude. C'est Anièce, accompagnée du docteur Muller. Ils m'invitent prestement à m'éloigner du petit groupe d'ultracapitalistes et à nous diriger vers le bar éphémère installé pour l'occasion. Laura reste avec les puissants.

Anièce chuchote très fort.

Serge qu'est-ce qui t'a pris t'es fou, tu as bu ?

Non, presque rien, un Jack.

Ah le malade, fait-elle en riant maintenant.

Écoute Anièce, ils m'ont demandé mon analyse non ? J'ai essayé d'être honnête.

C'est bien ton éternel talon d'Achille. Une fois de plus. T'as vu la tête de François ?

Pas trop.

Ça ne va pas être simple Serge, crois-moi ça ne va pas être simple pour ce dont il nous a parlé l'autre jour à la maison.

Pour tout te dire, cela m'est relativement égal, vraiment.

Aniece me sourit.

Le docteur Muller revient et me déclare solennellement : Bombay Sapphire gin tonic !

Docteur, je ne comprends toujours pas ce que vous faites à cette soirée avec ma sœur mais j'avoue que c'est la meilleure prescription que vous m'ayez jamais faite, dis-je en prenant une grosse gorgée de gin.

Et votre aphasie ? répond-il. Si l'on peut parler de ce trouble personnel en ce lieu et ce moment, visiblement le mal qui vous frappe vous a malheureusement épargné ces dernières minutes, face à votre auditoire.

Visiblement...

Je passe une dizaine de minutes seul au bar. Au fond de la salle j'aperçois Laura qui devise tranquillement avec ses interlocuteurs. Mon frère aura sûrement rattrapé le coup en me faisant passer pour un débile mental. Je vois que son directeur de cabinet les a rejoints. Laura leur raconte apparemment quelque chose de passionnément corporate. Je vois leurs regards captivés se poser sur elle et leurs vaines tentatives de masquer leur désir sous une apparente neutralité. Un défi quasiment impossible à relever. Sa beauté combinée à son éloquence serait assez puissante pour hypnotiser un aveugle. Elle ne m'a pas suivi après mon réquisitoire. Disons qu'elle a choisi son camp et que je ne devrais pas m'en étonner. Les opportunités de se faire remarquer devant un tel auditoire sont rares. Je me fais resservir un gin tonic. Dans un coin du salon, Thomasson converse discrètement avec Krug. Il lui tient l'avant-bras. J'imagine qu'il essaie de le convaincre que malgré son arrivée il restera un interlocuteur privilégié de Robert. Un truc du genre. Ou bien il le supplie de prendre rendez-vous chez un gastro-entérologue. Il est tard maintenant. Les deux tiers des invités se sont éclipsés.

On y va nous...

C'est Anièce.

Nous ? je m'étonne. Mais déjà elle s'éloigne au bras du vieux docteur Muller. Il me semble apercevoir mon frère saluer l'ambassadeur et s'engouffrer dans un salon privé suivi de Robert et du CEO américano-indien. J'ai le sentiment d'être cerné de toutes parts. Incroyable que je ne sois pas encore tombé raide. Je ne sais pas si je bougerai un jour de ce tabouret de bar. Soudain je sens deux lèvres se poser furtivement sur mon cou. Cette fille serait capable de ressusciter un mort plus sûrement qu'une douzaine d'apôtres surmotivés.

Ça va Serge ?

Ah Laura, ça va parfaitement.

Trop fort ton discours tout à l'heure, tu m'as fait halluciner c'était grandiose, grandiose, vraiment tu m'épates Serge, dit-elle.

Tu as trouvé ? je lui réponds, surpris.

Mais carrément, tu aurais vu leurs têtes, j'ai cru que le visage de ton frère allait se liquéfier, j'étais morte de rire.

Mais tu es restée avec eux.

Bien sûr Serge, t'imaginais quoi, une opportunité pareille, je te prie de croire que j'ai commencé à bien placer mes billes auprès d'Abhay. Si je me démerde pas trop mal, dans six mois je suis aux States.

Merveilleux, je dis.

Ouais sauf qu'il reste le problème de ce satané Suédois ; dès que j'ai essayé de proposer à Abhay des sujets de réflexion dont je pourrais m'emparer, ce salaud de Robert me rebalançait systématiquement l'omelette norvégienne dans les pattes, « excellente idée Laura, il faut absolument que vous en parliez à Stephan pour qu'il mette en place un groupe de travail ». Et l'Indien approuvait. Crois-moi Serge on va trouver un moyen mais faut le dégager au plus vite, il va pas me flinguer ma carrière comme ça le Krisprolls.

...

Mais t'as été génial Serge, génial, me dit-elle dans un éclatant sourire.

Et mon frère ? dis-je fébrilement.

Rien de grave, il a dit à l'ambassadeur américain que tu étais légèrement déficient mental, ou schizo, je ne sais plus, tu vois, handicap, tout ça, politiquement correct, l'ambassadeur s'est vite calmé.

Super...

Elle me regarde et sourit. Mon niveau de résistance à cette fille est bien au-dessous de zéro. Je ne dis rien. Elle se penche à mon oreille et me dit qu'elle a envie de moi. Il n'y a presque plus personne dans la salle.

On fonce aux toilettes, me suggère-t-elle à l'oreille.

Je la suis en essayant de garder une certaine tenue malgré tout.

Hommes ou femmes, t'as une préférence ? me demande-t-elle malicieusement tandis que nous faisons face à la double entrée des toilettes.

Par défi je réponds « hommes ».

J'ouvre la porte. Elle me suit en me tenant la taille. La porte se referme automatiquement dans notre dos. Il y a les lavabos à droite, des séchoirs à mains contre le mur et cinq portes. Nous stoppons notre progression en entendant des bruits sourds s'échapper de l'une des cabines au fond de la pièce. Laura met sa main devant sa bouche pour étouffer un petit rire. Nous sommes plus qu'excités. Je la tiens par la main. Elle se penche à mon oreille et me dit « qu'est-ce qu'on fait ? ». Je lui fais chut en plaçant mon doigt devant ses lèvres. Elle retire doucement mon doigt et fourre sa langue dans ma bouche. Je caresse ses hanches en l'embrassant. Nous nous immobilisons instantanément. Cette fois des cris de plus en plus rauques émanent de derrière la porte. Et puis une deuxième voix, masculine également, qui ahane.

Non mais c'est deux mecs, je te le dis Serge, c'est deux mecs, s'esclaffe Laura.

On dirait une adolescente de treize ans à une pyjama party. Je commence à me sentir affreusement gêné.

Tu sais qui ça peut bien être ? interroge Laura en pouffant.

Aucune idée, je réponds.

Attends, dit-elle, Serge, essaie d'ouvrir la porte lentement, moi je filme, au cas où.

Je me dis que cette fille est une folle furieuse. Une sauvage. Mais bon, pris entre les premiers Jack Daniel's et mes trois gin tonics, sans parler de l'excitation liée à la perspective de faire à nouveau l'amour avec elle, je m'exécute. Apparemment, le loquet n'a pas été fermé de l'intérieur. Laura est postée quelques centimètres derrière moi, son smartphone à la main en mode caméra. Douze millions de pixels. C'est n'importe quoi. Les cris étouffés s'intensifient à l'intérieur. Je ne les identifie pas tout de suite en ouvrant la porte. Mais en me reculant un peu oui. Je reconnais la chemise vichy rose de Stephan Thomasson, son caleçon et son pantalon gisent à ses pieds. Il est en train de pénétrer un homme que je ne distingue pas nettement. À chaque mouvement de son pénis dans l'anus de l'autre, ses mains rejoignent celles de son partenaire, qui se retient comme il peut, courbé en deux, en s'agrippant au mur d'en face pendant que Thomasson progresse en lui. Laura me force à m'écarter un peu pour mieux filmer. Une folle. Brutalement, sentant notre présence, Thomasson s'arrête, emboîté dans le cul de l'autre comme deux pièces de Lego trop serrées. Je sens une odeur bizarrement familière. Pas agréable mais familière. Le type penché de dos face au mur se retourne et nous faisons alors face au regard terriblement gêné de Krug. Le Suédois remonte son pantalon à la hâte.

On y va, hurle Laura en sortant à toutes jambes des toilettes pour hommes.

Je la suis tant bien que mal, nous courons désormais comme deux danseurs de ballet dans le hall principal désormais vide.

Tout en cavalant, elle se retourne vers moi et hurle « c'est dans la boîte » en riant. Je ne sais pas s'ils nous poursuivent. Une fois dehors nous sautons dans un taxi stationné à trente mètres de l'entrée. Nous transpirons comme des dingues.

Tu veux la revoir ? J'ai tout filmé, me propose Laura encore tout excitée.

Non pas vraiment.

C'est dingue, dit-elle comme pour s'en convaincre.

Je ne sais pas. Tu comptes faire quoi de ta sextape maintenant ?

Ce que je compte en faire ? Mais c'est mon visa pour les États-Unis ça Serge, bye bye Normanson.

Oui mais Krug quand même.

Krug, Krug, si je peux je le couperai au montage, de toute façon il était de dos et au fond non ?

Attends Laura tu es en train de me dire que tu vas faire chanter Thomasson pour qu'il démissionne, juste avec une vidéo ?

Mais bien sûr, ah quelle soirée, quelle soirée, un cadeau tombé du ciel, s'écrie-t-elle.

Encore sous le choc de ce que nous venons de vivre, nous restons quelques instants silencieux dans le taxi. Passé l'émotion, je réalise l'absurdité de toute cette scène. Je veux dire, ce que Laura et moi avons fait. Comme des étudiants potaches. J'ai honte. Laura jubile à mes côtés.

Tu ne crois pas que tu t'emballes un peu sur ce truc Laura ? je demande.

Pourquoi ? feint-elle de s'étonner.

Ben je me dis, OK t'as une sextape, mais en même temps il n'y a rien de bien choquant là-dedans, tu vois, il ne s'agit que de Krug et Thomasson, c'est pas comme si t'avais filmé David Bowie et Mick Jagger dans le même lit dans les années soixante-dix ; et puis peut-être qu'ils s'aiment après tout ?

Ah mais ce n'est pas la question Serge, la question c'est juste que l'un est le bras droit de Robert et l'autre son nouveau directeur des opérations, tu trouves ça neutre toi ?

Laura, tu sais combien de couples se rencontrent sur leur lieu de travail ? Trente pour cent. Et toi tu me dis que tu vas les faire chanter avec ça ?

Non mais t'as vu où on bosse Serge ? T'as vu la moyenne d'âge des mecs du bureau, tu connais un milieu plus tradi que celui de la haute finance ? Attends c'est le XIXe siècle chez nous, les femmes à la maison, les mecs qui rentrent tard du bureau, les déplacements, les soirées coquines avec les meilleurs clients, tout ce machisme totalement anachronique, mais malheureusement aussi vivace que la souche asiatique de la grippe aviaire. Mais tu connais la règle bien sûr, les mecs peuvent tout faire dès lors que cela se passe dans un cadre professionnel et que leur femme est loin. Non, s'il y a un interdit à ne pas franchir c'est celui-là, *pas de sexe en interne*. Tu sais ce que répète toujours Robert ? *If you fuck at your job, you're fucking your job*. Serge crois-moi, elle est là la véritable transgression, il est là mon moyen de pression. Imagine la tête de ce vieux macho réac de Robert s'il venait à recevoir ma vidéo sur sa boîte mail.

Mouais... mais, et nous ? Je veux dire...

Où veux-tu en venir Serge ?

Enfin tu sais pertinemment Laura... nous... la salle de reprographie, tu vois bien non ?

Ah, ça ? Non mais nous c'est pas pareil, nous c'est juste comme ça, et puis on est trop malins toi et moi, on se fera jamais gauler, dit-elle en riant.

C'est juste comme ça. Nous sommes arrivés devant chez elle. Je doute qu'elle m'invite à la suivre dans son appartement. Je n'y suis jamais allé.

Serge mon chéri, je ne te propose pas de monter, je crois qu'il y a mon fils là-haut, je ne sais plus si son père devait le déposer ou pas, j'avais de toute façon prévu une baby-sitter au cas où.

Elle pose sa main sur ma joue et m'embrasse tendrement avant de sortir. Un instant, je me demande ce que peut bien faire de sa soirée une baby-sitter sans enfant à garder. J'indique au chauffeur de taxi l'adresse de ma sœur. J'entre dans l'appartement. Rien au portemanteau. Elle n'est pas là. Je n'arrive pas à l'imaginer dans le lit du docteur Muller en train de se faire intégralement ausculter. Je me sers un verre d'eau glacée et m'allonge sur mon lit. Je n'en reviens pas. Tout cela est-il bien réel? D'une certaine manière j'espère que non.

*

Il est environ midi quand je me réveille d'un long sommeil en tout point comparable à un coma artificiel dans lequel je me serais volontairement plongé pour préserver ma santé mentale. Je me traîne péniblement jusqu'à la cuisine. L'absence totale d'odeur de café m'indique sans aucune équivoque qu'Aniècc n'est toujours pas rentrée. Comme une ultime défaite, je décide de faire le café moi-même. Je n'aurais jamais cru en arriver là un jour. Je sens mon cœur se serrer en plongeant la petite cuillère doseuse dans la boîte de café bio certifié Fairtrade. J'essaie de me projeter mentalement des images de la main d'Aniècc pour retrouver le bon dosage. Je pose les coudes sur le comptoir et prends mon visage entre les mains tandis que j'entends le petit clapotis du café se jetant à corps perdu dans le réceptacle de la cafetière à intervalles réguliers. L'odeur familière du petit déjeuner commence à irradier paisiblement mes narines, quand je sens de longues larmes silencieuses couler sur mes joues. Je saisis ma tasse et jette un coup d'œil circulaire à l'appartement qui sans Anièce manque terriblement de vie. Je m'interdis de penser à ce qu'elle doit être en train de vivre au même moment, quelque part dans Paris, avec son vieux docteur lubrique. La magie du premier matin vécu ensemble. Cette intimité qui se dévoile peu à peu, sans artifice, à travers le moindre geste ; quand chaque expression du visage relève encore de l'inédit. Les prémices d'une vie quotidienne qui ne l'est pas encore. Je me poste à la fenêtre. De petits filets de brume sont entrelacés dans la fraîcheur du ciel bleu d'hiver. Aveuglés par la permanence des lumières de cette ville, les derniers oiseaux dignes de ce nom ont déserté l'endroit depuis longtemps, abandonnant la place aux misérables pigeons. Des gens reviennent du marché dominical. Des cadres supérieurs font leur footing dans l'espoir de se doter d'un niveau de forme qui leur permettra de dépasser leurs objectifs de la semaine à venir. Le running représente la victoire ultime du capitalisme. Des types paient des fortunes en chaussures de marque et vêtements techniques pour affûter leur corps, et le mettre ensuite au service de leurs performances professionnelles. Comment ne voient-ils pas qu'après leur libre arbitre, c'est de leur propre corps qu'ils se font déposséder, en le réduisant au vulgaire rôle d'outil productif. Comme si le contrôle de leurs idéaux par la soif de consommation ne suffisait pas. Je ne mettrai pas un pied dehors du week-end. Je n'allumerai pas mon portable. Je resterai bien au chaud dans l'appartement et j'attendrai le retour de ma sœur. Si je peux je relirai l'intégralité des nouvelles d'Ernest Hemingway.

Je suis profondément endormi dans le fauteuil club depuis le milieu d'après-midi quand soudain le bruit de la clef dans la serrure me réveille en sursaut. Je regarde ma montre et vois qu'il est presque vingt heures. Il fait nuit. Je crois que nous sommes dimanche. Aniècе a l'air fatiguée. Elle s'avance sans un mot et pose ses clefs sur la table de la cuisine comme un ado à moitié saoul rentre de boîte de nuit. Sauf qu'Aniècе n'est jamais sortie en boîte de sa vie.

Tu t'es traîné de ton lit à ton canapé tout le week-end, c'est ça Serge ? dit-elle.

Je crois bien, je réponds.

Elle a vraiment l'air épuisée. Je me lève et lui fais face. Je vois qu'elle a pleuré. Elle ôte ses lunettes et m'ouvre ses bras. Je la serre très fort contre moi. Elle se met à sangloter contre mon épaule. Je la serre plus fort et lui caresse le dos pour la réconforter. C'est ma sœur. Elle répète plusieurs fois « mais qu'est-ce qu'on va faire Serge ? ». Je voudrais trouver quelque chose à lui répondre mais je n'en sais rien. J'aimerais que rien ne change jamais. Le monde est assez menaçant comme ça. Au bout d'un long moment elle desserre son étreinte. Nous nous regardons.

On ne va pas parler de Dominique Muller ce soir Serge, promis ?

OK Aniècce, je dis.

Ça ne m'étonne qu'à moitié qu'il se prénomme Dominique. Un prénom indéfini. Ni homme ni femme. Flou. Imprécis. Vague.

Tu veux que je nous prépare un petit plateau télé ? suggère Aniècce.

Je veux bien, je réponds doucement.

Tandis que nous nous installons devant la petite table du salon, Aniècce allume l'écran. C'est l'ouverture du journal de vingt heures.

Tonnerre à gauche, c'est maintenant officiel, François Horowitz a officialisé ce matin sa candidature à la présidence de la République, il s'en explique ce soir en exclusivité sur notre plateau, monsieur le ministre bonsoir.

Horowitz abat ses cartes. Le titre du *Monde* barre la une du journal du type assis en face de moi dans le bus. Sur la photo qui l'accompagne, mon frère gravit d'un air grave les quelques marches du palais de l'Élysée, un attaché-case sous le bras, un jour de pluie. Toujours avoir l'air pressé quand on n'a rien de particulier à faire est une règle essentielle à quiconque souhaite passer pour un homme important. Je me souviens que François s'était fait élire délégué de classe à l'école. Cela lui conférait en fin d'année l'honneur de tendre un à un à la maîtresse les beaux livres qu'elle remettait ensuite individuellement aux autres élèves par ordre de classement final. Il prenait déjà son air supérieur, comme si le sort de ses camarades dépendait de lui.

Non mais regardez-moi ces politiques, c'est vraiment devenu *House of Cards* ; c'est trahison et compagnie, dit le type en face de moi en me désignant son article de journal.

Je ne saurais vous donner tort, je réponds.

En descendant du bus, j'entends que j'ai un message sur mon téléphone. C'est un sms de Laura. *J'ai fait trois copies sur trois supports numériques différents, tous en lieux sûrs. On le tient. Bises.*

J'avais presque oublié cet épisode scabreux.

La stagiaire me saute pratiquement dessus, à peine ai-je posé mes fesses sur ma chaise de bureau.

Voilà le dossier, dit-elle fièrement en me tendant un rapport extrêmement épais.

Le dossier...

Mais oui le rapport que votre frère, monsieur le ministre, vous a commandé sur le développement de la zone caraïbe au cours des trente dernières années.

Mais oui bien sûr, bien sûr... heu...

Virginie.

C'est ça Virginie... Merci beaucoup, dis-je le plus sérieusement possible.

Je me suis permis de rajouter un chapitre spécifique sur Cuba au vu de leur ouverture récente aux échanges avec les États-Unis...

Excellente initiative Virginie, je pense que le ministère vous en sera...

Derrière elle, Laura ne peut s'empêcher de laisser s'échapper un fou rire étouffé. La stagiaire se retourne vers elle.

Ce n'est rien Virginie, dit Laura en reprenant difficilement son calme, rien à voir avec vous, une connerie sur Internet, je vous prie de m'excuser.

Bien, dis-je pour couper court, je vous suggère d'aller m'en faire trois copies à la salle de reprographie, je les remettrai en main propre à mon frère, dis-je en lui tendant son dossier.

J'y vais tout de suite, répond la stagiaire en sortant en trombe du bureau, son rapport sous le bras.

C'est malin, commente Laura en me lançant son irrésistible sourire, maintenant la salle à photocopies est prise pour au moins deux heures, j'y serais bien allée avec toi.

Je n'en reviens pas. Je me dis qu'il faut quand même avoir le cœur bien accroché pour traverser une vie avec une fille de la trempe de Laura. Je veux dire, tous ne peuvent pas y arriver. J'ai l'impression d'être saisi d'une espèce de vertige, un peu comme sous l'effet de puissants antidouleurs. J'en ai déjà pris. Ces trucs me font un effet de dingue, à devoir quasiment m'accrocher aux tables pour faire trois pas. J'ai envie de répondre quelque chose à Laura mais je n'y arrive pas. Je n'en reviens pas que cette maladie vienne encore me frapper, là, maintenant. Je me sens pris de panique.

Ça te laisse songeur Serge on dirait, dit Laura.

J'essaie de parler. Sans succès. Comme si on avait recouvert mon larynx d'un revêtement pour caissons insonorisés, étouffant dans l'œuf le moindre son.

Ça va Serge? demande Laura, inquiète, c'est ton problème qui revient?

Je fais signe de la main que ça va. Laura me regarde bizarrement puis replonge le nez dans un dossier. Je suis pétrifié. Quelqu'un doit me délivrer de ce sortilège. Je vais peut-être me faire hypnotiser.

Je suis encore en train d'essayer vainement de faire sortir un son de ma gorge quand j'entends dans le couloir un pas lent s'approcher de notre bureau, précédé d'un petit filet d'odeur rance. Ce ne peut être que Krug, et apparemment il respire fort. Il entre. Livide. Il nous regarde l'un puis l'autre droit dans les yeux sans rien dire. Je crains que nous lui ayons brisé le cœur. Il porte la main devant sa bouche et nous invite d'une voix blanche à le rejoindre dans la salle de réunion en compagnie de Robert et Stephan. Il me dévisage longuement avant de sortir du bureau. Laura et moi rassemblons nos affaires et le suivons. À tout hasard je prends mon dossier Japon. Je prie silencieusement pour que mon intuition soit la bonne et que le sujet du jour n'ait pas trait aux mots sexe, bureau et scandale. Robert est assis au bout de la longue table en noyer de l'immense salle de réunion. Thomasson est assis à sa droite, une petite pile de dossiers posée devant lui. Il est nerveux. Il agite frénétiquement sa jambe droite sous la table. Deux techniciens aux tenues improbables s'affairent dans un coin.

Ces messieurs sont là pour installer un système de brouillage d'écoutes dans mon bureau et dans cette salle de réunion. Mesure de précaution. Ordre du ministère, ajoute solennellement Robert d'un air satisfait.

…

Laura, Serge, comment allez-vous ?

Je trouve bizarre que la question nous soit adressée à tous les deux.

Ça va parfaitement Robert, répond promptement Laura, je suis dans une forme éclatante, prête à tout casser, déclare-t-elle en insistant bien fort sur les termes « tout casser » et en fixant Stephan Thomasson du regard.

Thomasson incline légèrement la tête vers ses dossiers.

Et vous Serge, ça va, prêt à tout casser vous aussi ? demande Robert en se fichant ouvertement de moi.

Je n'ai pas le temps de répondre. Il reprend déjà.

Hein Serge, notre spécialiste de la politique intérieure chinoise.

…

Ça vous plaît de tout casser, le Japon, l'ambassadeur des États-Unis d'Amérique, c'est quoi votre prochaine cible, les contrats d'Airbus avec l'Iran ?

…

Vous avez de la chance Serge, vous le savez, vous avez de la chance, beaucoup de chance, dit Robert en faisant manifestement référence à mon frère.

…

Bon mais nous ne sommes pas là pour parler de vos exploits, Serge, en tout cas pas de ceux-là, n'est-ce pas Stephan ?

Absolument Robert, bafouille le Suédois, visiblement mal à l'aise.

Bien, dit Robert en repoussant légèrement les roulettes de son siège en cuir, croisant ses mains derrière sa nuque et posant ses Weston usées sur la table de réunion, au mépris de toute considération pour son prix exorbitant. Cette nouvelle position dominante nous offrant en outre une vision lumineuse de ses aisselles passablement humides.

Je dois vous parler, annonce-t-il. Même si cela ne va pas être facile.

Robert n'aurait jamais dû naître dans les Vosges. Cela lui aurait déjà évité d'avoir une revanche à prendre sur la vie. Serait-il né au cœur de Manhattan plutôt qu'à Raon-l'Étape que son destin s'en serait trouvé à jamais bouleversé. Aucun habitant de Raon-L'Étape ne s'est jamais fait des centaines de millions de gains spéculatifs en quelques heures. Peut-être s'appellerait-il Mickael, Mike. Il porterait une chemise bleu ciel à col blanc et un pantalon de flanelle gris à fines rayures tenu par de larges bretelles. Il va sans dire qu'il fumerait son cigare à l'intérieur de son bureau, au mépris de toute règle de bienséance. Il serait enfin pleinement lui-même.

L'heure est grave, reprend Robert en nous dévisageant chacun à tour de rôle. Nous sommes à un tournant. Vraiment.

Je vois Krug transpirer. Stephan est livide. Je jette un œil à Laura qui elle-même ne paraît pas tranquille.

Des choses se sont passées...

Robert laissez-moi vous expliquer, interrompt subitement le Suédois dans une manœuvre désespérée.

Taisez-vous Stephan, gronde Robert, et écoutez-moi, jusqu'à nouvel ordre c'est bien moi le patron non ?

Oui monsieur, dit Stephan en baissant les yeux.

J'ai ici, reprend Robert, j'ai ici un dossier qui contient des photos de la plus haute confidentialité. Je suppose que vous vous doutez de quoi je parle ?

Sur ces mots, Krug tombe littéralement de sa chaise. Laura laisse échapper un petit fou rire. Stephan passe la main sur ses yeux.

Mais enfin Monsieur Krug qu'est-ce qui vous arrive s'étonne Robert, vous croyez que c'est le moment de jouer à vous balancer sur votre chaise, vous faites un malaise ?

Ce n'est rien Robert, je vous prie de m'excuser, dit Krug en se relevant puis se rasseyant.

La main de Robert est toujours posée sur

son mystérieux dossier photos. Il fait mine de l'ouvrir mais le referme aussitôt. Je n'arrive pas à croire que Laura ait vraiment fait ça. Ni que cela puisse prendre de telles proportions.

Avant que nous ne nous plongions dans ce dossier, j'aimerais vous poser une question. À tous. Chacun de vous.

Robert marque une pause puis se lève et va se servir un whiskey dans le minibar au fond de la salle. Revient s'asseoir. Il est dix heures trente.

Est-ce que tout ce que nous faisons ici, chaque jour, dans cette compagnie, a vraiment un sens pour vous ? geint Robert.

La larme à l'œil il reprend.

Ça doit maintenant faire plus de trente ans que j'œuvre au sein de l'Offshore Investment Company. J'ai démarré seul. Dans un petit bureau. Sans même de moquette à l'époque. Je crois même qu'il y avait un parquet flottant, un parquet flottant... Il n'était pas question de chauffeur, de costumes sur mesure et de soirées strip-tease dans des établissements de luxe. Pardonnez-moi Laura.

Sa voix s'emporte.

Je me suis battu comme un chien et j'ai fait de l'entreprise ce qu'elle est aujourd'hui. Un fleuron des circuits financiers d'optimisation. Merde, grâce à nous, ce sont des centaines de millions d'euros qui ont échappé à ces merdeux du fisc, ce n'est pas rien quand même. Moi ça me rend fier. Je suis fier de ce que j'ai accompli toutes ces années. Alors la question que je vous pose aujourd'hui c'est qu'est-ce que cela signifie pour vous. Est-ce que vous ressentez la même fierté que moi chaque fois qu'une affaire se fait ? Est-ce que comme moi vous bandez, encore pardon Laura, chaque fois qu'on appuie sur le bouton qui envoie des millions d'euros de commissions dans les plus belles îles des Caraïbes ? Vraiment je vous pose la question. Est-ce que tout cela mérite d'être bafoué par une bande de quadragénaires surpayés ? Est-ce qu'on est une famille ou une bande de chiens fous plus lâches les uns que les autres ?

À ce stade il hurle, totalement habité par son discours. J'espère que les types qui posent le système de brouillage enregistrent. C'est surréaliste. Soudainement sa logorrhée verbale s'interrompt. Il nous regarde un à un. Finit son whiskey d'une gorgée. Laura le fixe sans émotion. Il en faut plus pour la déstabiliser.

Je vous suis, dit sobrement Laura.

Robert ferme les yeux en signe d'acquiescement. Puis se tourne vers Krug qui aussitôt se met à vomir dans une boîte d'archives miraculeusement disposée à ses pieds.

Merde Krug, déplore Robert, vous ne pouvez pas arrêter avec ça. Combien de temps que vous êtes à mes côtés, vingt ans ? Et tout ce que vous trouvez à faire c'est gerber. Krug bordel, reprenez-vous.

Robert... plaide-t-il sans parvenir à aller plus loin.

Robert balaie sa réponse d'un geste de la main et se tourne vers Stephan, livide comme une étagère mélaminée blanc cassé.

Il faut que je vous explique, se lamente Stephan en s'adressant à Robert.

Mais putain m'expliquer quoi ? hurle Robert en se levant et en agitant son dossier au-dessus de sa tête, m'expliquer quoi putain de merde ? M'expliquer qu'on n'est pas capables de boucler une affaire aussi simple que cette vente d'entreprise au Japon, quand bien même la demande émanerait du gouvernement ? Hein c'est si compliqué ? On en a survendu des dizaines et celle-là, celle que le futur président de la République nous ordonne de boucler, comme un service, celle-là, cette affaire de merde, personne dans cette foutue boîte n'est capable de la faire, hein c'est ça que vous voulez m'expliquer ?

Robert transpire à grosses gouttes. Comprenant qu'il ne s'agit encore que de ce dossier et non des clichés relatifs à ses exploits sexuels dans les chiottes de l'hôtel de Salm, Stephan reprend quelques couleurs.

Sans attendre plus de réponses, Robert enchaîne.

Suite à une directive du ministère de l'Économie et des Finances, un département de recherche parrainé par l'État a eu la gentillesse de développer à notre intention en un temps record des prototypes de boissons énergisantes d'un nouveau genre. Aux effets trois fois supérieurs à ceux du Red Bull. L'ensemble du process de fabrication et les photos des produits finis se trouvent dans ce dossier. Ces développements sont destinés aux « Boissons du Soleil », cette fameuse PME que nous allons vendre aux Japonais. Parce qu'en dépit des exploits de notre Serge national, cette opération va se faire, ELLE VA SE FAIRE COÛTE QUE COÛTE. Et avec ce petit coup de pouce de l'État, nous allons pouvoir revenir vers les Japonais malgré les tristes incidents passés et repasser à l'attaque. Il va falloir me vendre cette merde de boîte, la vendre très cher, trop cher et très vite, le temps presse.

Soulagement général. Je regarde Laura qui esquisse un léger sourire. Stephan reprend un peu de consistance. Krug éclate brièvement en sanglots.

Mais bordel qu'est-ce qui se passe encore Krug, s'énerve Robert, si vous avez des problèmes personnels réglez-les nom d'une pipe, mais ne venez pas nous faire chier au bureau avec vos états d'âme. Non mais je n'ai jamais vu ça chez vous Monsieur Krug, reprenez-vous bordel de merde, ce n'est pas la meilleure période pour nous lâcher. Si vous avez des soucis avec Madame payez-vous une pute merde, que ça aille mieux.

Aucun mot ne sera jamais assez fort pour décrire le niveau inouï de vulgarité dont est capable de faire preuve Robert.

Il revient sur son dossier.

Bon, je disais qu'il allait se passer des choses importantes dans le bureau. Nous stoppons temporairement la majeure partie de nos activités pour orienter cent pour cent de nos moyens vers cette affaire. Tout doit être bouclé dans quatre mois. Je m'occupe personnellement de renouer le contact avec les Japonais. Jetez un œil aux photos du labo de recherche. Toutes les données vont bientôt être transmises à la boîte pour qu'ils industrialisent des prototypes. Laura vous boosterez le business plan en fonction de ces éléments. Cette affaire doit se faire, elle *doit* se faire, importance stratégique. Même notre CEO, Guptayen, suivra l'opération depuis les États-Unis, je devrai lui rendre des comptes chaque semaine sur l'avancement de la vente.

Bien, dit Robert, vous travaillerez sous la responsabilité de Stephan dont l'expérience et l'habileté vous seront certainement nécessaires. Monsieur Krug fera le lien avec moi. Ça va mieux Monsieur Krug ?

Mieux Robert, murmure Krug dont le visage dit rigoureusement l'inverse.

Laura maintient la pression sur Thomasson en saisissant le dossier contenant toutes les photos.

Très parlantes ces photos, très parlantes, c'est dingue le pouvoir des images, on dit bien qu'une photo peut changer le monde, non Stephan ?

Tout à fait, murmure le Suédois tête basse.

Serge, une remarque ? me demande subitement Robert.

Rien, rien de spécial, je réponds.

Serge, cette affaire est votre dernière chance, j'en ai parlé avec votre frère ; ou vous nous niquez le truc une fois de plus et là votre statut ne vous protégera plus, ou vous nous aidez par vos analyses et tout rentrera dans l'ordre, n'hésitez pas à l'appeler si vous ne me croyez pas, il vous confirmera tout cela. Vous lui parlez encore, rassurez-moi.

Ça m'arrive, je dis.

Sacré truc que de se lancer dans une candidature à la présidence non ? vous devez être à fond derrière lui, votre sœur et vous ?

À fond, je dis.

Robert nous plonge ensuite dans les détails des circuits financiers complexes qui doivent parcourir virtuellement le monde en quelques minutes pour atterrir ni vu ni connu dans la holding des Bermudes sans que ces millions n'aient un jour officiellement existé aux yeux des autorités.

Laura est en train d'envoyer un sms. Je louche sur l'écran de son smartphone et vois qu'il est adressé à Stephan. En plissant un peu les yeux j'arrive à lire le texte.

Ne crois pas être tiré d'affaire. C'est dingue ce qu'une simple photo peut changer dans une vie. Tu as 48 h pour dégager. Laura.

*

On a appris le départ de Stephan Thomasson le lundi matin en arrivant au travail. Robert était abasourdi. « Je ne comprends pas, je ne comprends pas », répétait-il en boucle dans son bureau où il nous avait réunis, Krug, Laura et moi. « Est-ce qu'on a merdé dans son intégration ? Y a-t-il quelque chose que j'ignore et dont l'un d'entre vous voudrait me parler ? » demande-t-il alors en ne regardant bizarrement que moi. Comme si j'y étais pour quelque chose. Comme si chaque incident frappant ce bureau ne pouvait trouver son origine que chez Serge Horowitz. Laura en profite immédiatement pour placer ses pions.

Je ne le sentais pas ce gars Robert, dit-elle, depuis le début.

Ah bon ? relève-t-il, surpris.

Oui je ne sais pas, il avait un côté mercenaire, j'ai tout de suite trouvé qu'il n'était pas dans l'esprit. Robert quand même, on est l'Offshore Investment Company, ce n'est pas rien, on ne parle pas d'une obscure petite officine, on est quand même la société qui compte dans le domaine de la domiciliation extérieure de revenus fiscaux des entreprises, mince Robert, relevons la tête, c'est lui qui nous tourne le dos, ce... ce Suédois, là, alors s'il y en a un qui doit s'interroger sur lui-même c'est bien lui, et pas nous, non Monsieur Krug, pas d'accord avec moi ?

C'est vrai que je vous trouve bien silencieux Monsieur Krug, s'étonne Robert, ça ne vous touche pas ?

Si énormément Robert, énormément, vous n'imaginez même pas, répond Krug la tête basse et les yeux dans le vague.

Bon, il va falloir se réorganiser, reprend Robert, aussitôt ragaillardi, il va falloir que je relance un recrutement d'urgence. Krug vous me rappelez le cabinet de chasseurs de têtes ?

Robert ? l'interrompt Laura.

Oui ?

Écoutez Robert, dit-elle, sauf votre respect je pense qu'il faut qu'on se pose les bonnes questions, la boîte n'a jamais attendu ce... ce gars-là pour rayonner dans le monde entier, alors je vous le demande : est-ce qu'on a réellement besoin de quelqu'un ? Est-ce qu'on ne peut imaginer en faire un peu plus, chacun d'entre nous, et se répartir la charge de travail que vous comptiez confier à votre nouveau directeur des opérations, on doit quand même bien ça à notre belle entreprise non ? Est-ce que ce n'est pas le minimum ? ajoute-t-elle en posant sa main sur le cœur, à deux doigts de se faire pleurer pour appuyer le trait.

Laura fait parfois preuve d'un aplomb invraisemblable. Robert boit du petit-lait en l'entendant parler de sa boîte, de son bébé, de sa machine à flouer les classes moyennes européennes. Je n'en reviens pas.

Vous avez peut-être raison Laura, répond Robert, pensif. Krug, stand-by. Stand-by sur le recrutement. On pourrait sans doute faire un essai comme ça, après tout...

Laura est dans une forme d'extase intérieure. Quand on la connaît comme moi, on voit bien qu'elle se mord les lèvres pour ne pas pousser un hurlement de joie.

★

Galvanisée par sa récente victoire, Laura ne lâche plus Robert d'une semelle. Elle est de tous les dossiers, toutes les réunions, tous les *calls*. L'horrible Laura corporate est de retour. Nous ne prenons quasiment plus de cafés ensemble. Elle est à fond. Horriblement à fond. De son côté Krug dépérit à vue d'œil. Il perd des kilos à une vitesse qui rendrait folle de jalousie la moindre aspirante mannequin anorexique de quinze ans. Je le retrouve un jour à côté de moi aux toilettes du bureau. J'ai remarqué hier qu'il avait retiré son alliance.

Comment allez-vous Monsieur Krug?

Vous me posez la question Serge? Vous me posez sincèrement la question alors que vous connaissez parfaitement la réponse, me répond-il de manière très agressive en se tournant vers moi, qui n'avais contrairement à lui pas encore fini ce que j'étais en train de faire.

Écoutez Krug... Je suis désolé, je suis désolé pour... Laura et moi n'aurions jamais pensé que cela puisse vous mettre dans un état pareil.

Fallait peut-être y penser avant Serge, fallait peut-être réfléchir un peu avant de s'amuser comme deux gosses à détruire la vie des gens.

...

Vous avez des nouvelles de lui? j'ose, tandis que, toujours côte à côte, nous nous lavons les mains au lavabo.

Aucune, répond-il gravement, aucune.

L'instant d'après Krug s'écroule sur place, son dos glisse le long du mur et il se retrouve accroupi, le visage entre les mains, et se met à pleurer toutes les larmes de son corps. Je me sens hyper mal.

Vous voulez que j'essaie de le rappeler? je propose d'une voix douce.

J'ai essayé, j'ai essayé des dizaines de fois. Aucune réponse. Il est capable d'avoir jeté son portable dans un fjord, se lamente-t-il, son orgueil a été touché.

Quel salaud quand même.

Je ne vous permets pas Serge, je ne vous permets pas, dit-il rageusement. Pas vous, pas vous et votre... Ah ça vous allez me le payer, si seulement j'en avais encore la force...

Il se remet à sangloter. Je pose ma main sur son épaule. Il lève la tête vers moi. Respire fort. J'ai l'impression de sentir l'haleine d'un cheval complètement patraque. C'est quasiment insoutenable. Mais je tiens bon. Pour lui. Par culpabilité. Il se calme un tout petit peu au bout de quelques minutes. Sans se relever pour autant.

Vous avez déjà eu un coup de foudre Serge? me demande-t-il en reniflant.

...

Non, bien sûr que non, ricane-t-il.

Ça doit être terrible, je dis.

Pire que ça.

Robert entre alors brutalement dans les toilettes. Il pisse d'un trait puis se tourne vers nous en remontant sa braguette. Il est évident que pas une seconde il n'imagine se laver les mains. Apercevant Krug en train de se relever tant bien que mal, il s'exclame « mais qu'est-ce qui vous prend encore Monsieur Krug, à nouveau un de ces malaises de fillette? Non mais il va falloir penser à aller vous faire soigner mon vieux ». La délicatesse faite homme.

Entre deux réunions, j'essaie d'en toucher un mot à Laura. Je lui raconte que Krug est au trente-sixième dessous.

Attends Serge, il n'avait qu'à pas s'enticher de cette espèce de blond venu du froid, c'est tout de même pas notre faute.

Oui mais en même temps...

Dommage collatéral Serge, à la guerre comme à la guerre.

...

Je te laisse j'ai un call avec les US, dit-elle dans un état d'excitation parfaitement inapproprié.

⋆

Les jours de travail s'enchaînent, marqués par l'activité intense de Laura qui a indiscutablement su saisir l'opportunité qui lui était offerte de se remettre dans les petits papiers de Robert, même si je sens çà ou là que le dossier foiré du Japon pèse encore lourdement dans l'esprit de notre guide suprême. Qu'une certaine rancune lancinante à mon égard, et par rebond vis-à-vis de Laura, occupe régulièrement son esprit. Krug ne sort presque plus de son bureau. Il a arrêté de se raser. Il n'a pas changé de vêtements depuis trois jours. Une des secrétaires prétend l'avoir vu un matin tôt dormir dans sa voiture garée à deux cents mètres du bureau. Une Golf II. Il a dû préférer toucher l'indemnité en salaire et garder son véhicule, plutôt que de rouler dans un modèle hybride non polluant comme tous les associés.

En arrivant au bureau vers neuf heures cinquante, mon attention est attirée par un attroupement au niveau du bureau de Krug. Je me demande ce qu'il a encore fait. Je me faufile jusqu'au seuil de la porte, où se trouve Laura. Le spectacle est affligeant. Krug a noué sa cravate autour de son front. Il est debout sur son bureau, une bouteille de rhum aux trois quarts vide dans la main, un cutter dans l'autre, et danse en titubant au son d'une chanson d'Abba qui sort des haut-parleurs de son ordinateur. Il me semble que c'est « Dancing Queen ». J'essaie de m'approcher de lui pour le raisonner mais il me menace instantanément en brandissant son cutter de bureau. Laura se prend la tête entre les mains et s'enfuit en pleurant vers son bureau. Des types commencent à se lasser du spectacle et se résolvent eux aussi à reprendre le travail, malgré la gêne occasionnée. C'est à ce moment que j'entends une cavalcade dans l'escalier. Robert suivi de deux pompiers. En un rien de temps ils désarment Krug et lui passent une camisole de force avant de l'emmener avec eux vers le service des urgences psychiatriques.

Tout est votre faute, vocifère Krug en passant devant moi.

Il délire, je murmure à l'intention de Robert et de son insistant regard inquisiteur.

L'incident clos, la journée s'est poursuivie tant bien que mal. En sortant du bâtiment, le soir, Laura m'a pris la main et a posé sa tête sur mon épaule en marchant. On n'en avait rien à foutre de ce que les types du bureau pouvaient penser. On s'est assis sur un banc en face de la bouche de métro. Laura a sorti son portable de sa poche et a effacé le sms ainsi que les vidéos.

Ce monde nous abîme tout de même, non Serge ?

Tu prêches un converti Laura.

*

Le lendemain, Robert nous a tous réunis dans une salle. Il a dit sobrement que nous faisions tous un job à haute pression et que malheureusement dans ce métier il n'y avait pas de place pour les fiottes. Que Dieu lui pardonne. Qu'il ne disait pas cela pour Krug. Que c'était à chacun de s'interroger intimement sur qui nous étions vraiment et dans quel camp on se situait. Que lui savait que nous étions une équipe de gagneurs, de *winners*, a-t-il même ajouté pour la touche américaine. Qu'il regretterait fortement

Monsieur Krug, fidèle parmi les fidèles. Un bon soldat, a-t-il pris soin d'ajouter, pour minimiser son rôle et la portée de son absence à durée indéterminée. Il nous a ensuite rassurés en indiquant que Monsieur Krug serait très vite remplacé, qu'il avait besoin de quelqu'un auprès de lui, un homme de confiance, et qu'il avait déjà en tête son successeur. Que les négociations étaient en cours pour le débaucher de son poste actuel et qu'avec la grâce de Dieu, il serait là dès le lundi suivant. Robert se frottait les mains et arborait son sourire carnassier en disant cela, visiblement satisfait de sa prochaine prise, et impatient d'entamer une nouvelle collaboration. En ce qui concerne Thomasson, Robert s'est contenté de nous dire dans un grand élan poétique que Stephan avait été une aurore boréale dans le ciel de notre entreprise mais que celles-ci avaient une fin, et qu'il avait choisi de donner une nouvelle orientation à sa carrière. Il a ajouté qu'il ne serait pas remplacé, qu'il n'avait finalement pas besoin de bras droit, et qu'avec lui à nouveau en prise directe avec nous, ça allait chier des bulles. Il a ri tout seul à sa blague. L'assistance était pétrifiée. Je me suis demandé si Kim Jong-un, leader incontesté de la Corée du Nord, avait fait la même école de management que lui en Suisse.

Je crois que Robert a ensuite embrayé sur les *priorités court terme* et le dossier Japon mais j'avais déjà décroché. Quand je suis un peu revenu à la réalité, j'ai entendu Robert invectiver ses troupes.

« Que chacun reprenne son poste, ne nous attardons pas sur le passé, regardons droit devant nous, ce marché de l'optimisation fiscale des fusions-acquisitions qui n'attend que l'Offshore Investment Company pour nous dérouler ses millions d'euros de commissions ; nous dont l'ingénierie financière fait briller le drapeau français jusqu'aux plus petites îles du Pacifique. Krug et Stephan sont partis, l'entreprise leur survivra, le marché est florissant et comme disent nos amis américains : *the show must go on.* »

On est sortis de la salle, abasourdis par le long discours de notre guide suprême. En marchant dans le couloir pour regagner silencieusement nos postes de travail, Laura m'a dit « j'ai besoin que tu me fasses l'amour » tandis que nous passions devant la porte de la salle de reprographie. Nous nous y sommes donc engouffrés et avons immédiatement bloqué la porte. Le moment était certes inapproprié mais inexplicablement, mon désir pour Laura n'en était que plus fort. Je l'ai coincée contre le photocopieur, j'ai à peine eu le temps de remonter fiévreusement son tailleur en glissant mes mains le long de ses cuisses que déjà elle avait saisi ma queue et la guidait vers son vagin humide sans même m'avoir laissé le loisir de retirer sa culotte. J'ai porté mes mains à son visage et l'ai embrassée à pleine bouche tout en enfonçant mon sexe en elle. Elle hoquetait à chaque mouvement que j'imprimais et m'encourageait à voix basse, m'invitant à ralentir ou accélérer le rythme. En bon petit soldat, j'obtempérais à la seconde. Laura a renversé sa tête en arrière. Je me suis dit que j'aurais pu faire des photocopies de ses cheveux mais je me suis bien vite reconcentré sur ma tâche. J'ai saisi ses petites fesses rondes, et donné tout ce que j'avais jusqu'à ce que nous nous écroulions l'un sur l'autre en jouissant de concert. Réalisant que j'avais dans la soudaineté de l'action omis de m'occuper de ses seins, j'ai tenté une petite incursion entre les boutons de son chemisier mais elle m'a vite fait comprendre que j'avais loupé ma chance. En se rhabillant, Laura m'a embrassé à nouveau et dit qu'elle ne savait pas comment je m'y prenais, mais que sexuellement je la rendais folle. J'ai répondu que je ne savais pas non plus.

*

Le mercredi, Robert m'a réquisitionné pour accompagner l'épouse de Monsieur Krug passée au bureau accompagnée de ses deux enfants récupérer ses affaires personnelles. Ses enfants étaient de véritables mini-Krug. Les mêmes, en petit. Ils m'ont fait de la peine. Je n'arrêtais pas de culpabiliser à cause du rôle qu'on avait joué dans tout ça. Laura, avec qui j'en discutais à nouveau en attendant madame Krug, m'a répondu que personne ne l'avait forcé à basculer dans la folie, que l'amour, ça pouvait aussi être ça et que plutôt que de sombrer dans le désespoir, il aurait mieux fait d'assumer et de se lancer à la recherche de son mec jusqu'aux sombres forêts de Suède s'il le fallait. C'était une manière de voir.

La femme de Krug a éclaté en sanglots en tombant sur une photo de Stephan nu, de dos, cachée dans le tiroir gauche du bureau de son mari. Même si elle n'a pas eu l'air si surprise. Voyant le désarroi de leur mère, ses enfants lui jetaient d'insistants regards interrogateurs. Je n'ai pas pu m'empêcher de sourire en voyant à plusieurs reprises son fils se toucher le ventre de la main, comme son père, signe d'un petit dérèglement gastrique atavique. Elle m'a dit qu'il avait été interné en psychiatrie, qu'ils le gavaient de tranquillisants et qu'il en avait probablement pour de longs mois avant de pouvoir sortir. Je n'ai pu m'empêcher de m'adresser aux petits Krug pour leur dire que leur père avait toujours fait du bon travail et qu'il était sans nul doute un homme singulier, mais éminemment respectable.

Je l'ai rappelée le lendemain pour prendre de ses nouvelles. Elle m'a confié avoir farfouillé dans son disque dur d'ordinateur et trouvé « tout un tas d'horreurs ». Trente-deux photos d'écran de Cristiano Ronaldo torse nu, a-t-elle insisté auprès de moi, pour m'aider à prendre conscience de la gravité de la chose. « Et il était aussi inscrit à plusieurs sites de rencontres gays sous divers pseudonymes. » Elle m'a répété plusieurs fois « Spartacul » non mais vous vous rendez compte, il se faisait appeler « Spartacul », mais où est-ce qu'il est allé chercher tout ça, franchement ? Je lui ai dit de tenir bon. L'amour nous empêche presque toujours de voir ce que nous avons sous les yeux. J'ai ajouté que la vie n'était pas toujours tendre, mais qu'elle devait s'accrocher si elle l'aimait.

Oui je l'aime, a-t-elle répondu en pleurant.

Alors ne lâchez pas, n'écoutez rien ni personne, essayez de vous reconstruire, ensemble, pas à pas, ou même séparez-vous bons amis s'il le faut. Ne vous abîmez pas l'un l'autre.

Je crois que mes paroles l'ont un peu soulagée. J'espère. Je comprends qu'elle ait été un peu effarée en découvrant les penchants inavoués de son mari mais en l'écoutant je me suis dit que nous tendons tous à mésestimer la véritable nature de ceux qui nous entourent. Connaît-on jamais réellement la personne auprès de laquelle on se couche chaque soir ? Qui peut réellement se targuer avec certitude d'avoir eu accès un jour aux recoins cachés du cerveau de l'être aimé ?

Ce soir-là, au moment où je quittais le bureau, j'ai vu Laura en grande discussion avec Robert. Indépendamment de l'intensité de mon sentiment de culpabilité vis-à-vis de Krug, je l'ai trouvée incroyablement sexy dans son petit tailleur jupe noir.

⋆

J'ai immédiatement senti que Laura avait quelque chose à m'annoncer en entrant dans notre open space le lendemain matin. Elle trépignait.

Tu ne vas pas en revenir, me dit-elle. Remets ta veste on va prendre un café... à la brasserie en face du bureau, on n'en a pas pour longtemps.

Nous dévalons les escaliers comme deux enfants à l'heure de la sonnerie de sortie d'école et traversons la rue pour pénétrer dans la bien mal nommée brasserie « Le Refuge », s'il faut en juger par la qualité de l'accueil du personnel de l'établissement. Avant que nous nous asseyions, elle se plante en face de moi et me demande de l'embrasser. Pas comme ça, dit-elle au moment où je pose mes lèvres sur ses joues. Et me délivre un baiser à pleine bouche, torride. Un long frisson me parcourt le dos de bout en bout. Je me demande bien ce qui me vaut de mériter un tel cadeau. Elle commande ensuite deux cafés.

Serge je suis convoquée officiellement à onze heures dans le bureau de Robert. En visioconférence avec Guptayen, le CEO.

Et alors, je ne vois pas bien...

Enfin Serge réfléchis, il n'y a que deux possibilités, soit c'est pour me proposer le poste de Thomasson, soit c'est pour me proposer une promotion auprès d'Abhay Guptayen aux États-Unis. Tu n'imagines même pas, je suis surexcitée. Punaise c'est pas trop tôt.

Bon, c'est cool, dis-je en me levant.

Je te préviens si c'est le cas tu retiens ta soirée Serge, on va fêter ça en grande pompe, tous les deux, je t'emmène dîner chez Jean-François Piège... et ensuite on va chez moi. Ça te dit?

Je n'ai pas le temps de lui répondre qu'elle se serre fort contre moi. Je l'enlace tendrement. J'ai presque envie de pleurer. Si ridicules que soient les motifs de son élan d'affection envers moi, je prends, je ne fais pas la fine bouche. Nous regagnons le bureau et nous remettons au travail. Je note avec amusement qu'elle regarde sa montre toutes les cinq minutes. À dix heures cinquante-huit, elle ajuste sa jupe, prend son ordinateur et me gratifie d'un check avant de sortir. Je réalise que l'une des deux hypothèses implique un déménagement de Laura à six mille kilomètres d'ici.

Je suis surpris de la voir revenir l'air sombre à peine deux minutes plus tard.

Qu'est-ce qui se passe, tu as oublié quelque chose ? je demande benoîtement.

Oui, répond-elle sèchement, le dossier Japon. La visioconférence est avec Guptayen... et les Japonais, en duplex. C'est pour ça qu'ils voulaient me voir. Putain fait chier.

Je suis désolé pour toi Laura.

Ce n'est pas fini, répond-elle, combative, je vais en profiter pour leur montrer ma capacité à boucler une affaire et après ça ils ne pourront me refuser une promotion. Bon lève-toi Serge, les Japonais ont exigé ta présence à la réunion. Ils disent qu'ils apprécient ta franchise. On rêve. Prends tes affaires et suis-moi.

Robert a installé plusieurs écrans d'ordinateur sur son bureau. Sur l'un, le petit Indien dans son fief new-yorkais. On distingue les immeubles caractéristiques de la Cinquième Avenue à travers la fenêtre derrière lui. Sur le petit rebord, je repère une statuette de Ganesha, en forme d'éléphant. Sur l'autre, cinq Japonais se serrent les uns contre les autres dans leurs petits costumes noirs pour rentrer dans le cadre de l'écran. En me voyant passer dans le champ, ils inclinent la tête de concert pour me saluer. Je fais de même. J'espère que personne ne me posera de question cette fois. Les discussions se poursuivent sans accroc. Laura vante habilement les mérites de l'entreprise provençale de boissons énergisantes et détaille les possibilités de plus-value à cinq ans. À un moment les Japonais me demandent si tout cela me paraît cohérent, si à leur place je serais confiant dans cette opportunité. Contre toute attente, je parviens à bredouiller oui deux fois. Une immense victoire. Fort heureusement, les questions ne portaient cette fois pas sur la valorisation de la société. Laura me gratifie d'un sourire de soulagement. Robert s'éponge le front et Abhay se racle la gorge en signe de contentement. Les Japonais prennent congé.

Bravo, bravo à tous, dit Abhay Guptayen, cela aura été laborieux mais je sens qu'on tient le bon bout.

Merci monsieur, répond Robert.

Juste un point, reprend le CEO, Laura – excellent travail *by the way* –, Serge, il reste une dernière chose à faire avant de boucler l'affaire. Il faut absolument que vous me gonfliez nettement les chiffres du compte de résultat, je sens bien qu'ils tiquent encore sur le prix exorbitant que nous demandons pour cette vente. Alors allez-y franco hein, vous me planquez les pertes où vous voulez, vous gonflez les perspectives et ça ira bien comme ça.

C'est hors de question, dis-je fermement. Jamais nous ne tremperons dans ces magouilles minables. C'est non.

Laura me fusille du regard, elle essaie de reprendre la main mais je l'en empêche.

Je vous préviens monsieur Guptayen, si Robert ou vous trafiquez quoi que ce soit dans les dossiers chiffrés que Laura et moi avons montés je balance tout. Merde, ce monde de la finance doit-il s'affranchir de toute limite ?

L'Indien est furieux. Robert fulmine. Laura est désespérée.

Ah c'est comme ça, c'est comme ça que vous le voyez, éructe-t-il en se levant de son fauteuil et en renversant son mug de café sur la table. Laissez-moi vous poser une question monsieur Horowitz, vous parlez en votre nom et celui de votre collègue, c'est étrange, quelle est la nature exacte de vos relations, d'un point de vue plus... personnel ?

Je voudrais me défendre mais je suis victime d'une nouvelle phase aiguë d'aphasie.

Vous refusez de me répondre c'est ça ? Misérable petit...

En appuyant sur la touche « Échap », Robert met fin à la visioconférence.

Laura, je vais devoir m'arrêter pour prendre de l'essence, tu as une préférence en matière de station-service, tu veux en profiter pour manger un morceau ? je lui demande.

Va te faire foutre Serge, répond-elle sans même me regarder.

Écoute Laura, tu exagères, c'est pas non plus si terrible, je dis.

Va-te-faire-foutre, OK Serge ?

Je peux concevoir sa réaction. Il faut dire que le lendemain de l'épisode malheureux vécu avec nos supérieurs hiérarchiques, Robert nous a convoqués à son bureau, Laura et moi. En présence de son nouvel homme à tout faire, son nouveau Krug en quelque sorte. Déjà en poste. Robert nous a dit que puisque nous jouions les vierges effarouchées et refusions de trafiquer les chiffres pour que la vente des Boissons du Soleil aux Japonais se fasse bien au prix ahurissant que Guptayen et lui avaient fixé, on allait s'y prendre autrement. Pour cela il avait un plan : nous envoyer Laura et moi effectuer une mission d'audit de quelques mois in situ, au sein même de l'entreprise, loin du confort ouaté de nos petits bureaux parisiens. Charge à nous de mettre en place un plan d'action permettant de justifier de la valeur de l'entreprise. Cela ressemblait à une forme de punition.

Évidemment je m'en suis voulu d'avoir une nouvelle fois entraîné Laura dans mes cafouillages. Mais pouvais-je imaginer qu'elle ne me suivrait pas et qu'en dépit de ce qui nous unissait désormais, elle resterait horriblement vissée à ses ambitions de carrière, quitte à couvrir les procédés les plus ignobles ? Visiblement j'aurais dû.

Le nouveau Krug nous a assuré qu'un séjour de quelques mois en province nous ferait du bien, qu'il était inconcevable de débarquer au fin fond de la Provence avec des gueules de riches technocrates parisiens, mais que nous n'avions pas à nous inquiéter pour ça, qu'il avait pris ses dispositions pour nous et qu'on ne serait pas déçus. Robert, en partie conscient du statut de complice involontaire de Laura, lui a fait miroiter que si elle parvenait à nous sortir de ce dossier aussi miné qu'un bord de route à la sortie d'Alep, il essaierait d'intercéder auprès de Guptayen pour qu'il passe l'éponge, voire reconsidère une évolution de poste favorable la concernant.

En voyant des larmes couler sur le visage de Laura, le nouveau Krug a souri en coin, ce qui en disait long sur son absence totale de compassion.

J'ai commencé à comprendre un peu à quoi pouvait ressembler son plan pour faciliter notre intégration dans le tissu économique local quand Laura est sortie de la guérite du loueur de véhicules en me fusillant du regard, avec à la main les clefs d'une Dacia Sandero couleur bleu gendarmerie. Au volant de ce véhicule improbable, nous avions l'air de deux agents de la Stasi partis enquêter sur les petites routes de l'Allemagne de l'Est. J'ai proposé à Laura de délaisser l'autoroute pour les nationales, mais n'ai obtenu en guise de réponse qu'un étrange rire sarcastique. J'en ai déduit que ce n'était pas une bonne idée et suis resté sur l'autoroute. Jusqu'à disons cent cinq kilomètres-heure, à condition de faire abstraction de l'habitacle, on pourrait s'imaginer dans une voiture normale. Au-delà ça se gâte nettement, vers cent dix on a l'impression que quelqu'un est en train de moudre une grande quantité de grains de café avec un moulin électrique juste en dessous de nos pieds. Un cran plus loin se produit un phénomène étrange : le pied s'enfonce dans la pédale d'accélérateur aussi profondément qu'un marteau piqueur dans du sable mais bizarrement rien ne se passe, le moteur ronfle de plus belle mais l'aiguille du cadran de vitesse demeure invariablement stable. Le fond sonore est assourdissant. Quand on s'aventure sur la file du milieu, des véhicules bien plus puissants type Renault Clio nous doublent de part et d'autre de la route comme sur un circuit TCR puis nous dépassent aussi impitoyablement que Miguel Indurain lâchait les autres coureurs à l'approche de l'Alpe d'Huez du temps de sa domination écrasante gorgée d'EPO. Il faut se rendre à l'évidence, notre place est sur la file de droite, celle des camions bourrés de tomates espagnoles alourdies de pesticides en tous genres, celle des vieux conducteurs parés de leurs autocollants *on n'est pas pressés on est retraités*, celle des traîne-savates, des laissés-pour-compte de l'industrie automobile. La file de ceux qui croient encore qu'Elon Musk est une marque de parfum pour hommes. Le sentiment de déclassement vous frappe de plein fouet lorsque vous roulez sur autoroute en Dacia Sandero. Il paraît que les heureux possesseurs de ce modèle se rassemblent épisodiquement pour de grands pique-niques communautaires. J'imagine que ceux qui habitent à plus de deux cents kilomètres du point de rassemblement partent la veille. Je les vois d'ici, leurs véhicules à l'arrêt, sagement rangés en épi au milieu d'une grande plaine, avec un peu de soleil, se livrer courageusement à de grandes envolées sur la rationalité de leur choix et s'autopersuader de la grandeur de leur rapport à la voiture. Ce sont peut-être eux qui ont raison après tout. C'est juste que Laura et moi n'étions pas habitués à cela. Bien que je ne l'utilise de fait plus depuis des années, mon coupé cabriolet Volvo C70 noir dort tranquillement dans le garage de ce qui fut la maison de mes parents. Laura roule dans un 4 × 4 Lexus. Mais à cet instant nous en sommes loin. Nous avons déjà parcouru trois cent soixante-dix kilomètres sans que Laura ne m'adresse la parole et il en reste encore environ quatre cents à s'enfiler. Je pressens que ce sera long, et pénible.

Vraiment Laura tu ne veux pas qu'on s'arrête un peu, je peux sortir de l'autoroute et essayer de trouver un coin sympa.

Trace Serge… tant que le moteur est chaud, ajoute-t-elle.

Nous ne pouvons nous empêcher de rire à sa dernière remarque. Laura tourne la tête vers la vitre à ouverture manuelle pour ne pas me laisser trop d'espoir.

Tu sais Laura, dis-je une bonne vingtaine de minutes plus tard, j'entends ton ventre gargouiller d'ici, je sais pertinemment que tu as faim. C'est tout ce que j'ai à dire.

Alors ne dis rien de plus, répond-elle en regardant ailleurs.

Sauf que si l'aiguille du réservoir d'essence dit vrai, dans très peu de temps, c'est le ventre vide que tu devras pousser notre véhicule sur la bande d'arrêt d'urgence jusqu'à une station-service.

C'est bon tu as gagné Serge, on s'arrête dès que tu veux, mais n'attends rien de moi, on est juste deux collègues à partir de maintenant. Deux collègues condamnés à passer trois mois comme de minables voyageurs représentants placiers de seconde classe dans un village de daube, au milieu de nulle part, entourés de débiles consanguins. Tout ça par la faute de l'un des deux, toi. Toi et tes principes éthiques de merde, toi qui es allé jusqu'au Japon pour dire aux acheteurs qu'ils ne faisaient pas une bonne affaire en signant à ce prix, quand j'y repense je n'en reviens toujours pas.

Je ne sais pas quoi te répondre Laura, je ne nie pas qu'il y ait une part de vérité dans ce que tu dis, mais accorde-moi que ce n'est pas toute la vérité, hein tu peux au moins m'accorder cela.

Tu me sidères Serge, soupire-t-elle.

Avoue que tu as failli dire fascines, Laura, avoue.

Je t'emmerde Serge, dit-elle en souriant.

Touchée.

Va te faire voir, concentre-toi sur ta conduite, essaie de doubler un trente-huit-tonnes, ça te changera, dit-elle tout en pianotant un message sur son iPhone.

Je fais ce que je peux figure-toi, je réponds.

Je dois dire que le mélange d'odeur de café lyophilisé, d'urine et de sandwich frais des stations d'autoroute est assez déroutant. Un petit condensé d'humanité sur deux cents mètres carrés, au milieu de nulle part. La plupart des mecs commencent à se déboutonner avant même d'avoir franchi la porte des toilettes, comme s'ils cherchaient à ne pas faire baisser leur moyenne sur le trajet. Les objets de consommation sont omniprésents. Dans quel autre endroit au monde a-t-on accès simultanément rien qu'en tendant les bras à du nougat de Montélimar, une tour Eiffel en plastique, un CD de Frédéric François, un pull polaire avec le logo Ferrari, trois bouteilles d'eau et des sandwichs suédois. Les gens s'observent, tentent de mesurer leur état de fatigue respectif, se jaugent comme des pilotes de formule 1 dans le paddock. Je retrouve Laura errant comme un zombi dans les rayons.

C'est désespérant, me dit-elle, j'ai hyper faim et rien ne me fait envie au milieu de ces sandwichs morts.

C'est vrai qu'en regardant leurs gueules on se croirait à Verdun, je dis.

Il n'y a même pas de salades, s'exclame-t-elle.

Elle opte finalement pour des noix de coco tranchées, un café glacé sur le gobelet duquel a été dessinée la statue de la Liberté et un petit récipient plastique de salade de riz déniché au fond d'un meuble réfrigéré.

Je te laisse continuer à conduire, me dit-elle tandis que nous regagnons notre véhicule bleu gendarmerie, je sens que tu l'as bien en main et puis j'ai ma salade de riz.

Une minute plus tard, elle descendait manuellement sa vitre passager et jetait sa salade, infâme, je cite, par la fenêtre, profitant que nous étions sur la file de droite. Je lui propose l'un de mes Palmito mais elle refuse.

Avec un nom pareil ça doit être bourré d'huile de palme non ? dit-elle.

Comme je conduis en même temps je ne vérifie pas et en reprends un.

Durant un long moment elle ne dit rien. Je pense à ma sœur. À sa relation avec le docteur Muller. Je n'en reviens toujours pas. Sinon j'ai l'impression que ça va un peu mieux. Les crises d'aphasie ont tendance à s'estomper. Ce n'est pas gagné mais ce n'est pas mauvais signe non plus. Sans aucun traitement, ce qui est encore plus étonnant. Et sûrement pas grâce à Muller en tout cas. Ma sœur me manque déjà. Quand elle me regarde à travers ses grosses lunettes je redeviens le petit frère qu'elle a toujours pris soin de protéger. En dépit de tout. File de droite on est moins gêné pour regarder le paysage. Je m'interroge sur ce qui pousse des millions de gens à ne jamais sortir de Paris. Le printemps est très nettement en avance ici. Les amandiers sont déjà en fleurs. En surfant sur le site du quotidien régional d'information provençal, j'ai justement lu qu'ils cherchaient à relancer la culture de cet arbre nourricier. Je me vois bien faire ça. Régner sur des milliers d'arbres et me contenter de les regarder pousser en laissant faire la nature. Si d'autres ne l'ont pas déjà fait, c'est que cela ne doit pas être si facile. Il doit y avoir un loup.

Serge. La voix de Laura me tire soudainement de mes vagabondages mentaux.

Qu'est-ce qu'il y a Laura, tu as encore faim ?

Arrête avec ça Serge, m'intime-t-elle. Je me demandais, tu as des nouvelles de ton frère ?

J'ai entendu dire qu'il allait bientôt se rendre au Japon avec l'objectif d'intensifier les échanges économiques entre nos deux pays. Et notamment de favoriser les investissements japonais en France via des exonérations fiscales.

Intéressant, dit Laura d'un air suspicieux, et étrangement concomitant à ce deal que tout le monde s'acharne à vouloir réaliser, ton frère compris.

Ah, toi aussi tu reconnais enfin que c'est assez trouble. Bon de toute façon on est bientôt arrivés, on comprendra sûrement mieux les tenants et les aboutissants de cette affaire en étant sur place.

Combien d'heures de route à ce rythme ? demande Laura.

À ce rythme environ deux heures, je réponds. Tu sais dans quel hôtel on est ?

Non je n'ai même pas pensé à regarder, répond-elle.

Laura pianote frénétiquement sur son iPhone puis s'arrête, bouche bée, totalement incrédule.

Qu'est-ce qui se passe ?

Elle se tourne vers moi, décomposée.

Non mais j'y crois pas, mince, j'y crois pas, ah le chien, l'enfant de salaud.

Qui ?

Le nouveau Krug, répond-elle rageusement, ce petit salopiot.

Pourquoi, qu'est-ce qu'ils nous ont réservé comme hôtel ? je redemande.

Un *Campanile.*

Les trois syllabes ont claqué dans sa bouche comme une condamnation à mille coups de fouet en Arabie saoudite. Un Campanile. Je me dis que le nouveau Krug ne manque pas d'humour mais je préfère ne pas partager cette pensée avec Laura. Bien trop tôt. Ça a dû bien faire marrer Robert. Je les vois d'ici revérifier trois fois le montant négocié du séjour pour trois mois en demi-pension, en se disant que le total TTC atteint à peine le montant de frais de taxi de Robert pour une seule semaine. Je me dis que pour ce qui est de refaire l'amour avec Laura c'est loin d'être gagné.

Elle s'est endormie. Je ne sais pas si c'est une sorte d'effet de stress post-traumatique. J'ai imperceptiblement ralenti pour pouvoir mieux la regarder tout en conduisant. Pratiquement m'évanouir face à la beauté de chaque nouvelle expression que le sommeil imprime sur son visage. Elle est tellement belle. J'écoute son souffle régulier. La grâce peut donc même naître du siège passager d'une Dacia Sandero. Elle ne s'est même pas réveillée au péage. Google Maps indique cinq kilomètres sur mon téléphone. La 4G commence à mal passer. J'aperçois un magasin But. Le Campanile est situé dans une petite zone commerciale à l'extérieur de la ville. En face du magasin d'équipement de la maison. Laura se réveille à cet instant, en plein milieu du rond-point.

Serge tu t'es trompé, le centre-ville c'était à droite, m'alerte-t-elle immédiatement.

Je sais Laura, je sais, dis-je en tournant la tête vers elle en lui offrant un regard empli de compassion.

Oh non...

*

Le soleil couchant ne parvient pas à masquer l'ignoble paysage qui s'offre à nous. Partout clignotent des enseignes de magasins aux couleurs criardes. Aux restaurants chinois promettant un buffet à volonté succèdent des magasins de sport, un dépôt-vente sordide et des magasins proposant aussi bien des assiettes en porcelaine que des télévisions Ultra HD. Je braque le volant de la Dacia et me gare sur le petit parking en épi du Campanile, au pied d'un mât de quinze mètres de haut au sommet duquel trône leur fameux logo vert pomme représentant une petite maison. Je jette un coup d'œil rapide aux quelques véhicules déjà garés et repère deux camionnettes banalisées immatriculées en Roumanie, une Clio blanche avec un logo en forme de saucisson placardé sur les portes avant, et une Peugeot 408 flambant neuve gris foncé appartenant probablement à un directeur commercial en fin de carrière. Je n'ose pas descendre de la voiture. Laura ferme les yeux un instant puis se tient le visage entre les mains. Enfin elle détache sa ceinture, me regarde fixement avant de lâcher, « je te déteste ».

Je sais, je réponds. Même si au fond de moi je

reste intimement persuadé que rien n'est jamais perdu.

L'air est doux. Je vais chercher nos valises dans le coffre et enfin nous pénétrons dans le hall d'accueil de l'hôtel. Je remarque tout de suite les fausses pommes vertes posées un peu partout sur les meubles. Nous avançons prudemment. À notre droite se trouve un « open bar karaoké » qui promet une ambiance garantie. Des fanions d'équipes de foot accrochés en hauteur sur un fil séparent l'espace du bar de celui de la réception. Il y a un écran géant au fond. Pour suivre les paroles j'imagine. J'espère que les chambres sont bien insonorisées.

Vous avez trouvé facilement? me demande le réceptionniste avec un grand sourire.

Très, c'était très bien indiqué, je réponds aimablement.

Laura se tient en arrière à un mètre de moi. Quand le type réclame le numéro de réservation, Laura s'avance sans un mot et tend l'écran de son iPhone face au visage du réceptionniste pour qu'il le décrypte lui-même.

Ah mais je vois que vous êtes là pour trois mois, reprend l'employé avec gourmandise, en demi-pension, vous aurez largement le temps de faire connaissance avec tous les plats que propose notre chef à la carte.

Oui, largement, je réponds.

Je vois que vous avez deux chambres séparées, dit Lionel – c'est écrit sur son badge –, je vous mets côte à côte, 208 et 210, on ne sait jamais, ce sera plus pratique, ajoute-t-il en souriant malicieusement.

C'est gentil merci, je dis.

Et puis trois mois c'est long reprend-il, si jamais à un moment vous ne désirez plus qu'une seule chambre, vous n'aurez qu'à me l'indiquer.

Ça n'arrivera pas, dit brutalement Laura, aucune chance, dit-elle avec froideur.

Oh vous savez madame, ça fait treize ans que j'opère dans cet établissement, croyez-moi, je sais très bien comment cela se passe, répond le gars, un peu vexé que l'on mette en doute ses prédictions.

Eh bien pensez à changer d'établissement, lui répond du tac au tac Laura, vous devriez opérer dans une maison close, vous maximiseriez vos chances d'avoir raison.

Non mais ça ne va pas, s'énerve Lionel, vous me prenez pour qui, vous vous croyez où d'abord, vous pensez que votre boîte vous aurait réservé une chambre chez nous si vous étiez si maligne ?

Leur échange devient surréel.

Je ne vous permets pas de juger de mon intelligence, microbe, reprend Laura, si je suis là c'est que je suis mal accompagnée, et irrésistiblement tirée vers le bas par un collaborateur particulièrement négligent.

Pour couper court, je saisis les petits dépliants avec nos cartes de chambre et tends à Laura la sienne.

Tout au fond du couloir, dit sèchement Lionel sans se lever. Laura entre dans sa chambre sans un mot. Étendu sur mon lit, je ferme les yeux. Je crois bien avoir entendu des sanglots de l'autre côté de la cloison.

Je me réveille une heure plus tard. Il fait déjà nuit mais il n'est que vingt heures. Je décide d'appeler ma sœur.

Aniièce ?

Serge comment ça va, tu es bien arrivé ?

Ça a été un peu long mais on y est... dans un Campanile, je dis.

Mince ça doit te faire drôle, répond Aniièce en riant. Attends... attends une seconde.

Elle pose le téléphone. Je crois bien qu'elle chuchote, puis je perçois distinctement le son d'une cuillère en bois remuant quelque chose dans une poêle.

Aniièce ?

...

Aniièce tu es là ? je demande.

Oui oui c'est bon.

Tu n'es pas seule, ne me dis pas que tu as remis ça avec ce vieux...

Je ne te permets pas Serge, coupe Aniièce, manifestement embarrassée, bien sûr que je suis seule.

Elle ment. Je sais qu'elle ment. C'est ma sœur. Impossible qu'elle dise la vérité à cet instant. Pour ne pas compliquer plus les choses je fais semblant de la croire.

OK je te crois, je dis.

Tu m'en trouves soulagée, dit-elle en riant. Un deux-étoiles, merde ils vous en veulent vraiment à mort.

C'est le nouveau Krug, je réponds.

Pauvre Krug, dit-elle, il puait du bec mais il était quand même un peu plus réglo non.

Je ne sais pas, en tout cas il est out pour quelques années visiblement.

C'est sûr.

J'entends bien qu'elle ne m'écoute pas. C'est extrêmement désagréable. La plupart des gens passent rapidement à autre chose dès lors que vous disparaissez de leur champ de vision. Alors que le souvenir d'une simple conversation peut me hanter des jours durant. Les êtres humains sont somme toute relativement déprimants.

Serge, reprend-elle inopinément.

...

Serge tu es là ?

Je suis là Aniėce.

Tu as vu un peu le remue-ménage que la candidature de François provoque au sein du Parti ?

Non.

Apparemment il a réussi à rallier les deux tiers de la majorité de l'Assemblée derrière lui pour le soutenir face à son président. Tu te rends compte, il se présente contre le mec qui l'a nommé. Il n'a vraiment peur de rien.

Disons que ses principes moraux ne doivent pas beaucoup l'embarrasser.

Il a toujours été comme ça, soupire Anièce.

Tu veux que je te dise, je ne l'ai jamais supporté, c'est terrible à dire, je sais que nous sommes frères mais je ne me souviens pas de m'être senti une seule fois bien à ses côtés.

Un journaliste est venu m'interviewer hier, dit soudain Anièce, de *Libé*. Le chef de cabinet de François m'avait fait passer une note ultra détaillée la veille sur les réponses types en fonction des questions.

Genre ?

Oh je ne sais plus Serge, sur des conneries, sur n'importe quoi, sa manie de porter des nœuds papillon, ses Berluti qui apparemment choquent une partie de l'opinion, sur le fait qu'il soit toujours officiellement célibataire à cinquante ans passés.

Ah et ils t'ont indiqué quoi comme réponse là-dessus ? je demande.

Attends je reprends la note tu vas voir c'est trop drôle, attends je te lis : *à votre libre interprétation de la réponse la plus appropriée : choix numéro 1 sourire d'un air entendu en fixant longuement son interlocuteur, choix numéro 2 répondre c'est son côté James Bond. Objectif : susciter le désir.* C'est vraiment des trucs de débile.

Tu m'étonnes, je dis, qui voudrait vivre à côté d'un homme sans cœur.

Ne dis pas ça Serge...

Bon bref, reprend Anièce, ils avaient tout prévu sauf un truc.

Ah quoi ?

Le journaliste m'a dit que c'était la première fois qu'on élirait un président orphelin de père et de mère. Il m'a demandé en quoi il pensait que ça avait contribué à forger sa personnalité.

Ah et t'as dit quoi ?

Que ça nous avait rendus plus forts, tous les trois, et plus soudés.

Tu n'as pas mentionné mon nom en proférant ce mensonge éhonté j'espère ?

Non j'ai juste dit ça, c'est pas mal trouvé non ? dit Anièce.

Pas mal, je réponds, totalement faux mais plutôt bien trouvé. Et François il en a dit quoi ?

Quand il a vu le papier il a trouvé ça hyper bien, il m'a juste dit que j'avais pris un risque en mentionnant le fait que nous étions une fratrie de trois.

Ah, qu'est-ce qui le choque ? je demande.

Ils font un papier sur lui, ils viennent interviewer la sœur, ils apprennent qu'il y en a un troisième, ils risquent de s'intéresser à toi Serge, le facteur X, Serge Horowitz, ça doit faire flipper un max François.

Je vois pas pourquoi, je dis.

Tu vois très bien pourquoi Serge.

...

Bon je vais devoir te laisser, dit soudainement Aniècé d'une voix triste.

Je comprends Aniècé... Tu me manques déjà... Tu sais à quel point la vie me fait infiniment peur sans toi.

Je sais Serge, mais ne t'inquiète pas, je suis sûre que tu vas bien t'en sortir, tu es prisonnier de tes peurs mais à l'arrivée tu t'en sors toujours bien Serge, il n'y a que toi qui ne le sais pas... Et puis tu n'es pas totalement seul, tu es apparemment très bien avec la belle Laura, ajoute-t-elle d'un air malicieux, tu m'as l'air de ne pas trop mal te débrouiller avec elle non ?

Disons que j'ai l'impression de marcher sur un fil tendu à quatre-vingt-dix mètres au-dessus du sol, sans filet ni harnais, les yeux bandés, avec trois grammes d'alcool dans le sang, tu imagines un peu.

C'est la définition de l'amour, non Serge ?

Si c'est cela c'est surtout effrayant... Bon je raccroche... Bonne soirée.

Je t'embrasse Serge.

Je reste un moment assis au bout de mon lit, à vingt centimètres de l'écran de télé et du mur. Je me sens seul. J'essaie de comprendre par quel enchaînement malheureux je me retrouve aujourd'hui dans cet hôtel. Je ne sais pas combien de temps je reste immobile, les mains sur les genoux, à fixer l'écran noir. Le téléphone sonne à nouveau.

Serge.

Ah Laura ça va, tu fais quoi ?

J'ai eu un appel de la réception. Le patron de la boîte nous attend en bas dans le hall. Je crois qu'il a prévu un truc pour notre arrivée.

Mais attends il est vingt heures trente, qu'est-ce qu'il nous veut ?

Serge, reprend Laura, que ça nous plaise ou non, et crois bien qu'en ce qui me concerne ça me saoule plus qu'autre chose, sans parler du fait que je n'oublie pas que tout est ta faute, on est là pour une mission d'audit et de remise sur rails de cette petite boîte de merde et c'est ce qu'on va faire Serge, on va se mettre au travail, finir cette mission pourrie et repartir au plus vite, tu piges ?

Je suppose.

Bon, je ne sais pas pourquoi, le type a dit *tenue casual*, donc tu t'habilles cool... En gros, ne change rien à tes habitudes Serge. Dans cinq minutes en bas.

Putain mais dans quoi sommes-nous tombés, me dis-je. C'est comme si Robert et Krug nous avaient subitement projetés dans une autre dimension. Depuis quand se fait-on convoquer à des réunions à vingt heures trente. Nonobstant, j'enfile un jean clair, un tee-shirt blanc Muji et mes Stan Smith. Casual.

Laura est déjà dans le hall. Elle aussi a mis un jean. Très moulant. Une petite marinière et un pull bleu océan sur ses épaules. Je ne sais pas ce qu'elle fait, elle discute avec une espèce de cowboy vêtu d'un costume satiné surplombé d'un immense Stetson blanc, et à l'autre extrémité de santiags.

Je m'avance vers eux.

Laura se tourne vers moi en me désignant l'ovni qui lui fait face.

Serge, je te présente Jean-Jacques Santoni, PDG des Boissons du Soleil, notre client, me dit Laura avec un sourire éblouissant, en contenant à grand-peine un terrible fou rire.

Le type s'avance vers moi et me tend une main ferme.

Appelez-moi Jay-Jay, j'ai passé trois mois aux

États-Unis pendant mes études il y a trente ans, ça a changé ma vie.

Serge, je dis.

Ah un prénom bien de chez nous, commente le gars d'une voix tonitruante en se tournant vers Laura.

Ravi de faire votre connaissance Serge, alors c'est vous qui avez la redoutable charge de seconder votre ravissante collègue c'est ça, gros veinard, assène Jean-Jacques dit Jay-Jay en me tapant violemment l'épaule de sa main d'assassin.

Je voudrais répondre quelque chose mais je sens que le mal me heurte encore de plein fouet. Je ne parviens pas à articuler un seul mot. Je croyais que ça allait mieux mais ce n'est visiblement pas le cas. Je me contente donc de le regarder sans rien dire.

Hein Serge, faut pas le prendre mal, ajoute le type visiblement troublé par Laura, ça vous la coupe mon style direct. C'est à l'américaine mon vieux, direct, bang bang.

En disant cela il fait mine de boxer un adversaire fantôme devant lui. Je suis pétrifié.

Laura sauve temporairement le truc en disant que j'ai conduit des heures et que je suis très exténué.

Allez je vous emmène, dit joyeusement le cowboy en nous invitant à le suivre.

Je crains le pire. Avant de leur emboîter le pas je demande à Lionel, le réceptionniste, s'il y a une pharmacie dans le coin.

Vingt-quatre heures sur vingt-quatre, à l'angle du centre commercial. Vous traversez le parking du magasin But, au Buffalo Grill vous prenez à gauche et ensuite droit devant vous, juste à côté du restaurant italien La Gondole.

Je me dis que tout n'est pas perdu.

Quand j'aperçois sur le parking, garé en travers sur deux places, un énorme pick-up truck Ford 150 blanc avec le drapeau sudiste dessiné sur la portière avant, je n'ai aucun doute sur l'identité de son propriétaire.

Import US, dernière génération, V8 essence, un monstre, un monstre, susurre-t-il, comme pour ne pas réveiller la bête.

Ah ça va nous changer, dit Laura en me regardant méchamment.

Montez devant Laura, les enfants derrière, hein Serge.

Je suis atterré. Est-ce que je ne préférerais pas trois ans à l'isolement sur Mars à trois mois en compagnie de ce type? Laura a l'air de s'en amuser, ce qui rajoute à mon dépit.

Après avoir réajusté son Stetson sur sa tête et actionné le contact, Jay-Jay s'arrête quelques instants pour nous faire entendre le moteur.

Hein, fait-il en se retournant vers moi, c'est pas de la voiture de tafiole ça.

Je ne dis rien.

Bon ma chère Laura, reprend Jay-Jay, avec tout le personnel administratif, on vous a réservé une petite surprise pour votre arrivée, on sera quarante.

Mais c'est bien aimable, Jean-Jacques.

Jay-Jay, s'il vous plaît Laura, Jay-Jay. Je suis juste né au mauvais endroit, en Lorraine. Mais croyez-moi je suis un vrai redneck.

Ok Jay-Jay, répond bien poliment Laura.

Bon, reprend-il, vous avez une idée de l'endroit où je vous emmène ?

Aucune, je réponds.

Bowling Paradise, vous en avez entendu parler ?

Je crois bien que non, je réponds.

Quarante pistes, dont vingt-quatre homologuées pour la compétition, le plus grand bowling d'Europe. Une folie. C'est à moi, j'ai cent pour cent des parts, le projet de ma vie. J'ai même fait graver mes initiales sur le sol de la piste numéro un, la piste Jay-Jay. Privée. Je suis le seul à avoir le droit d'y jouer.

Et vous y allez souvent ? demande Laura.

Tous les samedis soir avec ma femme et des amis, et avec le personnel chaque fois qu'on a un truc à fêter. Comme votre arrivée.

Il extrait brusquement une photo de son épouse de son gros portefeuille. Elle ressemble à une vieille poupée Barbie qu'on aurait oubliée trop longtemps dans un coffre à jouets relégué au grenier après que les enfants ont grandi. Je sens que vous allez faire de moi un quasi-milliardaire, hurle-t-il dans la voiture, je suis prêt à tout vendre aux Chinois, tout, personnel, locaux, bagnoles, même ma femme s'il le fallait. Non je plaisante. C'est mon rêve. On boucle cette vente et derrière je me consacre au bowling. Comme joueur et entrepreneur. Je veux monter une franchise de bowlings à travers le monde. J'y crois à mort.

Heu vous dites Chinois, mais vous êtes bien au courant que le projet de cessions sur lequel nous sommes venus vous aider concerne un consortium japonais, s'enquiert très sérieusement Laura.

Aucune importance du moment qu'ils mettent les sous, répond-il le plus naturellement du monde.

C'est un dingue. Il a dû se régaler lors des discussions préliminaires avec Robert et Krug il y a quelques mois. Je n'en reviens pas que ce type soit à la tête d'une entreprise de trois cents salariés.

Voilà on arrive, dit-il joyeusement en se garant, très mal, sur une des places réservées au « staff » du bowling, ce soir on s'éclate et demain on s'y met, ajoute-t-il d'un air très grave, y a du boulot.

Tu as bien conscience que c'est à cause de toi qu'on se retrouve dans cet enfer ? me murmure Laura à l'oreille.

Laura arrête avec ça par pitié, je suis sûr qu'on va passer un bon moment.

Elle me lance un regard noir.

Les employés du bowling lui donnent du « monsieur Santoni » à tour de bras. On voit qu'il adore. On nous remet nos petites chaussures plates bicolores réglementaires. Je note que Jay-Jay, lui, conserve ostensiblement ses santiags. En me voyant regarder ses bottes il me glisse qu'il ne les quitte jamais, pas même pour dormir les soirs où il tient *une bonne caisse*, précise-t-il fièrement.

Le personnel nous attend au bord des pistes. À l'arrivée de Jay-Jay, quelques applaudissements fusent.

Chers amis, dit Jay-Jay d'une voix solennelle, je vous présente Laura et Serge, Serge Horowitz, dit-il en appuyant l'énoncé de mon patronyme d'un gros clin d'œil à ses équipes. Ils travaillent pour l'Offshore Investment Company, et viennent partager la vie de notre entreprise durant trois mois pour un audit complet. Inutile que vous en sachiez plus. Le premier qui cherche à fouiner sera viré, clair ? Merci de leur réserver le meilleur accueil. Ils viennent de Paris, attention. Mais ce soir trêve de discours, c'est *party time* et bières gratuites pour tout le monde.

Deux trois employés zélés formulent des remerciements à leur patron. Les autres se contentent de baisser les yeux. Ce type doit être un vrai dictateur. Je lis la peur sur les visages de ses équipes. De la fascination chez certains, les commerciaux notamment, reconnaissables à leurs costumes satinés très cintrés et leurs chemises blanches dont les boutons fantaisie sont particulièrement colorés. Les parties sont organisées par équipes composées des différents services de l'entreprise. La qualité affronte le service commercial. La production fait face au marketing. J'ai été pour ma part intégré à l'équipe comptabilité et services administratifs. L'équipe de direction est emmenée par Jay-Jay, qui a bien pris soin d'intégrer Laura dans son team.

Pour faire connaissance, je demande au chef comptable, un petit chauve rondouillard d'une cinquantaine d'années, s'il vient souvent jouer au bowling. Il retire d'abord ses petites lunettes rondes pour les essuyer, se penche vers moi et me répond d'une voix fluette, chaque fois qu'on nous y oblige.

Évidemment nous ne faisons pas le poids face à l'équipe de Jay-Jay. L'odeur de transpiration et de bière devient de plus en plus forte. La musique country crachée par d'énormes enceintes accrochées au mur est assourdissante. Il faut hurler pour parvenir à échanger un mot avec un coéquipier. La tension et l'excitation atteignent leur paroxysme. Les joueurs de la production et du service commercial sont totalement saouls. Un jeune vendeur chute à plat ventre sur la piste après avoir lâché sa boule. Il peine à se relever et glisse même une nouvelle fois sous l'effet de sa propre transpiration, dont sa chute a contribué à souiller la piste. Les autres types applaudissent et entonnent immédiatement un chant à la gloire du malheureux sur le thème d'« Il est vraiment phénoménal ». Ils semblent heureux maintenant qu'ils ont bu. Des membres de l'équipe marketing reviennent des toilettes l'air hagard. Des mains moites et sales se portent régulièrement sur le cul des secrétaires et jeunes stagiaires marketing, qui tentent vainement de se défendre d'un revers de main dans le dos. En désespoir de cause, elles s'assoient à tour de rôle sur les petits sièges en plastique face à la piste pour quelques minutes de répit. À mi-partie, Jay-Jay et son équipe mènent déjà de soixante points face à nous. Aucun strike de notre côté. Jay-Jay est aux anges. Je remarque qu'un type positionné en régie juste au-dessus de notre piste actionne parfois des petites glissières obstruant les rigoles latérales sur les deuxièmes coups de Jay-Jay. Chacun feint de ne rien voir. Je comprends qu'il souhaite garder ses santiags mais en matière de glisse sur la piste, on voit bien que ce n'est pas un bon choix. Laura se révèle une excellente joueuse. En cinq manches elle en est déjà à trois strikes et deux spares. À mon plus grand regret, je constate qu'elle est en train de se prendre au jeu. Après chaque lancer victorieux, elle revient vers Jay-Jay et lui assène une grande tape dans la main à la Magic Johnson. En retour Jay-Jay se montre particulièrement attentif à ses fesses qu'il observe grossièrement chaque fois que Laura bondit sur la piste, se positionnant stratégiquement juste derrière elle pour une vision optimale. Ce type me dégoûte. Je commence à me sentir mal. Je crois que Laura a bien remarqué le petit manège de Jay-Jay. Elle en rajoute même maintenant en multipliant les mouvements d'étirement vers le sol avant de s'élancer, offrant ainsi à Jay-Jay une vision affriolante de son magnifique cul, histoire de bien m'en faire baver, me signifiant par de discrets regards de défi que son cinéma est spécifiquement destiné à me rendre jaloux. Je crains vraiment qu'elle mette longtemps à me pardonner l'épisode du Japon. Perdu pour perdu, je tente de nouer quelques liens avec ma petite équipe d'administratifs et de comptables. De bonnes personnes, indiscutablement. Des éléments fidèles, humbles, dont les visages marqués par la défaite portent en eux le poids des petites humiliations quotidiennes. Mais qui tiennent bon. Qui s'accrochent à leur job. Comptent les jours qui les séparent de la retraite. Prient pour ne pas se faire licencier avant, sur le coup des cinquante-cinq ans. La compétition touche à sa fin. Jay-Jay fatigue un peu sous l'effet des sept mojitos ingurgités pendant la partie. De très larges auréoles sous ses aisselles maculent sa chemise rose pâle aux manches retroussées. Même Laura semble s'ennuyer maintenant. Les équipes du département qualité se sont discrètement éclipsées avant la fin. Deux trois commerciaux dorment sur les sièges en plastique, enchevêtrés sur leurs collègues de la production, abrutis par l'alcool et le poids de leur journée de travail.

En désespoir de cause, Jay-Jay se tourne vers moi.

Cher Serge, j'espère pour mon chèque de sortie que vous êtes meilleur en analyse financière qu'au bowling, hein Laura ? glousse-t-il en lui prenant le coude.

Malgré une indépendance d'esprit qui frôle l'inconscience, je vous assure que Serge est le meilleur analyste de la place de Paris, coupe Laura, venant contre toute attente à ma rescousse.

En même temps heureusement qu'il y a votre frère, hein Serge ? reprend-il cette fois d'un ton menaçant.

Vous connaissez mon frère ?

Secret défense l'ami, répond Jay-Jay en portant maladroitement son index contre sa bouche, à cause de l'alcool.

…

Bon je vous ramène, mes petits Sherlock Holmes, dit-il, visiblement prêt à passer à autre chose.

C'est bien aimable, dit Laura d'une voix lasse.

Cette fois nous montons tous les deux à l'arrière. Laura pose discrètement sa main sur la mienne, contre mon genou et me sourit d'un air fatigué. Puis laisse sa tête un court instant sur mon épaule, bercée par le roulis du « monstre » de Jay-Jay.

Celui-ci nous jette un coup d'œil suspicieux par son rétroviseur central.

Je repasse au bureau jeter un coup d'œil à quelques dossiers, vous voulez venir avec moi Laura ? demande-t-il.

Mais enfin Jay-Jay, répond Laura, vous n'y pensez pas, il est trois heures trente du matin.

Moi je vis à fond Laura, *live to the max*, vous allez apprendre à me connaître, je ne suis jamais fatigué, c'est ce qui fait ma réussite, je suis un vrai malade de bourreau de travail, s'enorgueillit-il en insistant bien sur les syllabes.

Un bourreau de travail et un bon gros imbécile, je murmure à l'oreille de Laura, qui en retour me pince légèrement en souriant pour me faire taire.

Pas cette fois Jay-Jay, la prochaine fois avec plaisir dit Laura.

Ah tout n'est donc pas perdu mademoiselle, rétorque Jay-Jay d'un air vicieux.

Rien n'est jamais perdu, répond Laura en me regardant.

Devant la porte de l'hôtel, nous descendons du véhicule. Le vent s'est levé et nous sommes soufflés par des rafales d'air froid.

À demain, huit heures tapantes, hurle Jay-Jay par la fenêtre en enfonçant son pied violemment sur l'accélérateur, au mépris de toute règle de bienséance.

Putain quel con, je dis à Laura en entrant dans l'hôtel.

Oui, me dit-elle, et en même temps il est tellement à fond, tellement *too much* que ce n'est pas sans lui conférer un certain charme je trouve.

Le mythe de la toute-puissance masculine, c'est ça Laura ?

Mon petit Serge, je suis trop fatiguée pour te répondre, dit-elle en me tenant le bras.

Eh bien je vois que l'on commence à se détendre, ironise Lionel, le réceptionniste, en nous tendant nos cartes de chambre respectives. La soirée a été difficile à ce qu'on dirait, on a du mal à suivre le *Santoni style*, c'est ça ? Pensez à ce que je vous ai dit, pour les deux chambres côte à côte, mon instinct ne me trompe jamais, ajoute-t-il à l'intention de Laura.

Nous sommes déjà engagés dans le couloir quand Laura se retourne vers Lionel.

Votre instinct ne vous a visiblement jamais prédit que vous travailleriez au George-V un jour, non, je me trompe Lionel ? persifle-t-elle.

Le réceptionniste accuse le coup, ne répond pas et se replonge dans ses sudokus discrètement cachés à côté de son clavier d'ordinateur. Laura 1, Lionel 0.

Arrivés devant nos chambres, Laura pose sa main sur ma joue et m'embrasse tendrement.

Serge mon chéri, je suis vraiment crevée. Alors si on dort ensemble cette nuit je veux juste me blottir contre toi et m'endormir dans tes bras, rien de plus, OK ?

Sans parler du boulot ni de mon frère ?

Promis, dit Laura en me suçant légèrement l'oreille, promis, juste toi et moi... Tu sais Serge, il faut que je te dise... Non rien, excuse-moi, pas ce soir. On ne parlera de rien ce soir.

Nous laissons négligemment tomber nos vêtements sur la moquette vert pâle et nous blottissons vite l'un contre l'autre dans le lit en chien de fusil. Laura a gardé sa petite culotte, ce qui me rend encore plus fou. Elle met à peine une minute à s'endormir. Je me contente d'essayer de fixer ce miracle pour l'éternité dans ma mémoire. J'écoute son souffle. Je me laisse bercer par le parfum de ses cheveux. J'essaie de coller chaque centimètre de ma peau contre sa peau. Cette fille est cinglée. Je n'ai aucune chance face à elle. Je finis par m'endormir en réglant ma respiration sur la sienne.

⋆

Nous consacrons les jours suivants à l'étude approfondie des dossiers. Laura essaie tant bien que mal de canaliser le flot de paroles incessant de Jay-Jay pour essayer de comprendre quelle a été sa stratégie jusque-là, mais sans y parvenir totalement. Ce type est brutal, outrancier, totalement incohérent, et travaille effectivement quinze heures par jour. Ses grandes forces sont de ne jamais douter, de ne jamais ressentir le moindre sentiment de honte et de foncer sans réfléchir. Bref, un chef d'entreprise moderne, parfaitement adapté aux règles implicites du capitalisme. Ce qui est à prendre est à prendre et s'offre aux plus volontaires, à ceux dont la frénésie d'action ne s'embarrasse d'aucune espèce de morale.

Nous ne nous arrêtons même pas pour déjeuner, la plupart du temps. Laura pense qu'en speedant à mort on peut finir la mission en un peu plus d'un mois. Parfois je sors humer l'air si particulier du printemps qui s'avance vers nous. Je commence à sacrément bien aimer ma petite équipe d'administratifs et de comptables. La secrétaire du service me porte chaque matin et en début d'après-midi mon café au bureau qu'ils m'ont alloué au milieu de leur open space. Dans une ravissante petite tasse en porcelaine. Servir le café dans des gobelets en plastique devrait être proscrit par la loi. Les dossiers commencent à s'empiler sur mon bureau. Il y a des choses qui clochent. Je ne dirais pas qu'ils ont mis en place un système de double comptabilité mais les mouvements de comptes de ces derniers mois indiquent clairement qu'il y a quelque chose de suspect. Je doute que Jay-Jay se mette de l'argent en douce de côté. Tout est affreusement visible chez lui, sa Rolex, son pick-up, sa maison même, réplique d'une villa hollywoodienne des années trente, perchée sur une petite colline à un kilomètre à vol d'oiseau de son usine. Je ne vois rien qu'il puisse cacher, il est définitivement trop heureux d'étaler sa réussite *digne des plus belles success stories américaines*, pour planquer du fric quelque part. Mais il y a bien quelque chose. Je le sens aux réponses gênées de Luc, le petit chef comptable, à sa façon d'essuyer furtivement, à l'aide d'un mouchoir en tissu, une goutte de sueur sur son front dégarni en ôtant ses petites lunettes rondes quand je pose des questions trop précises sur certains transferts de fonds. Hier soir, en rentrant à l'hôtel, Lionel a intuitivement senti que Laura et moi n'allions pas passer la nuit ensemble. Ça se corse un peu? m'a-t-il demandé en me tendant la carte magnétique de la chambre, cette fille doit pas être commode, je me trompe? Fiez-vous à votre intuition Lionel, je lui réponds.

Mon frère inonde les écrans de télé et les postes de radio, écumant les talk-shows et émissions politiques pour affirmer avec force que non, il n'est en aucun cas un traître, qu'il est si concerné par l'avenir de la France qu'il n'a presque pas eu le choix et que sa candidature est avant tout un formidable motif d'espoir pour le pays. Des papiers entiers ont été écrits sur son impossible cohabitation avec le président jusqu'à l'élection, mais François assure à tous qu'ils travaillent très dur pour redresser le pays, que leur relation est strictement professionnelle et dénuée de tout ressentiment personnel. Évidemment personne n'y croit. Mais en même temps avec onze pour cent d'opinions favorables à moins d'un an du premier tour, le président ne peut raisonnablement plus espérer se présenter face aux Français, assure mon frère.

Le téléphone sonne. J'ai fini par passer une partie de la nuit avec Laura mais suis revenu dans ma chambre vers trois heures du matin. Je me saisis difficilement du combiné.

Allô?

Serge, comment ça se passe cette mission? demande mon frère d'une voix anxieuse.

On avance François, on avance, je réponds.

Vous avez intérêt à vous magner, je te fais pas un dessin, me menace-t-il.

C'est-à-dire ?

C'est-à-dire... c'est-à-dire que je me suis personnellement engagé à ce que cette affaire se fasse Serge, tu comprends ? dit-il. Je me suis engagé auprès des Japonais et de Jean-Jacques Santoni tu vois.

Qu'est-ce que cet hurluberlu vient faire là ? Comment peux-tu te retrouver engagé auprès d'un type pareil ?

C'est compliqué Serge, c'est compliqué, soupire-t-il, mais ça urge, c'est tout.

...

Je suis en pleine campagne moi, reprend François, je vais commencer à organiser des meetings, je dois fédérer, faire rêver les gens, les emmener avec moi, c'est comme ça que ça se passe.

Et...

Ne me force pas à le dire Serge.

Dire quoi ?

Putain Serge fais pas semblant, me hurle-t-il à l'oreille, à six heures dix du matin, fais pas semblant putain, tu peux bien faire une chose pour moi, une fois dans ta vie non, c'est trop te demander, c'est trop demander à l'incorruptible Serge, la petite colombe, la main innocente, l'éthique faite homme ? Quelle connerie, non mais tu t'es vu Serge, tu veux me donner des leçons c'est ça, tu veux m'apprendre la vie non mais tu t'es vu mon pauvre Serge, tu as vu ta vie, tu crois que je vais recevoir des leçons de morale d'un type qui vit chez sa sœur à quarante-quatre ans; qui ne s'est jamais engagé en rien, qui a peur de son ombre et qui compte sur son grand frère monsieur le ministre de l'Économie et des Finances pour lui dégoter un boulot, et qui trouve encore le moyen de merder, gravement, putain tu crois que t'es en position de me juger?

Il hurle littéralement.

Va te faire foutre François, je dis avant de raccrocher.

Je prends soin d'éteindre mon portable et de décrocher le combiné du téléphone fixe. Je ne descends pas petit-déjeuner. De toute façon Laura ne déjeune pas le matin. On frappe à ma porte. Je m'attends à ce que ce soit mon frère qui me fait déjà livrer une boîte en carton avec un oiseau mort à l'intérieur pour me menacer. C'est Laura.

Comment tu me trouves dans cette nuisette Serge? Je l'ai achetée hier soir au centre commercial. Ça fait bien pouffe du Sud non, tu ne trouves pas? demande-t-elle d'un air faussement naïf.

Je l'attire doucement à l'intérieur de ma chambre. Tandis que nous nous jetons sur le lit, je lui glisse qu'elle est inconsciente d'être sortie de sa chambre dans le couloir dans cette tenue. Une petite nuisette bleu pâle avec de légères dentelles. Croquignolette. Nous nous embrassons comme des morts de faim.

Maintenant tu me laisses faire me glisse-t-elle à l'oreille, c'est moi qui commande.

Elle bascule sur moi et je rentre en elle le plus facilement du monde. Notre étreinte se révèle plus torride qu'un après-midi d'été à Palm Springs. Nous finissons par nous écrouler sur le dos, encore tremblants, littéralement trempés de sueur. Nous restons silencieux assez longtemps, le corps inerte, un léger sourire aux lèvres, chacun abandonnant son esprit à ses propres divagations.

Finalement ce n'est pas si mal de se retrouver échoués dans un trou perdu, sans beaucoup de distractions, me dit Laura en souriant.

On peut le voir comme ça, je dis.

Bon, une douche et on y va mon petit Serge ? On a rendez-vous avec Jay-Jay et l'équipe de direction à huit heures trente aujourd'hui.

Une heure plus tard, nous entrons d'un pas pressé dans la salle de réunion. Un coin café y a été aménagé avec quelques assiettes sur lesquelles ont été disposés des cookies, des pancakes et du sirop d'érable.

C'est quand même mieux que de la baguette et des croissants, me dit Jay-Jay en me donnant une grande tape dans le dos.

Je regarde les santiags en croco aux pieds de son pantalon de costume et je réponds qu'indiscutablement, oui.

Nous sommes six autour de la table. Jay-Jay au centre, entouré de son équipe de direction, majoritairement des jeunes types au look d'énarques. J'imagine que le cowboy doit les surpayer pour parvenir à les fidéliser malgré ses outrances. Pour faire passer la pilule. Je vérifie mentalement que ma capacité à parler n'est pas altérée mais tout semble en bon état de fonctionnement, étonnamment.

Alors mes loulous, ça avance cet audit? demande Jay-Jay. On va me la rendre plus belle la mariée, j'attends ma dot moi, dit-il en éclatant de rire. Les jeunes types autour de lui esquissent un sourire gêné.

Bon, fait Laura, nous ne sommes là que depuis lundi, c'est difficile de vous répondre en à peine quatre jours...

Si c'est difficile vous me rendez mon argent et vous dégagez sans plus attendre, tonne Jay-Jay, *sorry but business is business* vous voyez. J'ai pas raison, hein j'ai pas raison? ajoute-t-il en se tournant vers les jeunes types de son équipe qui baissent immédiatement la tête.

Laura ne perd pas son sang-froid.

Ce n'est pas ce que j'ai dit, Jay-Jay, poursuit-elle.

Monsieur Santoni, coupe-t-il, dans ma salle de réunion c'est monsieur Santoni, partout ailleurs vous pouvez m'appeler Jay-Jay, et dans l'intimité... Compris poulette?

Monsieur Santoni, dit Laura d'un air excédé, il est clair que le brevet de votre boisson énergétique intéresse les Japonais, et clair aussi que le potentiel de l'entreprise est sous-exploité aujourd'hui, après pour ce qui est de monter un plan visant à multiplier sa valeur par sept, il faut que vous me laissiez un peu de temps pour...

Je m'en branle, coupe Jay-Jay, c'est du bla-bla de marketeux ça, quand est-ce que vous finissez votre bordel et que votre patron retourne au Japon me vendre ma boîte ?

On y travaille monsieur Santoni, dit calmement Laura, croyez-moi le plus vite sera le mieux.

Et vous Horowitz, m'interroge maintenant Jay-Jay, vous ne vous êtes pas encore brûlé les rétines à force d'éplucher mes comptes, vous avez trouvé la martingale ?

La martingale je ne sais pas, je réponds, mais il y a encore un certain nombre de comptes et de mouvements que j'aimerais analyser plus en profondeur.

Faites pas trop le malin Serge, conseil d'ami, menace Jay-Jay, n'oubliez pas dans quel camp vous êtes, c'est clair ?

Je n'appartiens à aucun camp monsieur Santoni, je réponds sèchement.

Jay-Jay éclate de rire.

Je vous adore Serge, vous me faites trop marrer avec vos grands airs.

Puis redevenant menaçant :

Mais ne mettez pas les pieds là où vous n'êtes pas censé le faire vu ? dit-il en me pointant longuement du doigt. Et puis briefez-moi les comptables cet après-midi pour bien mettre d'équerre les différentes sociétés de la holding, que ce soit propre avant la vente.

Fin de la réunion. Jay-Jay s'allume un gros cigare.

Je profite d'une pause pour prendre la voiture et aller jusqu'à la pharmacie. J'ai lu hier un article sur les dégâts causés par le moustique porteur du virus Zika au Brésil et je ne voudrais pas être la première victime française. Il faut reconnaître que dans la moitié sud du pays, les rayons dédiés aux produits de soin et de protection contre les piqûres d'insectes sont largement mieux achalandés qu'à Paris. Je me dis que c'est en même temps assez préoccupant. Dans le doute je m'équipe aussi d'une petite pompe à venin en cas de morsure de serpent. Il y a de grandes herbes dans le petit terre-plein autour du parking, potentiellement un nid de couleuvres. Les vendeuses qui n'ont visiblement pas l'habitude de croiser de si bons clients m'offrent du coup une palanquée d'échantillons gratuits. Un point très positif.

J'essaie de rappeler Aniècе mais elle ne répond toujours pas. Je commence à trouver cela inquiétant.

Je rejoins l'équipe administrative en début d'après-midi. Je leur ai donné rendez-vous dans la salle de réunion pour les briefer sur les instructions de Jay-Jay. Quand j'entre dans la salle ils sont tous là, un léger sourire aux lèvres pour certains, le visage inquiet pour d'autres, alignés debout devant leur chaise, comme une petite armée de Playmobil prêts à commencer la partie.

Asseyez-vous je vous en prie.

Luc, le petit chef comptable rondouillard, reste debout et réclame la parole.

Monsieur Horowitz, dit-il en essuyant mécaniquement ses lunettes avec son mouchoir, au nom de toute l'équipe nous tenions à vous remercier pour la gentillesse et le respect avec lequel vous nous traitez, tous. Sachez que nous apprécions particulièrement votre façon de faire, nous ne sommes pas habitués vous savez, donc vraiment, au nom de toute l'équipe, encore une fois un grand merci à vous, sachez que vous pouvez compter sur notre transparence et notre soutien indéfectible.

Je suis très touché Luc, très touché, je dis, je vous remercie.

Je crois avoir parfaitement compris ce que Luc voulait dire par transparence. Si une personne est bien placée pour ne rien ignorer de ce qui se trame en toile de fond de ce projet de cession des Boissons du Soleil aux Japonais, c'est bien lui.

Je reprends mon allocution sur les outils juridiques à utiliser pour vendre aux meilleures conditions la société aux Japonais. Tandis qu'un membre de l'équipe m'interrompt pour me poser une question anodine sur le dossier, je sens mon mécanisme d'aphasie se mettre en marche. Je me retrouve incapable de dire quoi que ce soit. Ils me regardent tous. Je suis extrêmement embêté mais je m'efforce de me focaliser sur chaque muscle du visage pour que rien dans mes traits ne vienne trahir mon trouble. Je fais semblant d'être en train de réfléchir à quelque chose de très profond. Un calme très intense s'installe dans la pièce. Apaisant. Je suis là, debout, face à eux, il ne se passe rien et cela ne semble gêner personne. Certains respirent fort. D'autres ont maintenant fermé les yeux. Je ne sais pas combien de temps nous restons murés dans ce silence. Je tente de vérifier régulièrement si mes capacités d'expression reviennent mais rien ne change. Quelqu'un a éteint les néons principaux de la pièce sans que j'y prenne garde, de sorte qu'une douce pénombre envahit la salle. Aucun son ne peut sortir de ma bouche. Des larmes coulent sur les joues de Monique, la secrétaire. Elle me sourit en pleurant. Nous demeurons ainsi un certain temps, totalement interdits. Je me sens encore plus mal. Soudain Luc se lève, et sans un mot vient me serrer longuement la main en me regardant intensément avant de sortir de la salle. J'ai évidemment conscience de l'énorme malentendu que cette situation représente. Il semblerait que mon handicap provoque quelque chose d'inexplicablement fort en eux. Il faut absolument que j'explique à Luc que je ne suis pour rien dans ces moments de lâcher-prise que ce problème de santé impose à tous. Profitant que je suis seul, je tente à nouveau d'appeler Anièce. Toujours rien. Mais qu'est-ce qu'elle peut bien être en train de faire. Imaginons que je sois en insuffisance respiratoire et que j'aie besoin d'aide, je pourrais mourir dix fois sans qu'elle le sache.

Je retrouve Laura en milieu d'après-midi. Elle me dit qu'elle remonte à Paris pour le week-end. Elle voit son fils. Elle me dit à peine au revoir en s'engouffrant dans le pick-up de Jay-Jay, qui s'est proposé de la déposer à la gare. Je commence à me sentir vaguement déprimé. J'aimerais pouvoir compter un tout petit peu sur Laura de temps en temps. Sur un minimum de constance. Bon je ne ferai jamais le premier pas bien sûr, mais si un jour elle voulait discuter quelques minutes de notre relation et de son issue possible, disons que je ne tournerais pas la tête. Disons que je ne prétendrais pas devoir quitter la pièce urgemment et que je l'écouterais. Avec un peu de chance je trouverais une chose sensée à lui répondre sans la décevoir. Je ne me sens pas totalement prêt mais j'ai l'impression d'avoir déjà brûlé un certain nombre de cartouches dans ma vie. Au moins assez pour que l'envie de m'engager avec elle soit légèrement plus forte que la peur panique qu'elle m'abandonne. Même si j'ignore si je serais de taille à vivre une aventure pareille, avec une fille comme Laura. L'essentiel de ma vie se déroule à l'intérieur de mon cortex cérébral. Et puis je ne me vois pas vraiment quitter ma sœur. Mon abri antiatomique face aux affres de la réalité quotidienne.

Mon téléphone vibre dans ma poche. Un numéro que je ne connais pas.

Clément Dauviton, *Libé*, vous êtes Serge Horowitz ? demande le type au bout du fil.

Oui, je dis.

C'est moi qui vais faire la campagne de votre frère au journal, jusqu'à l'élection, assène-t-il d'une voix forte.

Bon courage, je lui dis.

Vous rigolez, j'en rêve, c'est ma première, je vais le suivre partout, le moindre meeting, la moindre conférence de presse, le moindre déplacement à l'étranger. D'ailleurs on part pour le Japon dimanche, il préside le sommet bilatéral France-Japon pour le développement de nos liens économiques.

Le gars est surexcité.

Je n'ai pas vraiment l'intention de vous parler.

J'ai déjà fait votre sœur, il me faut votre interview maintenant, insiste Dauviton.

C'est quoi cette manie que vous avez tous d'utiliser le verbe faire à tout bout de champ et en dépit de toute règle grammaticale ?

C'est parce qu'on est des journalistes de terrain, réplique-t-il.

Ça veut dire pigiste, jeune et sous-payé ?

Est-ce que vous vous retrouvez pleinement dans les valeurs de gauche de votre candidat de frère, monsieur Horowitz ? enchaîne-t-il sans répondre à ma question.

J'ai beaucoup de mal à me situer dans un monde à ce point incertain, si vous voulez savoir monsieur, je réponds, je me retrouve dans le calme, je me retrouve dans la beauté, dans le silence et l'absence de jugement, vous voyez, ça vous suffit comme réponse ?

Putain, dit le journaliste, fait chier, mon enregistreur ne s'est pas enclenché, merde.

...

Faut qu'on se voie monsieur Horowitz, je peux vous appeler Serge ?

C'est non.

Il y a quand même un truc qui me titille, votre frère fait de la défense des exclus de la prospérité une priorité et vous travaillez dans un cabinet d'ingénierie financière, pour le moins opaque, qui procure des solutions de défiscalisation dans des opérations de fusions-acquisitions, n'est-ce pas un peu contradictoire tout de même, à tout le moins un point de friction avec votre frère dans le cadre familial ?

Bon c'est non, je répète, je n'ai rien à vous dire.

C'est dommage monsieur Horowitz, vraiment dommage. Enregistrez mon numéro, appelez-moi si vous changez d'avis. Et lisez mes papiers, vous allez voir ça va déchirer.

Je raccroche.

Sur un coup de tête je monte dans la Dacia et décide de rentrer à Paris en train moi aussi. Je n'en reviens toujours pas que ma sœur ne réponde pas à mes appels. Au moins s'il faut lancer un avis de recherche je serai sur place. À la pharmacie de la gare je m'achète du gel désinfectant en format de poche. Chacun sait que les trains sont de terrifiants nids à microbes.

*

Il fait un peu plus froid à Paris. Grâce à six comprimés d'Euphytose j'ai dormi presque tout le trajet. Je ne vois rien de spécial devant l'immeuble. Rien d'inhabituel. Je monte les escaliers jusqu'à l'appartement. Tandis que je cherche les clefs dans mon sac mon regard est attiré par une petite plaque dorée à droite de la porte.

Docteur Dominique Muller – ancien interne des hôpitaux de Paris – Naturopathe

Mon premier réflexe est de me dire que je me suis trompé d'immeuble, ou peut-être d'étage. J'ai du mal à introduire la clef dans la serrure. Mais j'entre. Je sens une odeur de soupe mélangée à un affreux encens bon marché. J'entends des voix dans la cuisine. Anièce lâche la louche qu'elle tenait en main au moment où j'entre dans la pièce. Le docteur Muller, assis à ma place sur la petite table en formica, se lève et me regarde hébété. Il est torse nu, en slip et porte encore ses chaussettes. Des chaussettes de tennis blanches avec les deux petits liserés bleu et rouge au niveau de la cheville.

Serge mais qu'est-ce que tu fais là ? s'exclame Anièce.

C'est le week-end, je dis, j'ai eu envie de rentrer chez moi, étrangement. Tu n'as répondu à aucun de mes appels téléphoniques.

Le docteur Muller se lève et s'éclipse discrètement vers la chambre d'Anièce. Son torse est parsemé de longs poils blancs.

Mais enfin Serge, reprend Aniècе, tu ne peux pas débarquer comme ça, je croyais que tu étais en mission pour trois mois ?

Elle ôte ses grosses lunettes et frotte énergiquement ses yeux rougis par un début d'invasion de larmes. J'ai envie de mourir sur place.

Oui c'est bizarre, je dis, j'étais seul et l'idée de passer deux jours dans la chambre de neuf mètres carrés de mon Campanile sur mon petit lit inconfortable ne m'est même pas venue à l'esprit, c'est vraiment étrange tu ne trouves pas ?

Mais enfin appelle quand c'est comme ça Serge, appelle, plaide Aniècе.

Je t'ai appelée trois fois sans que tu répondes, je dis sèchement.

Trois fois oui... trois fois... OK mais si je ne réponds pas c'est sans doute que je suis occupée non ? C'est pas dramatique quand même, j'ai peut-être le droit d'avoir un minimum de vie moi aussi tu ne crois pas ?

Elle a transformé sa honte en agressivité contre moi. Je n'ai même pas envie de lui répondre. Le docteur Muller est revenu, vêtu, et s'est posté derrière elle, sa main posée sur les épaules de ma sœur. La vitesse à laquelle les choses disparaissent. Une fois franchi le pas de la porte, plus rien de ce que j'appelais hier encore réalité ne semble exister. Le lieu le plus intime de mon existence est devenu une planète inconnue, les objets, les meubles sont là mais je ne les reconnais plus, le visage de ma sœur me fait face mais il n'a plus rien de commun avec ce que je croyais connaître d'elle. Un sentiment de désolation absolue m'enveloppe entièrement. J'ai l'impression de hurler mais rien ne sort de ma bouche. Anièce continue de me parler mais je ne l'entends plus. Je la regarde défendre ses positions en gémissant. Je sens une intense chaleur envahir mon cerveau. Le docteur Muller parle à son tour mais le résultat est le même. Je leur tourne le dos et marche jusqu'à ma chambre. Il y a des cartons posés devant la porte. J'entre. Je remarque immédiatement que mon poster de Diego Maradona a été arraché du plafond. Mon lit a aussi disparu. À la place il y a une espèce de divan vert foncé en skaï. Une table de massage pliante. Des petites étagères en métal constellées de fioles en tout genre, de livres sur la naturopathie et l'aromathérapie. Des bougies disposées à même le sol. Des serviettes blanches. Un support dans lequel brûle cet encens que j'ai senti tout de suite en entrant. Un petit bureau et une chaise. Le nouveau cabinet de naturopathie de ce maudit Muller. Je ressors en fermant la porte. Je vais m'asseoir dans mon fauteuil club dans le salon. Le docteur Muller est toujours dans la cuisine. Aniècе s'avance vers moi les bras croisés.

Tu étais censé être parti pour trois mois Serge, me dit-elle d'une voix douce, j'avais largement le temps de te l'annoncer, j'ai même commencé à te chercher un petit studio dans le quartier, pour que l'on ne soit pas trop loin l'un de l'autre. Je comptais t'en parler juste avant ton retour.

…

Serge, tu pourras toujours compter sur moi, tu le sais, ça fait vingt ans que tu vis ici avec moi, je crois que je t'ai prouvé que tu pouvais compter sur moi non ? Je suis ta sœur. C'est normal qu'à un moment on fasse nos vies. Tu te rends compte. Tu as vu nos âges. Il est peut-être temps qu'on avance maintenant. Je sens qu'on est prêts Serge. Même toi. Regarde cette fille avec qui tu es plus ou moins, les choses changent Serge, tu n'as plus à avoir peur, tu es parfaitement capable de t'en sortir seul Serge, crois-moi.

Des larmes coulent à l'intérieur de mon corps, descendent en cascade le long de mon organisme et en ravagent chaque petite partie comme une coulée de boue. Je demande malgré tout à Anièce si je peux au moins récupérer mon poster de Maradona. J'ai dans l'idée de voir avec Lionel si je peux obtenir une dérogation pour pouvoir le punaiser au plafond de ma chambre d'hôtel, mais Anièce me répond que jamais elle n'a imaginé que je veuille garder ce truc et qu'il faut bien que je finisse par grandir un peu. Ce truc. El Pibe de Oro. Diego Armando Maradona. Un dieu vivant. Je me demande si Anièce et moi vivons encore sur la même planète.

Je vais aller chez Dominique ce week-end, dit Anièce, je te laisse l'appart. Appelle-moi si tu as besoin de parler Serge. Tu veux qu'on en profite pour aller visiter un ou deux studios ensemble avant que tu redescendes dans le Sud ?

C'est inutile, je réponds.

Je me lève, reprends mon sac et marche lentement vers la porte. Aniècce ne dit rien. Juste avant de sortir j'entends la voix du docteur Muller derrière moi.

Serge, pour votre aphasie, je crois que j'ai trouvé, c'est une question de respiration, si vous respirez tout ira mieux, la cause est neurologique mais le remède est organique, respirez Serge, respirez.

Je suis déjà dans l'escalier. Une fois dehors je prends une grande bouffée d'air gorgé de particules fines et éclate en sanglots, seul, sur le trottoir, sans éveiller la moindre inquiétude chez les passants qui poursuivent leur chemin autour de moi. Je traverse le parc en face de l'immeuble et marche un long moment, mon sac à l'épaule. Presque deux heures plus tard je m'assois sur un banc et essaie d'appeler Laura qui ne répond pas. Je ne laisse pas de message. Aniècce a essayé de m'appeler trois fois mais je n'ai pas le cœur à lui répondre. Je ne parviens même pas à lui en vouloir. Si chaque vie est émaillée de déceptions, et, pour ce qui me concerne, une forme de parcours d'obstacles tous plus durs les uns que les autres à franchir, il serait injuste d'en blâmer Aniècce. Un pigeon reste de longues minutes à côté de moi sur le banc. Au fil de mes pas je me retrouve à Issy-les-Moulineaux, la ville de ceux qui vivent presque à Paris, et avise un Campanile face au périph. Je réserve une chambre pour la nuit. Je reprends un train très tard pour le Sud, le lendemain.

Laura n'est pas encore arrivée. Je n'ai même pas le cœur à adresser la parole à Lionel, qui me fait remarquer que je rentre seul d'un air faussement interrogateur. Sur les chaînes d'info, mon frère salue ses interlocuteurs d'un air supérieur en descendant de son avion à Tokyo. Il est interviewé par des journalistes devant l'appareil. Par prudence j'ai coupé le son. Sans prévenir, il pointe son doigt vers la caméra d'un air menaçant et quelque chose me dit que dans cette communication non verbale, c'est à moi qu'il s'adresse. Une petite masse de chefs d'entreprise et divers conseillers sont groupés derrière lui pendant son interview. Je m'approche de l'écran de la télévision et suis estomaqué de reconnaître, légèrement masqués derrière d'autres personnes, Robert et son nouveau Krug, l'air goguenards.

J'ai encore du mal à réaliser que je suis désormais apatride quand je me réveille le lendemain matin. J'ai reçu trois sms d'Aniièce me demandant si ça va. Qu'espère-t-elle que je lui réponde, que j'adore mon nouveau beau-frère d'un certain âge. Elle rêve. Qu'elle y aille, qu'elle y aille à fond avec son docteur Muller mais qu'elle ne compte en aucun cas sur moi pour me retrouver associé à cette improbable relation. J'ai découvert une nouvelle chaîne sur le câble : Zen TV. Un gourou en sari blanc y dispense des cours de yoga sur un petit tapis au bord d'une piscine, avec la mer en fond, à Goa je crois. Je remets le son de la télé. Une très longue inspiration, inspire, inspire, hop, on bloque et on garde tout le plus longtemps possible et... expire, sens le souffle passer à travers tes bronches et s'enfuir doucement le long de ton corps jusqu'à ressortir au-delà de tes pieds. Il porte un turban dans les cheveux. Sa tenue est magnifique, comme sa longue barbe grise. J'ai l'impression que ses yeux sont maquillés. Imperceptiblement, malgré toutes mes traditionnelles réticences à la nouveauté, je cale mon rythme de respiration sur le sien. Au moment où je fais le lien avec les derniers conseils de Muller, ahanés tandis que je m'enfuyais dans les escaliers, je manque de m'étrangler. Et si ce salaud avait raison. Je me promets d'essayer lors de ma prochaine crise. En privilégiant l'image mentale du maître yogi plutôt que celle du docteur Muller attablé en slip dans la cuisine d'Aniècе.

On frappe à ma porte. Je suis encore nu avec une serviette enroulée autour de ma taille quand Laura entre en me gratifiant d'un timide sourire. J'essaie de l'attirer vers moi pour l'embrasser mais elle se dérobe aussitôt.

Pas ce matin Serge, s'il te plaît, dit-elle.

Il s'agissait juste d'un bisou, je rétorque.

Je laisse ma serviette tomber à mes pieds pour m'habiller. Laura détourne la tête. Je redeviens misérablement le plus anonyme de ses collègues. Sans aucune explication.

Tu as déjà déjeuné Serge ? demande-t-elle.

Pas encore, j'allais descendre, dis-je d'une voix blanche.

Ça va Serge tu n'as pas l'air bien ? fait-elle mine de s'inquiéter.

Le docteur Muller s'est installé chez ma sœur et a transformé ma chambre en cabinet de sorcellerie ou je ne sais quoi.

Oh pauvre chou, tu vas devoir te trouver un appart du coup, bon c'est plutôt bien ça non ?

Bof, je dis.

Bon je descends avec toi, je vais prendre un thé avant de partir, propose-t-elle.

En arrivant devant l'ascenseur je la prends par l'épaule pour l'inviter à y entrer la première. Elle s'écarte de moi. La fin du monde est-elle si proche ?

Nous nous asseyons dans l'espace dédié au petit déjeuner. À la table voisine, un jovial retraité dont l'une des mains a été remplacée par une pince en métal à trois doigts ramène son assiette du buffet.

T'as vu le mec à côté, murmure Laura en se penchant vers moi, c'est pas croyable, il pourrait pas se faire poser une prothèse ?

Un fan du capitaine Crochet peut-être, je suggère très sérieusement.

En tout cas il est sacrément habile, tu as vu comment il arrive à tenir son assiette ? pouffe-t-elle.

Je ne réponds pas. Laura a l'air particulièrement radieuse. Rayonnante même. Et pour autant incroyablement distante.

Nous restons quelques instants face à face, sans échanger de mots. Au bout de cinq minutes je lui demande si elle a passé un bon week-end, en me disant que c'est ce que deux collègues normaux en mission de conseil à l'extérieur se diraient au petit déjeuner.

Carrément, s'enthousiasme-t-elle, un super week-end, on est allés tous les trois à la Cité des sciences et on s'est fait un brunch le dimanche matin, trop bon.

Tous les trois, je relève.

Laura s'arrête net, réalisant qu'elle en a sans doute trop dit.

Heu, oui... j'étais aussi avec le père de mon fils ce week-end.

Super...

Laura me regarde avec tendresse, qui est bien l'exact opposé de la passion. Tout ce que je parviens à faire est de détourner mon regard du sien et me laisser absorber par l'invraisemblable dextérité dont fait preuve notre voisin de table avec son crochet à la place de la main, pour manger ses fraises. Après ma sœur, Laura. Les femmes de ma vie se sont-elles passé le mot pour décider de m'abandonner toutes en l'espace de deux jours ? J'ai l'impression que le sol se dérobe sous mes pieds. Je me demande brièvement ce que j'ai bien pu faire pour mériter cela mais très vite je me rappelle combien ce monde est injuste, par essence. La mort frappe à l'aveuglette, partout, chaque jour. Les cyclones et les tremblements de terre ont la fâcheuse habitude de punir des populations déjà privées de tout. Des bombes américaines tombent chaque jour sur des écoles primaires en Syrie. De vrais salauds vivent en bonne santé jusqu'à quatre-vingt-quinze ans. Laura me parle avec douceur mais mon esprit est ailleurs. Me revient en tête le visage bizarre de son fils, entraperçu une fois. Je l'imagine rire dans un parc en donnant la main à ses deux parents. Et peu importe que son expression ressemble à une grimace. Je ne sais pas s'il y a quelque chose à conclure de tout cela. Est-ce que quelqu'un essaie de m'envoyer un signe depuis un autre monde ? Est-ce que je suis censé comprendre ce qui m'arrive ? Et réagir ? Dois-je plutôt rester les bras dans le dos en attendant qu'on me fusille ? Si l'on regarde les choses avec lucidité, on est bien obligé de se dire que les lois qui régissent le monde sont totalement insondables.

Je ne finis pas ma compote. Je me lève et sors sur le parking. Les clefs de la Dacia étaient dans ma poche. Je suis parti directement retrouver mes équipes de responsables administratifs et chefs comptables. Je n'ai pratiquement pas revu Laura de la journée.

*

Il m'est évidemment assez pénible dans les jours qui suivent de m'habituer à éviter tout contact physique avec Laura. Ne serait-ce qu'effleurer sa main une seconde. C'est pourtant la règle. Je vois les jeunes types de l'équipe de direction lui faire machinalement la bise le matin et je sais que même cela ne m'est plus accessible. J'évite que nos regards se croisent, j'essaie de penser à autre chose. J'essaie de me concentrer sur ma respiration en sa présence. Je déteste sentir son regard gêné chercher le mien quand nous nous retrouvons dans la même pièce. Je n'ai pas l'intention de lui donner le moindre indice sur la façon dont je tiens le coup ou pas. Si elle me parle je baisse la tête. Qu'elle ne compte pas sur moi pour m'écrouler sous ses yeux.

Laura travaille essentiellement avec l'équipe de direction de Jay-Jay, lui-même parti cinq semaines à Las Vegas puis au Texas avec sa femme. Il nous a annoncé vouloir écumer tous les bowlings de la région pour affiner son futur projet de franchise.

Le printemps s'étend sur la ville avec toute son arrogance. Parce qu'il faut bien s'échiner à faire la comptabilité des maigres choses qui tiennent encore debout, je suis obligé de constater que je n'ai subi aucune crise depuis quelque temps. Une hypothèse serait qu'un choc émotionnel annule l'autre et remet les choses en place dans la zone du cerveau concernée. Pour autant je n'en parle à personne. Je fais comme si. Ma petite équipe d'administratifs m'a demandé si nous pouvions désormais systématiquement commencer nos réunions par une pause silencieuse de quelques minutes. Je trouve ça parfaitement saugrenu maintenant que je vais mieux, mais Luc m'a expliqué que même Google a embauché un spécialiste de la méditation laïque sur son campus. Alors si étrange que cela me paraisse, j'obtempère. Je n'ai aucune envie de contrarier les rares personnes avec qui je me sens bien dans cette entreprise. Parfois le temps de silence s'étend à presque dix minutes. Luc prétend qu'à ce rythme, dans six semaines, l'un dc nous parviendra à faire de la lévitation. J'ai été incapable de dire en le regardant s'il plaisantait ou s'il y croyait vraiment. Je me dis qu'il aura fallu que ce sortilège prenne fin pour que je me rende compte de la puissance du *non-parler* sur les gens. L'effet incroyable que cela produit sur eux. Comme si l'absence de paroles était devenue l'une des denrées les plus rares sur terre, l'arme ultime de résistance passive face aux dérives du monde moderne. Notre société se noie dans un océan de bavardages, des news radio du matin assénées d'un ton faussement enjoué aux débats stériles des présentateurs de chaînes d'info botoxés comme de vieilles Californiennes, surjouant la complicité jusqu'à l'outrance ; sans parler des consignes de sécurité crachées dans des haut-parleurs de piètre qualité sur les quais de métro ni des milliers de mots échangés en pure perte avec des collègues de bureau autour de banalités bien bordées, savamment épurés de tout sujet potentiellement polémique : politique, religion, préférences sexuelles, blagues sur des personnes mortes, niveaux d'imposition, résidences secondaires.

Je ne fais plus que croiser Laura à l'hôtel. Tout cela est terriblement gênant. Il m'arrive de redescendre de ma chambre vers minuit pour boire des coups au bar avec Lionel le réceptionniste, qui fait sa traditionnelle pause. Lui-même ne comprend pas l'attitude de Laura. Il prétend qu'en treize ans passés au Campanile il ne s'est quasiment jamais trompé sur les chances qu'avaient deux collègues en déplacement de finir ensemble avant la fin du séjour. Et vous c'est l'inverse, se désole-t-il.

Aniièce m'appelle quelques fois mais je n'ai pas vraiment le cœur à lui parler. J'ai fini par lui dire que c'était aussi bien de prendre un petit peu de distance pour le moment.

Laura remonte à Paris tous les week-ends. Je reste dans ma chambre d'hôtel et passe des heures devant Zen TV. Je n'ai pas la moindre idée de ce que va être ma vie à la fin de cette mission. Il est impossible que rien ne se produise, veux-je croire. Toujours résolu à ne jamais regarder les chaînes d'information continue autrement qu'en coupant le son, j'observe mon frère occuper tout l'espace médiatique, les experts débattre des heures de ses chances d'être élu, le Parti se déchirer à son propos, tenaillé entre sa fidélité au président sortant et l'obsession de chacun de ne pas prendre la mauvaise vague. Mon frère grossit à vue d'œil, à force d'écumer salons gastronomiques, visites de fermes d'élevage, d'entreprises agroalimentaires, et de goûter à tous les produits qu'on lui tend en faisant semblant de se régaler. Il m'appelle régulièrement pour s'enquérir de l'avancement de la mission mais je reste suffisamment vague pour qu'il ne m'embête pas trop avec cela. Robert et le nouveau Krug sont retournés deux fois au Japon. Laura profite parfois de ses allers-retours pour rester le lundi à Paris et affiner le dossier avec Robert. Pour ma part, aidé par mes fidèles employés administratifs, je m'emploie à *cosmétiser* comme il faut les comptes des diverses sociétés rattachées à la holding. L'ensemble des schémas juridiques et fiscaux ont été préparés en vue de la cession, et nous avons suffisamment fait le ménage dans les bilans pour valoriser au maximum la cession de l'entreprise aux Japonais.

La pharmacienne du centre commercial, une intime désormais, m'a refilé des tranquillisants naturels à base de plantes pour éviter les crises d'angoisse la nuit. Jay-Jay rentre demain.

*

Good to be back, tonne Jay-Jay en pénétrant dans notre open space chaussé de ses rutilantes nouvelles santiags en lézard vert.

Alors Serge, ça avance, ça peaufine ? Meeting dans mon bureau. *Right now !* crie-t-il en sortant de la pièce.

Je remarque d'abord en entrant que Jay-Jay a fait installer un cactus de pratiquement deux mètres de haut contre la fenêtre. Laura est déjà là et me sourit bizarrement. La distance que la situation nous impose depuis qu'elle a renoué avec le père de son fils n'altère en rien sa beauté surnaturelle. J'ose à peine la regarder, de peur d'être victime d'une attaque foudroyante d'apoplexie. Soudain les deux types assis face à Jay-Jay se retournent vers moi et je reconnais immédiatement Robert et son nouveau Krug.

Serge, m'interpelle Robert, Jay-Jay m'a assuré que tout se passait bien, que vous ne faisiez aucune vague depuis votre arrivée, une forme de rédemption Serge, en tout cas je vous félicite.

Merci Robert, je dis.

Et l'hôtel vous plaît, vous y êtes bien installé ça va ? dit perfidement le nouveau Krug.

J'envisage de leur demander une forme d'asile politique, pour en devenir un résident permanent tellement j'y suis bien, je réponds.

J'en étais sûr, conclut d'une voix mielleuse ce petit félon.

Décidément, en dépit de ses dérèglements gastriques parfois inconvenants pour qui se trouvait dans l'axe de son souffle, et avec le recul, je regrette amèrement le véritable Monsieur Krug. Robert n'a aucune nouvelle de lui. Krug c'est le passé, m'a-t-il dit, et moi je ne regarde que vers l'avenir.

La réunion dure des heures. Laura détaille en long et en large sur des dizaines de slides PowerPoint comment, avec l'apport des capitaux japonais et une petite série d'opérations de croissance externe, à échéance trois ans, la boîte de Jay-Jay vaudrait bien le prix exorbitant qui allait être demandé aux Japonais. On fait vraiment dire n'importe quoi à n'importe quelle série de chiffres bien présentée. Mais tout a l'air de plaire à Robert, et au fameux CEO indien qui nous rejoint brièvement par visioconférence, le temps de complimenter Laura pour la qualité exceptionnelle dc son travail. Jay-Jay n'écoute que d'une oreille distraite. Il mâchonne frénétiquement du tabac à chiquer, ayant décidé à son retour du Texas de s'adonner à cette nouvelle façon de consommer.

Et vous Serge, m'interpelle Robert au bout de trois heures, j'ai lu vos analyses sur les perspectives de développement sur le marché asiatique, remarquable travail Serge, en dehors de quelques considérations très personnelles sur le bafouement de l'éthique consistant à s'allier à des entreprises étatiques sur le marché chinois, que nous nous attacherons naturellement à expurger du rapport final. Qu'en est-il des schémas juridiques d'optimisation fiscale? Vous avez lu les documents que je vous ai transmis?

Justement Robert, dis-je, globalement je comprends bien les schémas mis en œuvre, mais il y a tout de même un ou deux points qui restent en suspens, notamment au sujet des liens entre la société de portage d'actions luxembourgeoise et la petite holding RFK située aux îles Caïmans...

Stop Serge, beugle Robert en se levant précipitamment de sa chaise. Vous n'allez pas commencer à tout faire foirer à nouveau. Vous avez fait du bon travail, il ne reste plus qu'à fignoler un peu avec l'équipe comptable donc s'il vous plaît, arrêtez-vous là Serge, n'allez pas fourrer votre nez dans ce qui ne vous regarde pas, ajoute-t-il d'un air menaçant.

Je ne lâche pas son regard. Je n'ai plus grand-chose à perdre aujourd'hui. L'ambiance s'alourdit instantanément. Mal à l'aise, le cowboy pivote sur sa chaise, ouvre la porte de ce qui semblait être un minibar et nous laisse découvrir un petit coffre-fort dissimulé.

Cherchez pas, monsieur Horowitz, dit fièrement Jay-Jay, tout ce que vous ne trouverez pas dans les livres de comptes se trouve ici, solidement protégé, et croyez-moi celui qui l'ouvrira n'est pas encore né. Haute sécurité. Fabrication allemande. Acier monobloc neuf millimètres avec serrure biométrique. Le top du top.

Robert me remercie sèchement et m'ordonne de sortir de la pièce pour qu'ils clôturent leur meeting sans moi. En sortant je croise Monique, la secrétaire, qui s'apprête à pénétrer dans le bureau, un petit plateau chargé de grands mugs de café à la main. Je regagne mon open space et trouve un peu de réconfort dans les sourires complices de mon équipe. Comme il se doit, je reste silencieux et me contente de joindre les mains sur mon torse avant de leur adresser un petit salut typiquement indien. Je fais ça de plus en plus souvent avec eux. Je sens qu'ils adorent. Monique revient à son tour, quelques instants après moi. Je fais glisser ma chaise à roulettes jusqu'à son bureau.

Monique, on se connaît bien maintenant vous et moi, dites-moi, ont-ils dit quelque chose de précis après mon départ du bureau quand vous êtes entrée avec les cafés, est-ce qu'il y a quelque chose qui vous revient à l'esprit ? je lui murmure d'un ton complice.

Heu non monsicur, répond-elle un peu gênée, je ne me souviens de rien de particulier.

Faites un effort Monique, laissez-vous aller, fermez les yeux, remémorez-vous chaque seconde de la scène que vous venez de vivre, ils ont forcément dû dire quelque chose en votre présence.

Monique fait mine de réfléchir quelques secondes, puis me confesse que le monsieur plus vieux aux cheveux blancs, j'en déduis Robert, a dit à Jay-Jay quelque chose comme « ce petit fouinard ne doit en aucun cas aller plus loin ou on se tire une balle dans le pied ». Il a ensuite dit à monsieur Jay-Jay qu'il n'aurait jamais dû vous montrer son coffre-fort.

Monique, merci, je lui dis en lui tapotant amicalement l'épaule.

Je ne veux pas d'histoires monsieur Serge vous savez.

Je sais, ne vous inquiétez pas. Une dernière chose, une seule, avant de dire cela, ils ont demandé à Laura de sortir du bureau elle aussi ?

Non elle est restée sur sa chaise monsieur Serge... C'est grave ? me demande-t-elle.

Ce n'est rien du tout Monique, rassurez-vous.

★

Je suis tranquillement assis en tailleur sur mon lit simple face au maître yogi Sri Sri Ravi Shankar qui nous prodigue avec bienveillance notre cours quotidien de respiration sur Zen TV, lorsque le téléphone de la chambre sonne.

Serge ?

Oui ? je réponds.

C'est Lionel, il y a quelqu'un pour vous à la réception.

Lionel, il est neuf heures du soir, si c'est une blague elle est de mauvais goût, qu'on ne me dérange pas.

Serge, le monsieur dit que c'est très important, vous devriez descendre.

OK, je maugrée.

J'enfile rapidement un survêtement et descends. Luc, le chef comptable, est assis sur l'un des fauteuils du hall d'accueil, comme un bon petit écolier, avec sa serviette élimée sur les genoux. Je me détends un peu en voyant que c'est lui.

Luc, quel bon vent vous amène ?

Il se lève et se met à danser d'un pied sur l'autre, visiblement mal à l'aise.

Vous voulez qu'on prenne une bière ?

Je préférerais une tisane, mais je veux bien, oui.

Allons-y.

Sous le regard suspicieux de Lionel, nous avisons une petite table au fond du bar à l'intérieur duquel la grande soirée karaoké bat son plein.

Alors Luc ? je dis.

Je viens pour une chose bien précise monsieur Serge, très... disons... particulière.

...

Voilà, je me lance, la demande émane de l'équipe... toute l'équipe administrative et comptable... Monsieur... Serge, vous nous faites un bien fou vous savez, vous n'imaginez pas.

Je suis interloqué.

J'en suis très heureux Luc, enfin vous savez je ne fais pas grand-chose de spécial, j'essaie de bien travailler avec vous c'est tout, vous savez c'est un peu normal dans le cadre de mon métier.

Il ne s'agit pas de travail monsieur, coupe Luc, il s'agit de... vous savez... Ce que nous faisons maintenant systématiquement avant nos réunions...

Ah, vous parlez de nos petits moments de silence collectif ?

C'est ça Serge, c'est ça, vous ne vous rendez pas compte... Le bien que vous nous faites... C'est en train de transformer nos vies... Cette introspection, cette manière d'être à l'écoute de notre respiration, de notre corps... Enfin bref, ce que nous voulions vous demander, c'est si vous accepteriez de nous prodiguer des séances en dehors du travail, le soir par exemple ; peut-être pourriez-vous louer une salle de réunion à votre hôtel, ce serait plus pratique, nous prendrions en charge tous les frais bien sûr.

J'entends au fond de la salle une femme

entonner maladroitement « Il venait d'avoir dix-huit ans » de Dalida. Je regarde Luc. Je ne sais quoi lui répondre. Évidemment que c'est ridicule, j'ai assez de mal comme ça à essayer de faire tenir ma vie debout pour m'imaginer posséder un quelconque pouvoir surnaturel. Mais cet homme est tellement bon, intrinsèquement, que j'hésite à lui répondre défavorablement.

Écoutez Luc, je dis finalement, je ne suis pas sûr de bien comprendre ce que cela vous apporte, vous savez au départ, c'est plus un problème que je... Luc, il ne faudrait pas croire que je suis devenu une espèce de gourou ou je ne sais quoi, ce serait stupide vous voyez, franchement... Enfin soit, c'est OK, je vais essayer de m'arranger avec le réceptionniste pour trouver une salle. Mais je ne vous promets rien, vous savez je ne suis vraiment pas sûr de pouvoir vous apporter quoi que ce soit...

...

Bon, c'est vraiment pour vous que je le fais Luc, lui dis-je en souriant d'un air gêné.

Merci Serge, merci vraiment, dit Luc. Je savais que vous alliez dire oui, je l'avais dit à l'équipe. Merci, merci.

C'est bon Luc, n'en parlons plus.

Je regarde Luc mais mon esprit s'égare bien vite. Je comprends que les crises d'aphasie dont je suis aujourd'hui convaincu d'être totalement délivré trouvent leur source dans l'influence néfaste de mon frère. Je me suis toujours laissé guider par François. En choisissant la passivité, je me suis retrouvé toute ma vie dans le sillage d'hommes et femmes de pouvoir sans foi ni loi, aussi toxiques qu'un baril d'atrazine. Pouvais-je véritablement espérer que nager chaque jour au milieu de cette petite élite de cadres supérieurs survoltés, dénués de toute morale, ne finisse pas par détruire en partie ma sensibilité, voire endommager mon cortex cérébral ? Pouvais-je espérer être moi-même dans un environnement où la moindre défaillance, si légère soit-elle, peut vous être fatale ? Tout leur système est basé sur le fait d'empêcher les fourmis travailleuses de s'asseoir et de prendre le temps de réfléchir au sens de leur action, au risque de percevoir la vacuité de leur entreprise et d'arrêter subitement de bousiller leur vie au travail dans l'hypothétique espoir d'une vie personnelle plus riche. Il faut les voir feindre chaque jour d'être concernés au plus haut point par des questions totalement futiles. Être obsédés par leur apparence. Les observer faire des efforts incommensurables pour se donner de la consistance en toute situation. Et contempler ces managers cyniques se gausser de leurs petits privilèges dans leurs grands restaurants, à l'arrière de leurs voitures, dans les business lounges des aéroports, niant obstinément la brièveté de leurs fragiles existences. Je repense à ce type mort d'une crise cardiaque à trente-sept ans, quelques jours après avoir fièrement exhibé sur Facebook la carte gold d'une chaîne d'hôtel de luxe attestant de ses mille nuits passées dans leurs établissements en sept années. Je me revois au milieu de ces hommes et de ces femmes, me ramassant sur moi-même pour me protéger, jusqu'à y laisser ma propre voix. J'en fais aujourd'hui le serment, en dépit de toutes mes peurs, plus jamais mon frère n'exercera une quelconque influence sur ma vie, ni ne choisira mon activité professionnelle. Même si je dois me retrouver à planter des amandiers en Provence.

Je laisse mes paupières se fermer et le visage de Sri Sri Ravi Shankar m'apparaît aussitôt ; il me couve de son regard bienveillant, assis sur un nuage au milieu d'un grand ciel bleu, dans la position du lotus. Je ne sais pas si j'ai trouvé ma place mais je sais enfin où elle n'est pas. Je souris à Luc. En cet instant je crois même que je pourrais regarder Laura dans les yeux et sourire.

Luc me fait toujours face lorsque je reviens au monde.

Le DJ du karaoké vient de passer à « Papa chanteur » de Jean-Luc Lahaye, braillé par l'habile retraité handicapé du petit déjeuner, qui bien sûr prend un malin plaisir à tenir le micro avec son crochet pour épater la galerie plutôt que d'utiliser simplement sa main valide.

Vous voulez une autre tisane Luc ?

Non merci, il est tard, dit-il en se levant, je vais rentrer chez moi, ma femme m'attend.

Bon, on se dit à demain pour la « séance » avec toute l'équipe ? je dis. Je vais bien réussir à me débrouiller pour la salle.

Avec plaisir, répond Luc en quittant le bar au son de « Tout doucement », l'unique tube de Bibie, chanté pour l'occasion par une jeune commerciale blonde manifestement anorexique.

*

La vérité cachée derrière la cession programmée des Boissons du Soleil aux Japonais continue de me turlupiner. Je décide de passer une bonne partie de la nuit au bureau à réétudier le dossier dans le calme absolu. Après quelques heures je commence à y voir plus clair : Jay-Jay survend la boîte au consortium japonais, ce qui gonfle artificiellement le montant des commissions de l'Offshore Investment Company. Choquant mais pas totalement illégal. C'est ensuite que la malice intervient. Les schémas de circulation desdites commissions sont extrêmement complexes : une partie seulement des sommes empochées atterrit réellement sur les comptes de l'OIC, tandis que le reste devient occulte, passe d'un paradis fiscal à l'autre, se dédouble, se subdivise, se croise et finit par tomber dans l'escarcelle de la petite holding caribéenne RFK. L'entité hébergée aux Caïmans n'a que trois actionnaires, Robert, Krug et une personne morale dont l'identité demeure secrète. Les deux salauds et leur troisième larron sont censés toucher à eux trois quasiment quinze millions d'euros. Écœurant. Épuisé et interloqué, je rentre à l'hôtel sur le coup de quatre heures du matin.

Je ne prends pas le temps de déjeuner le lendemain et fonce directement vers le bureau. Une agitation certaine règne dans les couloirs. Parvenu dans mon petit open space, Monique me lâche l'info tout en me tendant ma petite tasse de café.

Branle-bas de combat, dit-elle, votre frère, monsieur le ministre, vient visiter notre entreprise. Rendez-vous compte quel honneur, il y aura même toutes les équipes de télévision.

Fantastique Monique, dis-je en jetant un coup d'œil discret à Luc qui me renvoie un regard complice.

J'aperçois Laura qui rentre dans une salle de réunion avec la bande de jeunes types de l'équipe de direction. Elle me fait signe mais je fais mine de ne pas l'avoir vue. Je décide de rentrer à l'hôtel pour fuir l'agitation ambiante. En partant, Luc m'a lancé « à ce soir », en faisant référence à ma promesse de session de silence collectif.

Lionel n'a pas encore pris son poste à la réception et sirote une bière en regardant un match de foot sans le son sur la télé du bar.

Qu'est-ce que vous faites ici à cette heure-là Serge, vous vous êtes fait virer ? me lance-t-il.

Pas le moins du monde, dis-je en souriant, je *work from home* aujourd'hui.

Je ne commence qu'à dix-huit heures, me dit Lionel, qu'est-ce que je peux faire pour vous ?

C'est un peu complexe, je dis. Il me faudrait louer une grande salle de réunion dans l'hôtel, m'assurer que vous enleviez toutes les tables et chaises et à l'inverse me fassiez livrer une vingtaine de coussins. Vous pensez que c'est possible ?

Pas simple, répond Lionel en prenant des airs de chef de la conciergerie du Ritz qu'aucune requête ne surprend. Pas simple mais pour vous je devrais pouvoir me débrouiller. Au sous-sol. La salle Ronald-Reagan.

Parfait, je dis, ce sera parfait, merci Lionel.

Je me jette sur ma chaîne préférée. Sri Sri Ravi Shankar, qui semble avoir littéralement privatisé Zen TV, donne son cours de méditation du matin, après celui de yoga, devant des milliers de fidèles. Sa ressemblance avec Salman Rushdie est vraiment frappante, du moins aux yeux d'un Européen. Il lâche deux trois instructions instantanément traduites en anglais par son assistant personnel, puis ferme les yeux de longues minutes. Et moi avec lui.

Évidemment le téléphone sonne encore. Je m'extirpe de mon état de conscience profonde et attrape le combiné.

Serge, c'est Aniècе.

Salut Aniècе, je dis.

Comment ça va Serge ?

Ça va, je réponds sèchement.

Tu sais que François vient visiter ton usine la semaine prochaine ? Il est passé me voir hier.

…

Il s'inquiète beaucoup pour toi tu sais, reprend-elle.

Eh bien il a tort Aniècе, je viens de me faire exproprier par ma sœur, ma relation avec Laura a pris fin avant de véritablement commencer, mon boulot me débecte, franchement pourquoi voudrais-tu que j'aille mal ?

Serge arrête, tu noircis le tableau, déjà, je suis en train de te chercher un appart.

C'est inutile, je coupe.

Je suis en train de te chercher un appart et puis François ne te laissera pas tomber tu le sais bien, s'il le faut il te trouvera un autre job, peut-être même au sein du cabinet de l'un de ses ministres s'il est élu, il m'en a parlé tu sais, il n'exclut aucune option, ajoute-t-elle.

Ce ne sera pas utile Aniècе, je dis, je ne veux plus travailler pour lui, c'est fini... Tu sais je viens de comprendre pas mal de choses.

Quant à Laura maintenant je peux te le dire, cette fille n'était pas pour toi de toute façon, elle était trop... trop tout, elle ne t'aurait jamais rien amené de bien.

Tu veux qu'on parle de nos choix de couple Aniècе, tu veux vraiment que je te dise ce que je pense de ton docteur Muller, tu veux vraiment m'entendre dire qu'il me fait penser au petit vieux dans Benny Hill ?

C'est ma vie maintenant Serge, dit Aniècе d'une voix douce, c'est peut-être pas la vie idéale mais c'est ma vie, et ça ressemble enfin à un semblant de vie, ça me fait du bien.

Ma sœur est capable de me désarmer en quelques secondes.

Excuse-moi Anièce, aussi abracadabrantesque que soit cette rencontre, si ça te fait du bien, je suis heureux pour toi.

Bon il faut que je te laisse, on sonne à la porte, dit soudainement Aniècé, sûrement une patiente de Dominique.

N'oublie pas d'allumer les cierges et les petits bâtonnets d'encens dans ma chambre surtout.

Fuck, Serge, répond Aniècé en riant avant de raccrocher.

Il est presque dix-neuf heures. Je descends dans le hall pour vérifier que tout est en place. Lionel me conduit sur les lieux.

Je manquais d'espace pour stocker les chaises et les tables, j'ai essayé de les grouper au fond de la pièce, me prévient-il en ouvrant la salle de réunion Ronald-Reagan.

C'est parfait Lionel, vraiment c'est nickel, dis-je en me frottant les mains, franchement je ne suis pas certain qu'un palace aurait été capable de faire mieux, en matière d'efficacité et de célérité. Lionel, vous le savez, vous méritez mieux, vous méritez bien mieux que ce Campanile, votre place est dans de prestigieux établissements dans lesquels votre savoir-faire ferait un malheur j'en suis sûr.

Je ne parle pas anglais, me répond Lionel d'un air misérable.

Rien n'est immuable Lionel, croyez-moi dans la vie les choses peuvent changer bien plus vite qu'on ne l'imagine, pour le meilleur comme pour le pire, tout peut basculer d'une seconde à l'autre. Croyez-le, c'est ce que je suis en train de vivre.

Vous pensez vraiment Serge ? demande Lionel.

Certain, je dis, garanti, prenez un petit congé sans solde, louez une caravane et partez en Irlande, ou en Écosse, dans trois mois vous reviendrez bilingue et là, le monde de l'hôtellerie de luxe s'ouvrira à vous, faut y croire Lionel.

Je vais y réfléchir Serge, me dit-il très sérieusement.

Il a disposé une vingtaine de petits coussins multicolores au centre de la pièce, et face à eux, un coussin plus large en velours, sur une petite estrade portative. Comble du raffinement, il a déniché trois lampes halogènes à variateur, de sorte que néons éteints, la pièce est entièrement baignée d'une douce lumière tamisée propice au recueillement. Je me sens mal à l'aise. J'ai accepté le truc par amitié pour Luc mais franchement je ne vois pas ce que je fais là. C'est un peu comme si on vénérait l'ouïe fine d'un aveugle de naissance. Je n'ai pas choisi de devenir aphasique et je n'y peux strictement rien si l'effet d'un homme mutique sur ses congénères prend visiblement des proportions démesurées.

Vraiment Lionel merci, je dis.

À votre service, monsieur Serge, répond Lionel.

Bon, je vais les attendre là, vous me les envoyez au fur et à mesure de leur arrivée, d'accord ?

Aucun souci monsieur, répond-il d'un ton obséquieux parfaitement dosé.

Il est à fond, je le sens. Comme s'il était déjà chef de la conciergerie du Ritz ou du Carlton.

Juste une chose monsieur, puis-je me permettre ? reprend-il.

Lionel, je dis, parlez-moi normalement, on est entre nous là.

Il ne change pas de ton. Il est totalement dans le rôle, je devine qu'il s'inspire de « monsieur Carson », le majordome de la série Downton Abbey.

Monsieur, dit-il, sauf votre respect, de manière tout à fait exceptionnelle, m'autoriseriez-vous à participer à votre séance collective, dans la discrétion la plus absolue bien entendu.

Avec grand plaisir Lionel, lui dis-je en souriant.

Il referme très délicatement la porte pour regagner son petit comptoir d'accueil, avec sa fausse pomme verte posée dessus, en attendant mieux, bien mieux, des étoiles dans les yeux. Le monde devient vite plus grand quand on le regarde avec envie.

Je fais le tour de la pièce les mains derrière le dos, puis retire mes chaussures et m'installe sur mon trône, face aux vingt coussins vides. Je replie instinctivement mes jambes sous moi, relâche mes épaules et pose mes poignets sur le haut de mes cuisses. Le dos de ma main droite est posé sur la paume de ma main gauche. Mes pouces maintiennent un point de contact entre eux. Je suis prêt. Les yeux mi-clos, j'ai l'impression d'avoir été promu représentant français de Sa Sainteté le grand sage Sri Sri.

Un petit groupe de quatre entre, mené par Luc et Monique. Je les accueille d'un regard bienveillant, sans un mot. J'ai allumé partout les petites bougies Ikea dégotées par Lionel, qui a pris soin de débrancher subrepticement le système d'alarme incendie. Mes disciples me saluent d'une légère inclinaison de la tête puis prennent place sur leur coussin. Retirent à leur tour leurs chaussures. Peu à peu la pièce se remplit. Les derniers arrivés plient leurs manteaux en boule et s'assoient dessus. D'un très léger signe, j'indique à Lionel, qui vient d'arriver, d'aller fermer la porte. Je ne sais pas comment il a réussi à se faire remplacer à son poste.

Je prends une grande respiration avant de m'adresser à ma petite foule.

Je vous remercie tous très sincèrement d'être là, je ne suis pas certain de comprendre le sens de ce que l'on s'apprête à faire mais quelle que soit l'éventuelle incongruité de la situation, sachez que je suis heureux de partager ce moment avec vous.

Luc se lève spontanément pour éteindre les lampes, laissant les bougies disséminées çà et là nous envelopper d'une faible lumière crépitante. Je me dis que ça risque d'être long. Je suis là, face à eux, je ne dis rien, j'essaie de ne pas regarder ma montre. Ce sont tous de très bonnes personnes, me dis-je en les regardant. Des larmes coulent sur certains visages. Celui de Monique, évidemment. Je vois sur d'autres un immense sourire se dessiner. Nous demeurons ainsi de longues minutes, unis par l'absence de parole, débarrassés de toute notion de jugement, plongés dans notre introspection. Nous ne sommes plus qu'une seule respiration commune, un seul élan silencieux. Notre harmonie se brise au moment où quelqu'un actionne de l'extérieur la porte de la salle. Mécaniquement, tout le monde tourne la tête et découvre le visage stupéfait de Laura, d'abord affolée puis prise d'un fou rire en me voyant sur mon grand coussin. Devant les regards réprobateurs de l'assistance, elle referme délicatement la porte et s'assoit par terre, tout au fond de la salle. Peu à peu nous retrouvons notre calme. J'évite de regarder dans la direction de Laura. Je rentre en moi et je suis bien. Je me demande si Luc ne s'est pas endormi.

Peut-être une demi-heure plus tard, mes fidèles équipiers se lèvent un à un, viennent me saluer et sortent en silence de la pièce. Le dernier à passer devant moi est Luc. Je me lève à mon tour et nous tombons, interdits, dans les bras l'un de l'autre pour une brève accolade. Il me glisse à l'oreille une unique phrase : *ne laissez pas gagner ces salauds Serge*.

Laura s'avance vers moi. Elle porte un de ses petits chemisiers bleus favoris sur les épaules duquel tombent ses magnifiques longs cheveux noirs, un jean bleu foncé particulièrement près du corps et des chaussures à talons. Elle est magnifique et à cet instant je m'aperçois que les mécanismes de défense que je croyais avoir acquis ces dernières semaines pour parvenir à lui résister ne me seront d'aucune utilité. Mon cœur tressaille. Je sens que mes jambes sont prêtes à me lâcher et c'est au prix d'un énorme effort mental que je parviens à ne pas m'écrouler sur place et me tenir debout face à elle.

Serge, dit-elle en m'enlaçant, tu me sidéreras toujours. Te voilà gourou. Je les ai regardés Serge, tu leur fais du bien. Comme à moi.

...

Je t'adore tu sais, susurre-t-elle en posant son visage sur mon épaule. Je t'adore pour ne pas dire plus. Tu me rends dingue. Tu es l'incarnation du merveilleux Serge, tu ne devrais jamais l'oublier.

Elle m'embrasse le cou en me tenant la nuque. Dépose sur ma peau une multitude de petits bisous plus délicats qu'une nuée de papillons.

J'ai mis longtemps à le comprendre, tu sais au début c'était surtout... Mais tu es un être extraordinaire, jamais je ne rencontrerai à nouveau quelqu'un comme toi, maintenant je le sais, dit-elle en déposant un léger bisou sur mes lèvres.

Où veux-tu en venir exactement? je parviens à balbutier.

Laura fait un pas de recul avant de fixer profondément son regard dans le mien. La probabilité qu'on vienne de s'embrasser pour la dernière fois est malheureusement très forte.

Je pars aux États-Unis dans deux jours Serge.

La mission est terminée, poursuit-elle, et je

viens d'obtenir le poste de directeur des opérations auprès de Guptayen, le CEO, à New York. Je remonte à Paris aujourd'hui et je pars dans deux jours.

C'est bien, je dis d'une voix blanche, tu dois être contente.

Je le suis Serge, c'est tout ce que...

...

J'aurais aimé que les choses soient différentes, crois-moi, j'aurais voulu ça de tout mon cœur. Dans d'autres circonstances Serge...

Arrête Laura, arrête s'il te plaît.

Tu sais très bien que ça aurait été très compliqué avec toi Serge, le boulot, ton frère et sa présidentielle, ta sœur... même ta sœur. J'étais loin d'envisager tout ça au départ, j'en étais même très loin, et je ne suis pas sûre que j'étais prête. Tu comprends ?

Pas bien, je dis.

J'emmène mon fils et le père de mon fils, dit-elle, on part tous les trois, on va essayer de reconstruire quelque chose là-bas. Je crois que ça vaut le coup d'être tenté, les États-Unis... j'en ai toujours rêvé.

C'est bien Laura, révise l'hymne américain et inscris-toi dans une église évangéliste, tu verras c'est super, le summum de la spiritualité, et surtout assure-toi de choisir la plus grosse bagnole possible, c'est important, lui dis-je en ricanant.

Serge ne dis pas ça, je ne pouvais pas y aller seule, et avec toi franchement, tu nous vois tous les deux...

Je ne lui réponds pas que oui, je nous aurais bien vus tous les deux, finalement.

Et puis tu sais, reprend-elle, la famille c'est important là-bas, c'est un truc de dingue, tu ne peux pas réussir sans afficher de réelles valeurs familiales. Honnêtement c'est génial d'aller aux États-Unis, mais si je veux viser encore plus haut, il faut bien se dire que je n'y arriverai jamais sans être capable de présenter une image parfaite, et le premier vecteur c'est la famille, qu'on le veuille ou non, c'est comme ça chez eux, ce n'est pas moi qui l'ai inventé. Je ne te cache pas que ça n'a pas été simple de convaincre mon ex, mais bon, j'y suis arrivée, je suis contente de mettre toutes les chances de mon côté.

J'ai envie de vomir.

Tu restes silencieux Serge... Tu n'as pas envie de me dire quelque chose ? demande-t-elle avec sa voix de petite fille.

J'essaie de me projeter mentalement une image positive de petite colline gorgée de soleil, parsemée d'herbe verte, et traversée d'une rivière d'eau vive ; une technique apprise sur Zen TV. Je ne peux pas dire que cela fonctionne totalement. Je ne suis pas sûr que cela soit suffisant en pareil cas.

Laura me prend la main et place ses doigts entre les miens.

Jay-Jay et l'équipe de direction viennent fêter ma nomination et mon départ au bar de l'hôtel ce soir, karaoké bien sûr, ça me ferait très plaisir que tu te joignes à nous Serge, dit-elle soudain, on va s'amuser un peu, ça ne peut pas nous faire de mal, une dernière fois Serge...

Je ne sais pas Laura, dis-je en dégageant doucement ma main de la sienne.

Je sors prestement de la salle et remonte jusqu'à la réception récupérer la carte de ma chambre. Lionel me tend une petite chemise cartonnée qu'on a apparemment laissée à mon intention à l'accueil. Un petit gros avec une tête sympa, me répond Lionel quand je lui demande de décrire la personne qui lui a remis ce dossier pour moi. Luc. Je prends l'escalier. Je ne me sens pas si mal. Ne plus être en face d'elle rend les choses beaucoup plus faciles. Ai-je le droit de dire que j'ai été surpris. Franchement, pouvais-je attendre quoi que ce soit d'autre.

Par prudence, je décide de m'enfiler une mignonnette de vodka prélevée dans le minibar. Je n'allume même pas la télé. Je consulte directement le dossier de Luc. Sur la première page a été collé un post-it sur lequel mon ami comptable a écrit : *c'est à moi que monsieur Santoni avait demandé de commander le coffre-fort de son bureau.* Tout est là, la liste de l'ensemble des sociétés-écrans, leur domiciliation exacte, et surtout l'identité de chacun de leurs actionnaires. Les noms de Robert et Krug reviennent constamment, ce qui ne me surprend pas. Parfois celui de Santoni. Je finis par tomber sur les statuts de la mystérieuse holding RFK. Le nom du troisième actionnaire m'apparaît alors :

La France qui avance. Ni plus ni moins que le nom du microparti créé par mon frère quelques semaines avant sa déclaration de candidature à la présidentielle. Passé la surprise, je comprends que les commissions occultes récoltées par RFK et reversées en toute discrétion au petit parti satellite de François serviront majoritairement à couvrir les dépassements de frais de campagne non autorisés de mon frère. Je le revois m'invectiver chez Aniècе à propos du coût exorbitant d'une campagne électorale. C'est malheureusement la seule explication possible à cette escroquerie. Imparable. Les sommes récoltées? Le fruit de milliers de petits dons privés, répondront sans doute les sbires de mon frère aux suspicieux. Au passage, Robert et Krug empochent respectivement un million trois cent mille euros et deux cent cinquante mille euros. Pour services rendus. Ce qui laisse un petit pactole d'environ treize millions d'euros pour contribuer à faire gagner mon frère. Tout le monde est content. Jay-Jay survend sa boîte de boissons énergétiques aux Japonais, encaisse finalement le bon prix, un peu plus peut-être, et réalise enfin son rêve de *plus grande franchise mondiale de bowlings*. Les Japonais se disent sans doute que le prix d'achat des Boissons du Soleil est un peu élevé mais font le pari que mon frère saura leur renvoyer l'ascenseur une fois gravies les marches du pouvoir. C'est immonde.

Je pense à Aniècе. En train de vivre follement son grand amour avec ce vieux chnoque de Muller. C'est incontestablement la plus heureuse de la fratrie à l'heure qu'il est. Cela me réjouit sincèrement. Quant à la candidature de mon frère à la présidence de la République, elle ne tient plus qu'à un fil. Un fil relié à mes doigts. Ce qui me laisse perplexe. Ne plus rien avoir à perdre ouvre paradoxalement une multitude de possibilités. Mais il s'agit quand même de mon frère. Je m'allonge sur le dos et m'offre une sieste éclair.

*

J'étais en train de rêver de Laura défilant dans les rues de New York, un après-midi de fête nationale le 4 juillet, revêtue d'une petite jupe blanche à plis et levant bien haut ses cuisses à chaque lancer de bâton, en tête de son cortège de majorettes et au son tonitruant des trompettes, à peine couvert par les acclamations de la foule en délire massée sur les trottoirs, quand le bruit de la musique du bar, plus bas, me réveille. On a aussi frappé à la porte. C'est Lionel.

Un petit verre? me propose-t-il en toute simplicité.

Allez, je réponds, jetons-nous dans la fosse aux lions.

Le bar est bondé. J'aperçois tout de suite Laura sur le devant de la scène, tenant Jay-Jay par l'épaule, chantant à tue-tête avec lui le tube « Je te donne » de Jean-Jacques Goldman, tout en suivant les paroles sur l'écran géant. Les jeunes types de l'équipe de direction sont tous là aussi, visiblement déjà bien éméchés.

Je me dirige discrètement vers le bar en compagnie de Lionel qui nous commande deux Jack Daniel's. Je m'assois dos à la scène. Les chansons s'enchaînent. Il faut hurler pour se parler. Je jette parfois de discrets coups d'œil à Laura qui a l'air de s'éclater avec ses nouveaux amis. Au bout d'un moment, Lionel me demande si j'ai été satisfait de sa prestation en ce qui concerne la salle dédiée à ma séance de méditation avec l'équipe.

C'était parfait Lionel, vraiment une prestation de haut vol, franchement, trouver comme ça vingt coussins, libérer la salle, l'aménager, tout ça en un rien de temps, peu de gens en auraient été capables dans votre position. Chapeau Lionel. Sans parler des bougies...

Vous me charriez Serge, répond-il.

Mais pas du tout Lionel, croyez-moi, vraiment.

Ah ça me fait réfléchir, ça me fait réfléchir Serge, je n'arrête pas d'y penser.

...

Je me pose des questions, ne suis-je pas tout bonnement en train de me gâcher ici, dans ce deux-étoiles ? me dit-il comme s'il pensait tout haut.

Je lui réponds que la propension à gâcher sa vie en suivant une mauvaise route tout en se persuadant que c'est une idée géniale est l'une des principales caractéristiques de l'espèce humaine. L'Homme a perdu toutes ses facultés instinctives en se domestiquant. Sa vie tout entière est aujourd'hui soumise à la dictature des chiffres. Réfléchissez-y deux minutes Lionel, code de confidentialité du portable, code d'interphone, numéro de matricule Pôle emploi, code de carte bleue, chiffres de rendement journalier pour les ouvriers, calculs de stock-options et chiffres de retour sur investissement pour d'autres, nombre d'amis sur Facebook; à ce niveau-là ce n'est même plus une domination Lionel c'est une tyrannie. Et moi je vous pose la question Lionel, où est la poésie dans tout cela, ce monde de chiffres nous rend-il plus libres? Sérieusement, deux cent mille ans de présence sur terre depuis l'Homo sapiens pour en arriver là, non mais qu'est-ce qu'on imagine? Croyez-moi Lionel, je suis au cœur de la machine, les types de ma boîte connaissent plus de ratios financiers que de mots, l'Homme se trompe; tout ce dont il a besoin c'est d'agir sans aucune préméditation, en faisant aveuglément confiance à ses choix.

Waouh Serge, vous parlez peu mais quand vous parlez... On reprend un verre? suggère Lionel.

Et comment, je réponds dans un grand sourire.

La bande de cadres survoltés se démène derrière nous. Je ne me retourne pas mais j'entends qu'ils sont passés de duos à des quatuors, ce qui les pousse à chanter encore plus fort et encore plus faux pour faire entendre leur voix.

Non mais comment Laura peut-elle bien se compromettre dans des situations pareilles ? Est-ce que c'est une forme d'entraînement en vue de séances de team building à son arrivée aux États-Unis ? Cela me désole. Il est presque une heure du matin. Quand je risque un regard vers la bande de comiques troupiers j'aperçois Laura et Jay-Jay bras dessus bras dessous qui se dirigent vers moi. Je sens une forte odeur de mojito avant même qu'ils n'ouvrent la bouche. Ils se plantent à un mètre de moi, hilares.

Allons Serge, me lance Jay-Jay, qu'est-ce que vous foutez dans votre coin ? Venez chanter un truc avec nous, Joe Dassin, « L'Amérique », allez Serge.

Non merci Jay-Jay, je réponds sèchement.

Allez quoi, ne faites pas votre rabat-joie, un hommage à votre charmante collègue qui émigre au pays de la liberté, vous pouvez bien faire ça non ? hurle Jay-Jay tout en tanguant dangereusement sur ses jambes, bien que toujours accroché à Laura.

Il est tard, je dis, je crois que je vais aller me coucher.

Ils sont repartis vers la scène. Après avoir salué Lionel je me dirige vers l'ascenseur, laissant le brouhaha derrière moi. Les portes s'ouvrent. J'ai déjà hâte qu'elles se referment. J'ai juste envie de me coucher sur le dos, d'éteindre la lumière, et fixer le plafond pour m'endormir en imaginant que mon poster de Diego Armando Maradona s'y trouve scotché. Laura surgit face à moi au moment où les portes enclenchent leur mouvement de fermeture. Elle bloque les portes de ses bras et s'engouffre dans l'ascenseur.

Tu ne croyais tout de même pas que j'allais partir comme ça, sans passer une dernière nuit avec toi Serge ? dit-elle avant de m'embrasser fougueusement.

Je me laisse faire mais je n'y suis déjà plus vraiment. Je crois que mon cœur a trop saigné pour battre fort à nouveau. Laura se frotte contre moi mais je ne réagis pas. Mes mains pendent placidement le long de mes jambes. Sentant ma résistance passive, Laura s'écarte de moi au moment où les portes s'ouvrent. Elle sort à reculons et son visage reprend une expression plus grave.

Alors c'est fini Serge c'est ça ? Mon beau Serge..., dit-elle.

Je ne crois pas que ce soit totalement de mon fait Laura, soyons honnêtes, je lui dis.

Enfin Serge, tu peux le concevoir quand même, tu n'imaginais pas que je puisse laisser passer une opportunité pareille ?

Je ne peux pas dire que j'ai le droit d'être surpris, tu as raison.

C'est dommage que cela finisse comme ça Serge, tu sais je m'imaginais qu'on passerait une dernière nuit ensemble tu vois, crois-moi tu t'en serais souvenu toute ta vie, dit-elle en me lançant un regard à faire passer une rabatteuse professionnelle de sex-shop pour une nonne cistercienne.

C'est exactement ce que je préfère éviter, je réponds dans une grimace.

Je comprends, je comprends, dit Laura, bon, je crois que je vais redescendre m'amuser un peu.

...

Au revoir Serge, murmure-t-elle.

Je passe devant elle sans répondre pour regagner ma chambre. Bien sûr que je me mords les lèvres, mais que pouvais-je faire d'autre. Je ne peux quand même pas laisser cette fille me bousiller. Je me demande si je n'ai pas su saisir ma chance ou si celle-ci ne s'est jamais présentée. Parfois les histoires ratent de peu. Les choses sont ce qu'elles sont. Je ne vais quand même pas me mettre à genoux pour la retenir. Je ne lui offrirai pas cette victoire. Je préfère encore creuser un trou à mains nues et m'y enfoncer pour des semaines en attendant que ça aille mieux.

*

Monsieur, je vous vois hésitant, puis-je vous renseigner sur notre gamme de compléments alimentaires? me demande la jeune étudiante en pharmacie.

C'est très gentil mademoiselle, je réponds, voilà, je me sens un peu fatigué... Comment dire... je ressens en fait une certaine lassitude... une forme de mélancolie sans doute, et en même temps je n'ai plus l'intention de me laisser abattre, comprenez donc que je sois perplexe, j'hésite entre le complexe camomille fleurs de Bach et à l'opposé le cocktail guarana super fruits, qu'est-ce que vous en pensez ?

C'en est trop pour la jeune stagiaire qui appelle immédiatement en renfort une préparatrice en pharmacie plus chevronnée, dont elle se dit qu'elle saura se dépêtrer du patient incertain que je suis.

Monsieur, assène la préparatrice en se plaçant face à moi, fondamentalement, vous vous sentez déprimé ou bien optimiste ? Parce que vous voyez il faut choisir, je ne vous conseillerai pas les mêmes produits dans un cas et dans l'autre, vous comprenez bien n'est-ce pas ?

Parfaitement, je réponds.

Alors ? me relance-t-elle, visiblement pressée.

Je la regarde, mais ne trouve rien à lui répondre. Je ressors les mains vides. Pour la première fois depuis plus de vingt ans. Je vais peut-être me mettre aux smoothies après tout, comme tout le monde.

En attendant je prends un café dans la taverne du centre commercial. Les chaînes d'information en continu des écrans accrochés aux murs par de longs bras articulés crachent un flot incessant d'images plus horribles les unes que les autres. Ils pourraient au moins, quitte à ce que cela se fasse de manière subliminale, nous projeter des images de paysages bucoliques de temps en temps, entre deux victimes d'attentats et une brebis écartelée par un employé peu scrupuleux, si ce n'est sadique, d'un abattoir bio. Histoire que les gens respirent un peu entre deux nouvelles plombantes. Je suis replongé dans l'observation du léger filet de crème flottant à la lisière de ma tasse à café quand une réflexion de mon voisin de comptoir m'incite à orienter à nouveau mon regard vers les télévisions.

Regarde-moi-le c'tenculé, il voyage en première avec ses pouffes avant de venir nous faire croire qu'il est proche du peuple, non mais regarde-moi-le, voyou, voleur va, éructe le type en terminant sa diatribe d'un simulacre de crachat par terre.

Mon frère arbore son meilleur sourire, celui du seigneur en visite sur ses terres. Il salue de la main une foule relativement indifférente à sa personne, mais peu lui importe, et remonte fièrement le quai de la gare sous le crépitement des photographes, insensible aux multiples caméras et micros maladroitement tendus vers sa parole divine. Le bandeau défilant de bas d'écran annonce des intentions de vote à trente-quatre pour cent en sa faveur au premier tour et lui prédisent une victoire quel que soit le candidat qui lui serait opposé au second tour. Il exulte, je le vois bien. Merde, la visite. En le voyant s'engouffrer dans une grosse berline française noire, je réalise qu'il vient d'arriver à la gare de la grande ville d'à côté et que dans moins de vingt-cinq minutes il sera là. Je fonce au siège de la Jay-Jay Company.

L'effervescence est palpable. À deux cent cinquante mètres du parking déjà, je me fais contrôler par des gendarmes. J'ai oublié les papiers de la voiture à l'hôtel. Quand je leur montre ma carte d'identité et affirme être le frère du ministre, l'un des deux types objecte « dans ce véhicule ? » d'un air dubitatif. Je réponds que c'est difficile à croire mais que oui, temporairement, je roule en Dacia Sandero. Ils me laissent finalement passer. Tout le personnel est au garde-à-vous, devant l'entrée. Les délégués CGT ont préparé de timides drapeaux. Rien de bien méchant. Sur un morceau de drap déchiré accroché entre deux lampadaires du parking il est écrit : « suppôt du grand capital Horowitz, ici on n'est pas au Ritz ». La rime était bien trouvée. Je dépose vite fait mes affaires à mon bureau et ressors avec les autres. Je prends amicalement Luc par l'épaule en arrivant à sa hauteur. Il contemple l'estrade encore vide, montée pour l'occasion, en face de nous.

Les temps n'ont pas vraiment changé depuis l'époque féodale, me fait-il remarquer en souriant légèrement.

Non, je réponds, le plus gros changement c'est les costumes à la place des cottes de mailles.

Monique nous apporte deux petits cafés dans des gobelets en plastique.

Comme on était dehors je n'ai pas osé vous servir dans les tasses en porcelaine, monsieur Serge, s'excuse-t-elle.

C'est un peu comme un pique-nique géant Monique, je dis, je comprends tout à fait.

Un pique-nique avec deux cents gendarmes et des agents de la sécurité intérieure dissimulés en civil au milieu des travailleurs, rajoute Luc.

Bienvenue dans la France d'aujourd'hui, je dis, va falloir s'habituer aux képis et aux rangers.

Mais vous n'êtes pas avec les officiels ? Vous comptez bien aller sur l'estrade monsieur Serge ? me demande Monique, c'est votre frère tout de même.

Non je crois que je vais plutôt rester là avec vous. Je déteste me faire remarquer et pour tout vous dire, j'ai autant envie de côtoyer ces types que de tremper ma main dans un bocal de piranhas affamés.

Je les vois arriver de loin. Le bal des gyrophares et les berlines noires. Les Mercedes Vito bourrées de photographes et de perchmans à leur suite. Pendant quelques secondes je n'entends plus rien. Je les regarde s'approcher de nous par vagues successives. Je m'imagine sur le rivage d'une petite plage un soir d'été. Ma rêverie s'interrompt quand je sens intuitivement que les gens s'écartent pour laisser passer quelqu'un. C'est Jay-Jay. Il porte son Stetson et fait de grands gestes en direction du cortège qui s'avance vers nous dans la confusion. Mon frère jubile, je le vois. Robert et le nouveau Krug sont positionnés juste derrière lui. Ses conseillers lui murmurent leurs ultimes consignes à l'oreille. Jay-Jay fait quelques pas en avant, retire son

Stetson, le place contre son cœur et salue respectueusement le ministre. La poignée de main dure presque une minute pour laisser le temps aux photographes de figer l'image, si surréaliste soit-elle, du fait de l'accoutrement invraisemblable de Jay-Jay.

Quelle belle usine vous avez là monsieur Santoni, s'exclame François en désignant les bâtiments du doigt, quelle fierté pour notre pays, quelle réussite.

Puis se tournant vers les journalistes :

Elle est là la France qui gagne, qui avance, qui exporte, qui ne vit pas avec son temps... qui le devance, dit-il en arrêtant net sa phrase, comme s'il venait d'inventer la théorie de la relativité.

Il est à quatre mètres de moi mais fait mine de ne pas me voir. J'aperçois le journaliste de *Libé* dans la meute derrière lui. Totalement exalté. Quelques syndicalistes sifflent. D'autres, encouragés par les types de la sécurité en civil infiltrés parmi le personnel, sont invités à recouvrir les sifflets en applaudissant à tout rompre. Mon frère leur fait signe d'arrêter d'un air magnanime, dans un exercice touchant de fausse modestie.

Allez on entre, montrez-moi le cœur de la machine, annonce-t-il, je veux tout connaître de vos problématiques, je suis là pour vous écouter, et vous apporter des solutions, dit-il en prenant Jay-Jay par l'épaule. Le cortège d'agités s'engouffre dans l'usine à la suite du ministre de l'Économie et des Finances. Je reste dehors avec Luc. Mon téléphone vibre et m'indique que Laura a essayé de me joindre. Puis je reçois un sms.

Je décolle demain Serge. J'ai essayé de te joindre. Ce n'est pas facile. Je te rappelle dès que je parviens à m'isoler un peu. Tu me manques. Merde je crois bien que je t'aime. Laura.

Je ne vois pas bien ce que je pourrais trouver d'intelligent à répondre alors je ne le fais pas. Je me sens mieux mais je sais pertinemment que Laura pourrait me faire vaciller d'une simple pichenette. Je passe ma main dans mes cheveux ébouriffés. Chaque fois que je fais cela, je caresse l'espoir de ne pas avoir le même père que mon frère. Comment l'expliquer sinon? Anièce m'a dit qu'il venait de claquer six mille euros en implants en prévision de sa campagne électorale. Je lui ai répondu qu'il aurait mieux fait de se faire une double greffe de cœur et de sens moral, mais que c'était probablement hors de sa portée, financièrement parlant. Elle trouve que je suis dur avec lui.

Je suis resté dehors avec Luc. Monique a été contrainte de suivre Jay-Jay un dossier sous le bras, au cas où. Il n'y a pas un souffle de vent et le ciel est d'un bleu intense. Les premières chaleurs. Si je ne pense pas au sms de Laura ça va. Peut-être que je suis en chute libre mais pour l'instant tout va bien. Je sens comme une force intérieure nouvelle en moi. Je souris à Luc, resté immobile à mes côtés.

Sacré barnum hein Serge, me dit-il de sa petite voix fluette.

On peut le dire Luc, je réponds, à côté de cela, le cirque Zavatta c'est de la gnognotte.

Après un long silence Luc me relance.

Serge, vous avez réfléchi à ce que vous alliez faire ?

C'est-à-dire ?

Pour le dossier, précise Luc, vous allez faire quoi pour ce scandale des rétrocommissions hébergées aux îles Caïmans ?

Ça vous inquiète ?

Absolument pas, répond Luc, les boîtes ont toujours besoin de types comme moi, travailleurs, particulièrement discrets, sans ego, de fidèles soldats, ça va vous faire rire mais mon physique passe-partout est mon meilleur atout, j'incarne typiquement le job que j'exerce, dit-il en riant légèrement. Je pourrai me recaser facilement.

Et Monique ?

J'arriverai toujours à la faire embaucher à ma suite, c'est une perle, dit Luc.

Je ferme les yeux. Je ne peux m'empêcher d'imaginer l'avion de Laura s'éloigner dans le ciel au-dessus de l'Atlantique. Ça me brise le cœur. Mais j'aimerais encore mieux demander à un combattant de l'État islamique de me trancher un doigt plutôt que de répondre à son sms.

Alors on complote ? interroge sournoisement une voix derrière nous.

Le nouveau Krug. Le visage de Luc se fige en un quart de seconde.

On prend l'air c'est tout, je réponds sèchement.

Bon bon, la mission se termine, visiblement? Laura a vraiment fait un travail remarquable. On s'envole pour le Japon la semaine prochaine, en marge de la visite de monsieur le ministre, votre frère, d'ici dix jours tout sera signé.

Inch'Allah, je réponds, provoquant un trouble certain chez le nouveau Krug.

Avant que le perfide agent de Robert ne réponde, un sourd brouhaha agrémenté d'innombrables crépitements d'appareils photo nous annonce le retour de la meute. Cameramen et photographes marchent à reculons tout en ahanant en pure perte des questions futiles à mon frère qui ne leur offre en retour que son éternel sourire satisfait. Il est à deux mètres de moi. Je me fais constamment bousculer par les coudes des reporters. Mes yeux croisent ceux de François. Il ralentit son pas et me regarde intensément lui aussi. On dirait un tueur à gages. À cet instant je ne suis pas son frère mais son ennemi. Celui qu'il pourrait éliminer froidement s'il se mettait en travers de son chemin. Je lui renvoie pour ma part mon regard le plus neutre possible. Il n'est plus rien pour moi. En arrivant à ma hauteur il me serre démesurément fort l'avant-bras une microseconde, sans s'arrêter pour que personne ne le remarque. Je devine les marques rouges de son étreinte brutale sur mon bras. Il se remet à sourire béatement comme si de rien n'était et monte prestement sur l'estrade où un pupitre l'attend. S'assure que les journalistes sont prêts pour la retransmission en direct. Et entame un interminable discours à la Brejnev. Je lui fais face, au troisième rang, et ne le quitte toujours pas des yeux. Je l'écoute d'abord d'une oreille discrète puis décroche totalement au bout de quelques phrases, au milieu d'une longue tirade consacrée à la nécessaire réindustrialisation de notre pays. J'ai un appel. Je sors en tremblant le téléphone de ma poche. C'est ma sœur Aniècе.

Je m'écarte quelque peu de la foule pour lui répondre.

Serge ça va, c'est quoi ce que j'entends derrière toi, tu regardes la télé ?

Non, je réponds, je suis en plein soleil devant l'usine du dingue en train d'écouter le sermon du nouveau messie de la politique venu nous éclairer sur l'avenir industriel du pays.

Arrête Serge, plaisante Aniècе, il fait son boulot qu'est-ce que tu veux, il n'est pas payé pour agir.

Ah, dis-je avec délectation, je vois que tu commences à te rallier à mon avis.

Non Serge, c'est juste que je m'en fous, la politique tout ça, ce ne sont que des mots, moi ce qui m'importe c'est que mes frères soient bien, l'un comme l'autre, et qu'on continue à former une espèce de famille malgré tout. Le reste...

Bon, et comment va ton chaman, il t'a fait

bouffer des plantes hallucinogènes pour revivre ta naissance ? je lui lance.

Serge, si tu veux savoir Dominique va très bien, et son cabinet est en plein essor...

Quand tu dis son cabinet tu veux dire ma chambre Aniècce ?

Serge, c'est mon appartement en même temps, dit doucement Aniècce, presque à son corps défendant.

C'est vrai, suis-je obligé de reconnaître.

Bon mais je ne t'appelle pas pour ça, comment ça va Serge, vraiment ?

Ça va, je respire et je tiens le coup, pas grand-chose de plus.

Et Laura ? demande Aniècce.

Rien de spécial, elle part vivre aux États-Unis. Elle décolle demain.

Oui je sais, François m'a dit.

Ah, et alors, il s'est bien moqué de moi ?

Pas particulièrement, répond-elle, tu sais il n'a rien contre toi. Je ne sais pas ce qu'il a en ce moment, j'ai l'impression qu'il est très tracassé par l'affaire sur laquelle tu bosses là, ce truc avec les Japonais.

Je comprends qu'il s'inquiète. Disons que je viens de découvrir qu'il a de sérieuses raisons de ne pas se sentir tranquille.

Tu n'es pas en train de préparer un coup fourré Serge, hein ? demande Aniècce. Rassure-moi, tu changes mais tu comptes bien épargner le reste du monde, à commencer par ta famille, ça va aller Serge ? Je m'inquiète moi aussi.

Aniècce, c'est la vie qui n'épargne pas grand monde, je dis.

Bon de toute façon je ne t'appelais pas que pour ça Serge, dit-elle pour changer de sujet, François me disait que la mission se terminait et que tu allais devoir changer de boulot, tu vas prendre un peu de vacances d'ici là, tu vas en profiter un peu pour te reposer Serge ?

J'en sais rien, je n'étais même pas au courant que j'allais devoir changer de job.

Ah, il ne t'en a pas encore parlé, bon eh bien profite qu'il soit là pour le voir, il va sûrement t'en toucher un mot.

On verra, je réponds.

Bon donc ce que je voulais te dire, c'est qu'on part trois semaines en vacances avec Dominique, au Club Med, à Marrakech, La Palmeraie, le Riad, ça va être génial, je suis hyper contente, enfin...

Anièce si tu t'étais mariée et que ce voyage était un voyage de noces tu me le dirais non ?

Anièce éclate de rire.

Non mais tu rigoles Serge, me marier, à mon âge, non mais tu rigoles. Écoute j'ai passé plus de vingt ans seule, à vivre avec toi ; Dominique Muller je le fréquente depuis à peine quelques semaines, mais je suis heureuse Serge, je suis heureuse, je profite, ça fait du bien, on verra où ça nous mène, pour l'instant je vis le truc à fond.

Pas trop à fond quand même, avec un vieillard de soixante-dix balais, je ricane.

Ça m'est égal, c'est là, qui peut dire combien

de temps cela va durer? Je prends les choses comme elles viennent, sans me poser de questions.

Comme une ado quoi, je la taquine.

C'est ça, les boutons d'acné en moins et la ménopause en plus, plaisante Aniècce.

Oui c'est quand même un peu différent.

Un peu plus loin j'entends mon frère déclarer qu'il souhaite incarner la probité dans un monde politique qui a cruellement souffert ces dernières années, un sens moral, il ajoute que les hommes politiques doivent être irréprochables et que cela sera son cas comme celui de chaque membre de son futur gouvernement, s'il a la chance de bénéficier de la confiance des Français. Il ajoute même qu'il compte s'attaquer à la corruption dont il rappelle à son auditoire qu'elle pèse plus que l'ensemble de la dette française. Un vrai scandale, ajoute-t-il comme s'il se parlait à lui-même. Une insulte aux travailleurs, reprend-il dans un grand élan populiste, une insulte à chacun de nous, ce qui est intolérable, intolérable. Il répète le mot deux fois pour s'assurer d'une salve d'applaudissements.

Tu m'écoutes Serge? dit Aniècce, t'es à Roland-Garros ou c'est vraiment notre frère qui fait un tabac?

Oui, je réponds, il est extraordinaire, on se croirait à un meeting de Trump dans le Wisconsin.

Tu exagères Serge, tempère Aniècce.

...

Bon je vais devoir te laisser Serge, ce que je voulais te dire, c'est que tu pouvais prendre l'appart pendant trois semaines, vu qu'on ne sera pas là, profites-en pour visiter des studios, je t'ai fait une sélection sur les magazines immobiliers, je t'ai entouré toutes les annonces intéressantes au stabilo, tu n'as plus qu'à appeler et aller visiter. Je laisserai tout sur la table de la cuisine.

Ce ne sera pas nécessaire Anièce.

Mais enfin Serge, s'inquiète Anièce, il faut bien que…

Je te laisse Anièce, dis-je subitement avant de raccrocher, bonnes vacances.

Il va bien falloir que je me résolve à admettre qu'il n'est pas totalement illogique d'arrêter de vivre avec sa sœur à quarante-quatre ans, si terrifiant cela soit-il.

Mon frère termine juste son discours et fait maintenant mine de répondre à des questions posées à la volée par des personnes anonymes dans la foule, dont je note pourtant qu'elles révisent fébrilement le petit texte de leur question sur le bout de papier que les hommes de main de François leur ont transmis juste avant. La foule finit par se disperser. Robert me salue froidement en passant devant moi accompagné de Jay-Jay et du nouveau Krug. Jay-Jay me glisse discrètement à l'oreille un gourmand « à moi le bowling » au passage. Ils vont vers la salle de réunion. Je ne crois pas que Robert m'adressera la parole avant mon départ. Je n'ai toujours été qu'un pion, ma durée de vie dans sa boîte a atteint sa limite, mission accomplie, on passe à un autre dossier scabreux. Ça me va bien. Je ne vois pas ce que j'aurais pu lui dire de toute façon. Mon frère discute avec ses conseillers près de sa voiture, un téléphone à la main. J'entends soudain quelqu'un héler mon prénom.

Serge, Serge Horowitz.

Je me retourne et devine qu'il s'agit d'un journaliste à sa tenue type grand reporter, jean délavé et sac de toile en bandoulière, sans oublier l'indispensable chèche pour affronter les tempêtes de sable dans les villes françaises de taille moyenne.

Clément Dauviton, *Libé*, on s'est parlé au téléphone, j'ai fait l'interview de votre sœur, dit-il en me serrant la main.

Ah oui bonjour.

Quel discours hein, dit-il, sacré moment de politique, un véritable *milestone* dans la campagne hein?

Si vous le dites, je réponds laconiquement.

Bon vous êtes là, je suis là, on va la faire cette petite interview, vous n'allez pas me dire non? insiste-t-il.

Je ne sais pas, je réponds à voix basse, j'aurais peut-être quelque chose à vous dire, mais ce n'est pas certain.

Je vois une lumière s'allumer en une fraction de seconde sur son visage. Il sait qu'il tient potentiellement quelque chose.

Pas de problème, répond-il nerveusement en

trépignant sur place, on le fait quand ? donnez-moi vos instructions.

Écoutez je ne suis pas sûr... Peut-être que... Mais il se peut aussi que je ne vous dise rien finalement, je ne suis pas encore totalement décidé.

Je suis prêt à tenter le truc, répond-il avec empressement. Dites-moi ce que je dois faire.

François nous a captés. Il lâche séance tenante sa conversation et fonce droit sur le journaliste et moi. À vingt mètres. Je n'ai plus le temps.

Dauviton, dis-je à toute vitesse, rendez-vous au Campanile, dans la zone commerciale, demandez un certain Lionel, à la réception, dites-lui qu'il vous file une chambre, et attendez-moi là, mais je ne vous promets rien, ma décision n'est pas prise, filez maintenant.

Le journaliste se retourne brutalement et tombe nez à nez avec mon frère.

Tiens mon petit Clément, on fait dans le soap opera familial maintenant ? ironise-t-il. Après la sœur, le frère ? Je vous préviens c'est hors de question, n'y pensez même pas une seconde. Si je vous reprends à adresser la parole à mon frère je vous fais blacklister instantanément, je vais demander sur-le-champ à l'un de mes collaborateurs d'appeler votre rédacteur en chef et de lui confirmer précisément tout ce que je viens de vous dire. Parallèlement je dîne avec votre actionnaire majoritaire demain soir, alors un conseil, prenez ce que je viens de vous dire pour un ordre, aucun mot à mon frère, pigé ?

Le journaliste réalise qu'il n'a pas intérêt à faire un laïus sur la liberté de la presse et s'enfuit en lâchant que c'est très clair et qu'il a bien compris.

Serge, mon frère, dit François en posant ses deux mains sur mes épaules et en appuyant bien fort. Tu as aimé mon discours, j'étais en grande forme non ?

Fantastique, je dis.

Bon il faut qu'on parle, reprend-il d'un ton grave, allons dans le bureau de Santoni. Et qu'on ne nous dérange pas, ordonne-t-il à son conseiller derrière nous.

Je le suis dans les couloirs. En passant devant le bureau de l'équipe administrative dont la porte est restée ouverte j'aperçois Luc, Monique et toute l'équipe. Ils se sont déjà tous remis à leurs postes de travail, comme de bons élèves. François s'installe sur le large fauteuil en cuir de Jay-Jay. Je m'assois face à lui.

Comment ça va ? me demande François.

Très bien, je réponds.

Bon, on arrive au bout.

Je crois aussi.

Je veux dire au bout de la mission. Je repars au Japon. Tout est calé. Le deal sera signé en marge de mes rencontres sur place. Dans la plus stricte confidentialité. Enfin.

...

Putain Serge, tu ne nous auras pas facilité la tâche, c'est le moins qu'on puisse dire. Hein ?

Je ne sais pas, je dis, c'est quand même assez inhabituel comme affaire, non François ?

Qu'est-ce que tu veux dire par là ? demande-t-il fébrilement.

Tu le sais non François ? Ce n'est pas à moi de te le dire.

Je sais quoi, hein Serge, je sais quoi bordel, parle si t'as quelque chose à dire, s'emporte-t-il en se levant de son fauteuil d'un air menaçant.

Tu n'as pas une petite idée ? je demande.

Il fulmine. Soupire. Se rassoit puis fait pivoter son fauteuil vers la fenêtre.

Ça n'a jamais été simple entre toi et moi Serge, depuis le temps, depuis cette fameuse journée, dit-il d'une voix fatiguée tout en fixant la fenêtre.

...

C'était il y a bien longtemps Serge. Je ne vois pas ce que tu me reproches encore. Ils étaient morts, qu'est-ce que tu voulais que je fasse, que j'arrête de vivre ? Chacun a réagi avec ce qu'il était. Tu étais un peu plus jeune c'est tout. Plus sensible aussi. Avoue que t'as toujours été un peu perturbé. Serge putain, tu crois pas qu'il est temps d'enterrer la hache de guerre ? Regarde ce que j'ai fait pour toi. Je t'ai couvé, je t'ai trouvé des boulots. Tu sais au moins le nombre de coups de fil que j'ai dû passer à tes employeurs toutes ces années pour qu'ils ne te virent pas ? Qu'ils te gardent un peu plus longtemps. Tu sais le nombre d'ascenseurs que j'ai dû renvoyer à cause de toi. Juste pour te permettre de mener une vie normale d'employé de bureau. Tu crois que c'était facile d'entendre toujours les mêmes conneries, *électron libre, incontrôlable, absent sans raison, a oublié de se présenter à l'aéroport pour un voyage d'affaires, s'est trompé de jour pour une réunion* et puis à l'Offshore Investment Company, le pompon, *s'arrête subitement de parler* et ne retrouve la parole que pour faire foirer des affaires sur lesquelles on bossait depuis des mois. Tu le sais que Robert ne veut plus entendre parler de toi. Je fais quoi moi? Je cherche. Dans deux trois mois je t'aurai placé ailleurs. Encore une fois. Peut-être dans six mois, ça te ferait incontestablement du bien un petit break Serge.

Ce sera inutile François.

Ah oui, s'énerve-t-il en me faisant face à nouveau et me pointant du doigt, tu crois que tu vas pouvoir te débrouiller tout seul tel que tu es, crois-moi t'aurais intérêt à changer radicalement...

J'ai changé tu sais François, je suis prêt. Plus rien ne m'effraie. Et surtout pas toi. J'ai compris.

Ah tant mieux, le petit oiseau va quitter le nid pour son premier envol. Waouh, dit-il d'un air sarcastique en faisant mine de m'applaudir, félicitations Serge.

...

Bon Serge, qu'est-ce que t'as trouvé? insiste-t-il à nouveau.

François je t'en prie arrête, c'est bon maintenant.

Je ne suis au courant de rien, vas-y apprends-le-moi, hurle-t-il en approchant son visage du mien.

J'hésite encore. Mais il aura fallu que François vienne une fois de plus essayer de me ridiculiser et me menacer. Une fois de trop. Je pense à Anièce. Il faudra que je lui explique bien pourquoi je l'ai fait. Qu'au fond c'est François lui-même qui a forcé ma décision. Par son ignominie.

C'est marrant, dis-je, cette filiale aux îles Caïmans, RFK Holding, dont l'actionnaire principal n'est autre que « La France qui avance », ton microparti agitateur d'idées, qui va toucher des millions de rétrocommissions sur la vente de la boîte du cowboy aux Japonais, juste au moment où tu as besoin de fonds pour financer tes meetings de campagne...

Comment tu sais ça ? coupe-t-il.

J'ai tous les documents François, et je trouve ça minable si tu veux savoir.

Mon frère se lève et fait le tour de la pièce. Puis vient dans mon dos et applique une pression forte sur mes épaules. Je déteste qu'il me touche. Ses mains sont moites, je le sens à travers le tissu de ma chemise.

Qu'est-ce que tu crois Serge, qu'est-ce que tu imaginais encore, tu penses qu'on gagne une élection à coups d'arguments et de livres programmatiques, non mais où tu vis Serge ? C'est l'homme qu'ils achètent, l'homme, rien d'autre, le programme ils s'en foutent. Et moi aussi. Je ne l'écris même pas moi-même, je le connais à peine, ça n'a aucune espèce d'importance. C'est l'homme que je leur offre Serge. Et pour ça il faut que j'aille au contact. Partout. Dans chaque ville de merde. Des meetings et des meetings. T'as vu Donald Trump ? T'as vu les stades pleins ? De la bombe. La seule motivation qui guidera leur vote c'est la peur, le ressentiment pour les plus mauvais d'entre eux. Ce qu'ils cherchent c'est un homme qui les protégera, le rempart, le fer de lance, l'étendard. Et c'est moi Serge, c'est moi.

Il est en transe. C'est pathétique.

Tu sais combien ça coûte un meeting? reprend-il. Je ne te parle pas d'un pique-nique écolo pour adeptes du régime vegan dans un pré, je te parle d'un meeting à l'américaine, un show. Entre les réunions publiques et les meetings, j'en ai trente-sept au programme. À ton avis je les finance comment ? Comment je fais, hein, comment je fais ? Faut bien que je trouve l'argent. Alors je vais le chercher là où il est. Au cœur du système financier mondial.

C'est malhonnête François, il n'y a pas d'autre mot.

À ce moment mon frère se lève de sa chaise qui vole contre le mur. Mon téléphone sonne mais je ne réponds pas. Deux appels en absence de Laura, indique mon écran.

Je n'ai pas de leçon à recevoir de toi Serge, assène François d'un air méprisant. Tu n'es rien, tu ne fais rien, tu me dois tout Serge, tu-m'entends-tu-me-dois-tout, tout.

…

Mais je te préviens c'est fini Serge, c'est fini je ne t'aide plus, ne compte plus sur moi jamais, pour rien, considère que je ne suis plus ton frère, on va voir comment tu vas t'en sortir, ricane-t-il en me pointant du doigt.

C'est exactement ce que je voulais entendre François, je réponds. Je préférerais encore dormir sous un pont plutôt que de faire appel à toi. C'est fini.

Je me lève pour sortir du bureau. Laura essaie encore de m'appeler. Je ne réponds pas mais mon cœur s'arrête de battre à chaque appel de sa part. Il ne manquerait plus que ça. Je ne sais même pas où se trouvent les défibrillateurs.

Tandis que j'ai la main sur la poignée de la porte, mon frère m'invective une dernière fois.

Ne fais pas ça ou je te brise Serge, ne m'oblige pas à faire ça, me menace-t-il encore tandis que je quitte la pièce.

J'hésite à rappeler Laura mais je me ravise sagement. Merde, ce n'est quand même pas moi qui ai eu l'idée tordue de partir aux États-Unis en rattrapant mon ex et en emmenant mon enfant à la tête bizarre.

Je repasse saluer une dernière fois ma petite bande d'administratifs dans leur bureau. Je leur souhaite le meilleur. Je serre longuement la main de Luc qui m'interroge du regard. Le cortège funeste de berlines noires est déjà reparti.

Je retrouve le journaliste de *Libé* dans une chambre de l'hôtel. Il est surexcité. En quarante minutes c'est plié. Il me dit que c'est l'affaire de sa vie. Qu'avec ça il va bien niquer ses petits copains de Mediapart, pour une fois. Je lui dis que je suis content pour lui. Bien sûr il me demande pourquoi je fais ça, à mon frère quand même.

J'aurais tout aussi bien pu décider de ne pas le faire, garder cela pour moi, qu'est-ce que ça change après tout, lui ou un autre... Il est vraiment allé trop loin cette fois.

De toute façon je ne trahis jamais mes sources monsieur Horowitz, répond-il solennellement.

...

Vous êtes incroyable monsieur Horowitz, si je peux me permettre. Je peux vous appeler au cas où?

Non, je dis.

En descendant dans le hall, Lionel m'invite à jeter un coup d'œil sur le parking. Un combi Volkswagen à fleurs.

Ma maison pour les trois prochains mois, m'annonce fièrement Lionel, je viens de l'acheter d'occase. Je suis votre programme : trois mois en Irlande, je reviens bilingue et je fonce à Paris tenter ma chance dans un palace, m'annonce-t-il fièrement.

Je lui souris.

Je remonte dans ma chambre et plie rapidement mes bagages. La maison de mes parents n'est qu'à deux cents kilomètres. Avec un peu de chance j'y serai avant la tombée de la nuit. Je ne sais pas exactement ce que je vais y faire. Je n'y suis jamais retourné depuis leur mort. D'un point de vue pratique, je pourrais toujours abandonner la Dacia dans un fossé et repartir avec ma Volvo C70, si tant est qu'elle redémarre après deux décennies passées dans le garage.

J'appelle ma sœur d'une aire de repos à mi-route.

Serge tu tombes bien, me dit-elle d'entrée, je viens d'avoir François, il est dans une rage folle. C'est quoi cette histoire de rétrocommissions et de financement occulte, il est en panique complète.

Anièce, tu ne crois pas qu'il faut que ça s'arrête à un moment? OK c'est notre frère, OK notre histoire familiale est un peu particulière, mais enfin quand même, il dépasse les bornes là; on ne peut quand même pas le voir agir comme un pourri et le laisser faire, même pour lui. Et puis si tu avais vu la manière dont il m'a parlé... Tu aurais été outrée.

Ça me fatigue vos affrontements incessants tu sais Serge, répond-elle. Je crois que j'en ai assez de faire des millions d'efforts depuis des années pour essayer de faire tenir debout ce qui reste de notre famille. Je m'aperçois que je vis entre vous depuis des lustres, à jouer le rôle de médiatrice, à sauver ce qui peut l'être, à m'échiner à maintenir un semblant d'équilibre sans jamais penser à moi.

…

Je n'ai pas envie de vieillir seule Serge. Je n'ai pas envie de finir comme ça. J'ai le droit de penser un peu à moi. Ce n'est pas à mon âge que je vais reconstruire une vie mais un minimum de paix, un semblant de vie de couple, c'est à peu près tout ce que je réclame. Ça ne paraît pas dingue comme exigence non? Je t'aime Serge. François aussi, d'une certaine manière. Je sais qu'il n'est pas que ce qu'il prétend être. Mais j'en ai vraiment marre de vos querelles. Ne le prends pas mal Serge. J'adorerais que tu te trouves un appart pas loin du mien. Qu'on se voie aussi souvent qu'on le veut. Comme deux bons frère et sœur. Comme ça.

Moi aussi c'est ce que j'aimerais Anièce. Je te remercie. C'est incroyable tout ce que tu auras été pour moi. J'ai de la chance de t'avoir tu sais, d'avoir une sœur comme toi.

Merci Serge. Ça me touche.

…

Bon et toi, reprend-elle, tu vas faire quoi maintenant?

Écoute, là je suis en route pour la maison des parents, je voudrais reprendre ma Volvo.

Tu es sûr que c'est une bonne idée Serge? Tu n'y es jamais retourné depuis.

Justement, je voudrais y aller une dernière fois, ne me demande pas pourquoi maintenant. J'y vais, je reprends ma voiture et après je verrai.

Comme tu le sens Serge.

…

Et Laura ? demande Aniè ce.

Elle part demain matin pour les États-Unis, je dis, avec son ancien mec et son fils. Elle a essayé de me joindre plusieurs fois hier et aujourd'hui.

Mais qu'est-ce que t'attends Serge ? s'emporte Anièce. Ne sois pas idiot, tu vois bien que tu l'aimes, mince Serge, fonce, va la retrouver, dissuade-la, ou pars avec elle.

C'est sûrement trop tard, je dis.

Tente au moins.

Je ne sais pas, ça reste compliqué... Franchement un peu de paix ne me ferait pas de mal. À un moment ça va, les coups de balancier. Ça me fatigue. Je ne sais jamais sur quel pied danser avec elle. Je ne suis peut-être pas un type très conventionnel mais je mérite quand même mieux que ça non ? Est-ce que c'est trop demander un minimum de stabilité, franchement est-ce que je ne le mérite pas ?

Tu mérites le top Serge, m'interrompt Anièce, tu es quelqu'un d'extraordinaire. C'est bien que tu commences à t'en rendre compte. Tu n'allais tout de même pas passer ton existence en retrait de la vie, comme un petit enfant effrayé dans les jupes de sa sœur. Tu vaux mieux que ça quand même.

Merci grande sœur, lui dis-je affectueusement, je vais faire comme si c'était vrai.

En même temps si tu l'aimes, si c'est elle, même si marcher à ses côtés ressemble à traverser pieds nus une allée de braises, vas-y Serge, vas-y, tu verras bien, ne peut-elle s'empêcher d'ajouter.

Bon je ne sais pas, je dis, je vais voir. Je te tiens au courant. Éclate-toi bien de ton côté.

Merci Serge, je t'embrasse, dit Aniècce avant de raccrocher.

J'arrive à la maison de mes parents un peu avant la tombée de la nuit. Le portail est au bout du petit chemin de terre. Il y a une chaîne mais pas de cadenas. De sorte que je me gare facilement devant le garage, dont la porte est peinte en bleu ciel. Une idée de ma mère. La végétation a envahi le jardin, créant une espèce de savane dans laquelle se mélangent herbes hautes, lauriers, lavandes cramées par le soleil et oliviers centenaires aux troncs encerclés de jeunes pousses. La vieille terrasse, à moitié défoncée, n'a pas tant changé. Je ne sais même plus combien de fois j'ai trébuché sur ces pierres, enfant. Je ne me souvenais plus que nous avions abandonné sur place la table de jardin en plastique blanc. Je m'avance au bord de la première restanque et contemple les immenses étendues qui me font face. La clef se trouve toujours sous le pot de fleurs en céramique à côté de la porte du salon. Je n'entre pas tout de suite. Je m'assois par terre contre le volet bleu de la porte-fenêtre. J'ai un appel de Laura. Cette fois je réponds.

Serge, mais enfin j'arrête pas d'essayer de te joindre, murmure avec force Laura.

J'étais pas mal occupé Laura tu sais.

Serge, je n'ai pas cessé de réfléchir à nous depuis deux jours. Je me demande si je ne suis pas en train de faire une très grosse connerie. Je vois que tu avances de ton côté, tu sembles plus fort, plus solide. Je commence à y croire. Je ne sais plus du tout où j'en suis. Tu comprends Serge ?

Pas très bien, je bredouille.

Écoute Serge, poursuit-elle, toi et moi... Comment te dire... Si tu y réfléchis bien ça n'a aucun sens. Par rapport au plan de route que je m'étais fixé. Je me suis construite toute seule Serge, il faut que tu t'en rendes compte. Je me suis battue comme une chienne. Tu ne sais pas d'où je viens. Tu ne sais pas ce que c'est de grandir comme enfant unique dans une ferme à canards du Lot avec des parents qui ont quasiment l'âge d'être tes grands-parents. Est-ce que tu peux imaginer ce que c'est que d'avoir honte de tes parents quand ils viennent te chercher à l'école et que ta mère porte une blouse maculée de sang d'animal ? Je me suis juré de sortir de leur monde Serge, je me le suis juré depuis la pension pour filles dans laquelle j'avais réussi à me faire inscrire pour fuir ma famille. Crois-moi j'ai bossé comme une folle, et je n'ai pensé qu'à ça. M'élever, réussir à partir, et ne jamais devoir retourner dans cette ferme. Tu ne sais pas tout ce que j'ai fait Serge. Obtenir une bourse. Finir major de promo. Devenir plus parisienne qu'une Parisienne de souche. J'y suis arrivée Serge, poursuit Laura en pleurant, j'y suis arrivée. Ce job, ce poste, et maintenant cette mutation auprès du CEO. Et même me retrouver mère d'un petit garçon, alors que je ne sais même pas comment faire pour être une maman, moi à qui on donnait enfant autant d'importance qu'au chat ou au dernier arrivage de canetons.

Je ne sais pas quoi lui répondre.

Et puis toi Serge, toi, reprend-elle dans un sanglot mêlé de rires. J'ai appris à te découvrir Serge, tes fulgurances intellectuelles, cet incroyable détachement par rapport aux choses matérielles, et cette vision de la vie qui te rend si unique. Je n'aurais jamais pensé ressentir un jour quelque chose d'aussi fort pour quelqu'un tellement loin de ce que je suis... ou du rôle de businesswoman dans lequel je me suis enfermée volontairement pour réussir. Réussir... Je suis perdue Serge. Je ne sais plus du tout où j'en suis. Voilà que je suis prête à tout lâcher pour toi. C'est n'importe quoi. Ça n'a aucune espèce de sens. Mais qu'est-ce que tu veux, comment tu veux lutter contre ça?

...

Elle reprend.

Dès que j'ai commencé à avoir des sentiments pour toi, j'ai su que tu étais capable de réduire en miettes tout ce que je me suis échinée à construire. J'ai eu peur de ce que tu pouvais provoquer en moi Serge. J'ai voulu me protéger tu comprends ? Tu comprends ça Serge ? Mais je suis en train de me rendre compte que je risque de passer à côté de ma vie si je prends cet avion. Dis-moi quelque chose, je t'en prie.

Je ne sais pas quoi te dire Laura. Je t'entends parler de moi et j'ai presque l'impression qu'il s'agit de quelqu'un d'autre. Réduire en miettes tout ce que tu as construit... Je ne crois pas avoir ce pouvoir... et encore moins l'envie de détruire quoi que ce soit en toi. Tu as raison, je suis en train de franchir un cap, enfin. Je viens de comprendre tellement de choses sur moi-même. À quarante-quatre ans certes, dis-je en riant. En partie grâce à toi. Je vois les choses différemment aujourd'hui... Tu n'ignores rien de ce que je ressens pour toi. Seulement j'ai moi aussi la sensation que tu pourrais me mettre à terre si ça se passait mal. Et je crois qu'il me faudrait sans doute des années pour me relever, en imaginant que j'y arrive. Alors tu vois...

Viens me chercher Serge, supplie Laura, laisse-moi prendre soin de toi, donnons-nous une chance, retrouve-moi demain à l'aéroport.

Je ne sais pas Laura, je réponds, en plus là je suis chez...

Attends je dois raccrocher Serge, dit-elle brusquement, je te...

Silence.

Je repense à ce que je viens de dire à Laura et

l'écho de mes propres paroles me tord le ventre. Hypothéquer son avenir prend infiniment moins de temps que de le construire. Décidément rien n'est simple. Je me demande ce que j'étais censé faire. J'ai passé toute ma vie à fuir ce genre de problèmes et quand bien même mon nouveau moi m'encouragerait à aller de l'avant, je ne suis pas sûr d'être déjà de taille à affronter l'effrayante versatilité de l'incandescente Laura. Je ne suis pas sûr que ce soit bon pour moi. Même si le moindre contact avec sa peau suffit à me faire oublier tous mes principes de précaution. Même si elle me fascine et me révulse tout à la fois. Même si je vois bien qu'aucune force contraire n'est à même de lui résister durablement. Même si elle m'attire horriblement.

Il est presque vingt heures. Je respire profondément comme me l'a appris Sri Sri Ravi Shankar par télévision interposée. Avant d'entrer j'appelle une agence de voyages. Sans même réfléchir, je réserve deux allers simples pour le même jour. Un pour les États-Unis et l'autre pour le Népal. Je me dis que je me déciderai à l'aéroport.

L'intérieur de la maison est recouvert d'une épaisse couche de poussière mais les lieux demeurent familiers. Les meubles sont encore à leur place. Le petit secrétaire sur lequel Aniècce a trouvé la lettre de ma mère le matin suivant l'incident. Je nous revois tous les trois ce jour-là au petit déjeuner. Anièce s'étonnant que nos parents ne soient pas encore descendus de leur chambre et me demandant d'aller jeter un œil.

Je me souviens du silence dans lequel baignait l'étage. Je me rappelle avoir ouvert la porte et découvert mes deux parents étendus sur leur lit, en pyjama. La bouteille de whiskey renversée entre eux deux. Les boîtes de médicaments ouvertes sur la table de chevet de mon père. Tous ces comprimés éparpillés sur les draps, sur le sol, même. Du vomi sur l'oreiller. Je me revois porter une main à la bouche et redescendre comme un zombi annoncer la nouvelle à François et Anièce. Prendre peur en voyant ma sœur grimper l'escalier comme une folle et foncer vers leur chambre. Entendre Anièce hurler de douleur. Et observer mon frère François continuer de manger sa tartine à la confiture de fraise à table. Finir son café tranquillement avant de finalement nous rejoindre en haut. Me réfugier dans les bras de ma sœur. Les pompiers. Les gendarmes. M'asseoir par terre après leur départ sur la terrasse contre l'épais mur de pierre. Sentir Anièce contre moi. L'écouter me lire la lettre qu'ils nous avaient laissée. Apprendre leur décision de mourir ensemble par amour pour mon père qui se pensait condamné par une maladie incurable. Découvrir les mots d'excuse de ma mère expliquant qu'elle ne pouvait concevoir de vivre une seule seconde sans lui. Qu'il allait falloir que nous soyons forts.

Rester côte à côte, Aniècе et moi, les yeux dans le vide, submergés par l'immensité de cet amour funeste. Et puis entendre mon frère nous dire qu'il part à la fac en estimant qu'il n'y a de toute façon plus rien à faire maintenant. Le regarder démarrer sa Ford Fiesta dans la cour et s'en aller comme si de rien n'était, nous laissant Anièce et moi dans le chaos.

Je referme la porte de la maison et replace la clef sous le pot. Avec des pinces, j'arrive contre toute attente à faire démarrer la batterie de ma C70. J'abandonne dans une totale indifférence la Dacia devant le garage. Je roule toute la nuit vers Paris. À sept heures et demie je m'arrête boire un café à une station d'autoroute. Le titre de *Libé* s'étale partout : *Affaire Horowitz, un scandale d'État.* En remontant dans la voiture, je vois que j'ai sept appels en absence de mon frère sur mon portable. Deux appels d'Anièce. Je ne suis plus qu'à vingt minutes de l'aéroport. Le vol pour Katmandou décolle à onze heures, celui pour New York à douze heures quarante-cinq. Je déplie le toit rétractable de ma Volvo. J'offre mon visage aux vents tourbillonnants qui alternativement le caressent et le fouettent. Je savoure l'inégalable bonheur d'avancer sans aucun plan précis en tête. La voiture avale implacablement les derniers kilomètres. Je me sens bien. J'écoute « Perfect Day » de Lou Reed en boucle.

Je reçois un sms de Laura en arrivant à l'aéroport.

L'avion a décollé sans moi. Je ne suis pas partie. Appelle-moi.

Je gare ma voiture sur le parking longue durée. Je n'ai toujours pas la moindre idée de ce que je vais faire.

DU MÊME AUTEUR

Aux Éditions Gallimard

UN ÉLÉMENT PERTURBATEUR, 2017. Prix Georges-Brassens 2017, prix du Roman d'entreprise et du travail 2018 (Folio n° 6608).

Composition CMB/PCA
Achevé d'imprimer par Novoprint
à Barcelone, le 31 mai 2019
Dépôt légal : mai 2019
1er dépôt légal dans la collection : février 2019

ISBN : 978-2-07-282377-0/Imprimé en Espagne.

359310